W0327078

الكاتب

وُلد عبود سعيد في العام ١٩٨٣ في بلدة صغيرة بالقرب من حلب - سوريا، حيث عمل في ورشة للحدادة لمدة ١٥ سنة. ثم أصبح مدونًا نشطًا على فيسبوك بعد نشر كتابه الأول «أفهم واحد على الفيسبوك».جمع الكتاب منشوراته على الفيسبوك مترجمة إلى الألمانية في العام ٢٠١٣. جاء سعيد إلى ألمانيا ككاتب سوري، واصل الكتابة في برلين بين اللجوء والاغتراب، وعاد أخيرًا إلى وظيفته الأولى كحداد في استوديو أولافور إلياسون.

المترجمة

وُلدت ساندرا هتزل في العام ١٩٨٠ في ميونخ - ألمانيا، تترجم النصوص الأدبية من العربية إلى الألمانية، ترجمت نصوص عدد من الكتاب العرب، من ضمنهم: رشا عباس، وهيثم الورداني، وكاظم خنجر، ومحمد العطار، وبشرى المقطري، وعارف حمزة، وعساف العساف. ومن حين لآخر تكتب أيضًا. حصلت على درجة الماجستير في دراسات الثقافة المرئية من جامعة الفنون في برلين، وأسست أسست تجمع عشرة\حدعش للأدب العربي المعاصر، كما أسست المهرجان الأدبي «داونتاون شبانداو مدينة».

Der Autor

Aboud Saeed, geboren 1983 in einer Kleinstadt bei Aleppo, Syrien, wo er 15 Jahre lang in einer Schmiedewerkstatt arbeitete. Dann wurde er ein aktiver Blogger auf Facebook. Nachdem 2013 sein erstes Buch *Der klügste Mensch im Facebook* mit Statusmeldungen in deutscher Übersetzung erschien, kam er als syrischer Autor nach Deutschland. In Berlin schrieb er weiter, zwischen Asyl und Entfremdung, und kehrte schließlich als Metallarbeiter im Studio von Olafur Eliasson zu seinem ersten Beruf zurück.

Die Übersetzerin

Sandra Hetzl, geboren 1980 in München, übersetzt literarische Texte aus dem Arabischen, u.a. von Rasha Abbas, Haytham El Wardany, Kadhem Khanjar, Mohammad Al Attar, Bushra al-Maktari, Aref Hamza und Assaf Alassaf. Manchmal schreibt sie auch selbst. Sie hat einen Master in Visual Culture Studies von der Universität der Künste in Berlin, ist Gründerin des Literaturkollektivs 10/11 für zeitgenössische arabische Literatur und des Literaturfestivals Downtown Spandau Medina.

Aboud Saeed

عبود سعيد

Die ganze Geschichte

القصّة الكاملة

Aus dem Arabischen
von Sandra Hetzl

مقدمة

لم أعرف دمشق، عاصمة بلدي، ولم أذهب إلى اللاذقية أو طرطوس ولم أتعرّف على البحر الأبيض المتوسط، ولا زرت الدول العربية الشقيقة ...

أكبر سفرة بحياتي كانت إلى حلب.

قضيت حياتي كلها في منبج عايف التنكة ...

وبقفزة واحدة أصبحت في برلين.

أحيانا أشعر أن هذا خيال وأنني مسافر عبر الزمن

من منبج إلى برلين

من حيطان مدارس البعث إلى جدار برلين.

من موتور الهوندا إلى المترو.

من البراري وصيد العصافير إلى شاب يفرز القمامة: البلاستيك مع البلاستيك ... والورق مع الورق ... والبندورة مع البندورة ...

من بيت الشَّعر والعزاء إلى الـ festivals والـ camping

من كافيتريا «البراعم» وقسم خاص للعائلات إلى الـ KitKat Club

من الكباب واللحم بعجين إلى الـ Pizza والـ Pommes

من باب الحوش المفتوح ليلاً نهارًا للرايح والجاي، إلى الـ Google Calendar والمواعيد والـ appointments

من الزحمة والكل يتدخّل في حياتك وما حدا يتركك بحالك إلى الوحدة وما حدا دريان فيك.

من بلاد الموت إلى بلاد الـ Bio.

بلاد الأجانب، وأقصد هنا الغرب والأوروبيين، وليس بالضرورة أن يكونوا من أوروبا، فالكنديين والاستراليين والأمريكيين كلهم أجانب ...

الأجانب أهل الديمقراطية والعلم والتطوّر الذين كانوا أحيانًا يأتون سيّاح إلى بلادنا أو نراهم في التلفاز ...

أنا الآن أعيش في منتصفهم وكل من حولي هو أجنبي ...

Vorwort

Damaskus, die Hauptstadt meines Heimatlandes, habe ich nie kennengelernt. Ich war auch noch nie in Latakia oder Tartous. Ich habe noch nie das Mittelmeer gesehen und keinen der arabischen Bruderstaaten besucht.

Die weiteste Reise meines Lebens war die von Manbidsch nach Aleppo.

Mein ganzes Leben habe ich in Manbidsch verbracht, immer auf dem Zahnfleisch.

Und mit einem Satz befand ich mich plötzlich Berlin.

Manchmal habe ich das Gefühl, dass das alles nur in meiner Phantasie geschehen ist und dass ich in Wirklichkeit ich eine Zeitreise gemacht habe.

Von Manbidsch nach Berlin.

Von den Mauern um die Baath-Schulen an die Berliner Mauer.

Von der Honda-Maschine zur U-Bahn.

Vom Vogeljäger in der Steppe zum Mülltrenner: Plastik zu Plastik, Papier zu Papier, Tomate zu Tomate …

Von Beduinen- und Trauerzelten zu Zelten auf Festivals und Campingplätzen.

Von der Cafeteria „Al-Bara'em" – „Die Knospen"– und ihrem abgeschirmten Familienbereich zum KitKat-Club.

Von Grillkebab und Lahmacun zu Pizza und Pommes.

Von der rund um die Uhr geöffneten Haustür, wo jeder ein und aus kann, zu Google Calendar und seinen Appointments.

Vom Gedränge, wo sich jeder ständig in dein Leben einmischt, zur Einsamkeit, wo sich kein Mensch um dich schert.

Vom Land des Todes zum Land der Biokost.

ولم يكن هنالك شيء يرافقني في هذا العالم البرزخي إلا جدران الفيسبوك فهو دفتر مذكراتي الافتراضي، أكتب عليه يومياتي أول بأول، وها أن الآن أنتقي من هذه اليوميات ما يصلح أن يكون تجربة أو قصة أقدّمها للقارئ\ة.

عبود سعيد

Mit Ausländerland meine ich den Westen, mit Ausländern die Europäer. Die müssen gar nicht unbedingt aus Europa kommen. Kanadier, Australier, Amerikaner: Das sind alles Ausländer.
Ausländer sind die Kronzeugen der Demokratie, der Wissenschaft, der Entwicklung. Sie sind die, die früher manchmal als Touristen in unseren Ländern vorbeischneiten oder die wir im Fernsehen sahen.
Und jetzt lebe ich mitten unter ihnen. Alle um mich herum sind Ausländer.
Und in dieser Zwischenwelt waren mir die Facebookwände der einzige Begleiter. Sie dienten mir als digitales Tagebuch, dort schrieb ich meine Tage hinein, einen nach dem anderen. Und von diesen Einträgen habe ich nun für die Leserinnen und Leser ein paar ausgewählt. Vielleicht eignen sie sich ja als Erfahrungsbericht oder Geschichte.

Aboud Saeed

/// **Aboud Saeed Facebook Profile** ///

Lives in: Manbij, Syria until 2013
Berlin, Germany since 2013
Speaks: Arabic, English
Gender: Male
Relationship status: Single

٧ يناير ٢٠١٢، الساعة ١٢:٤٢ ص ♥٥٥

اكتب وكأنك تعزف على البيانو في صالة خالية من الجماهير.

٩ يناير ٢٠١٢، الساعة ٣:٥٦ م ♥١٤٢

تعالوا لنفضح بعضنا \ تعالوا لنكتب ما نخفيه ونخاف منه
اكتبوا ما تخفوه تحت هذه الملابس الجميلة النظيفة
اكتبوا عن جواربكم داخل هذه الأحذية التي تلمع
اكتبوا الرسائل الواردة والمرسلة
سيدتي حدّثينا عن آخر مشاجرة حدثت بينكِ وبين زوجكِ
حدّثنا يا أخي كيف تعلّم ابنك الصغير شتم الديكتاتور في المنزل
اكتبوا كيف ومتى كانت آخر مرة تبولتم على الجدران
اكتبوا كل شيء ...
و أنا سأحدثكم كيف أحاول أن أعلّم أمي التدخين
وكيف صلّيتُ مع جاري السلفي - من دون أن أتوضّأ - الذي دعاني إلى وجبة عشاء في منزله وكنت أحرك شفتي مدّعيًا أنني أقرأ سورة الفاتحة فقط كنت أقول: «آمين» بصوت مرتفع وبكل ثقة.
فليكن هذا الفضاء بمثابة وقفة أمام الله يوم الحساب
بلا نكران بلا مغفرة وتوبة بلا تأجيل وبلا ندم.

١٠ يناير ٢٠١٢، االساعة ٥:٠٠ م ♥٥٥

حرب مفتوحة بيني وبينكم \ أرجوكم دعوني أنتصر

7. Januar 2012 um 00:42 Uhr **55 ♥**

Schreib, als würdest du in einem menschenleeren Saal Klavier spielen.

9. Januar 2012 um 15:56 Uhr **142 ♥**

Kommt schon, blamieren wir uns / Lasst uns über das schreiben, was wir verstecken, über das, wovor wir Angst haben. Schreibt, was ihr unter diesen schönen sauberen Kleidern verbergt. Schreibt über die Socken in euren glänzenden Schuhen. Schreibt, was in euren empfangenen und gesendeten Nachrichten steht.

Meine Dame, erzähl mir vom letzten großen Streit, den du mit deinem Ehemann hattest. Mein Bruder, erzähl mir, wie dein kleiner Sohn zu Hause gelernt hat, den Diktator zu verfluchen. Schreibt mir, wie und wann ihr das letzte Mal gegen eine Wand gepisst habt. Schreibt alles …

Dann werde ich euch erzählen, wie ich versuche, meiner Mutter das Rauchen beizubringen. Und wie ich mit meinem salafistischen Nachbarn, der mich zu sich nach Hause zum Abendessen eingeladen hatte, gebetet habe – ohne mich vorher zu waschen. Ich bewegte lautlos meine Lippen und tat so, als läse ich die Fatiha-Sure. Ich sagte nur: „Amen." Laut und selbstbewusst. Mögen wir uns in diesem Raum so fühlen, als stünden wir am Tag des Jüngsten Gerichts vor Gott, ohne Leugnung, ohne Buße, ohne Aufschub, ohne Reue.

10. Januar 2012 um 17:00 Uhr **55 ♥**

Ein offener Krieg zwischen euch und mir /
Bitte, lasst mich gewinnen.

١٨ يناير ٢٠١٢، الساعة ٣:٠٤ ص ❤٤٣

\\\ اعترافات \\\

كل مساء أفتح النافذة وأصرخ: الكراهية ... الكراهية ... الكراهية.

في الصباح:

أقول للدود \ صباح الخير

أقول للمارة \ أرجوكم القوا عليّ التحية

أقول لمذيعة النشرة الجوية \ تحركي قليلاً أريد أن أرى الغيوم

أقول للذين لا يدعوني لأشارك باللعبة \ يا ألعب يا أمّا أخرب اللعبة

أقول لماركس \ حط الاشتراكية بطيزك

أقول للمنطق \ وحده أنا من سيوصلك إلى حبل المشنقة

\

هاتفي النقال لم يرن منذ أسبوع

منذ ثلاثة أيام ولم يلمس الماء وجهي

المسافة بين المرحاض وغرفتي \ قضية شائكة \ تحتاج إلى مجلس الأمن

كل شموع الأرض لا تستطيع أن تضيء قلبي

كل ورود الأرض لا تعادل لحظة انتقام

قضيت نصف طفولتي مختبئًا تحت السرير \ الآن يداي ترتجف

لدي من الحقد والكراهية ما يغمر العالم \ لكنني أرتبك حين أنادي الكرصون

لو كان لي أنياب \ لن أترك عصفور يغرد

لو كان عندي سيارة \ لن أتوقف لأُقِل أحد معي

الشيء الوحيد الذي لا يمكن أن أرضخ له: الرحمة

\

أنا لا أؤمن في التاريخ \ أشعر أن الحياة بدأت منذ ولادتي

في الباص \ أشعر أنني الراكب الأهم

18. Januar 2012 um 03:04 Uhr **43 ♥**

/// Geständnisse ///

Jeden Abend öffne ich das Fenster und schreie:
Hass! Hass! Hass!
Morgens sage ich dem Wurm / guten Morgen,
sage ich den Passanten / bitte, grüßt mich,
sage ich der Wettermoderatorin / komm, geh ein bisschen zur Seite, ich will die Wolken sehen,
sage ich all jenen, die mich nicht gefragt haben, ob ich mitspielen will / entweder ich spiele mit oder ich verderbe euch das Spiel!,
sage ich zu Marx / steck dir deinen Sozialismus in den Arsch,
sag ich der Logik / ich, und nur ich allein werde dich an den Galgen führen.
/
Mein Handy hat seit einer Woche nicht geklingelt.
Seit drei Tagen habe ich mein Gesicht nicht mehr gewaschen.
Die Entfernung zwischen dem Klo und meinem Zimmer ist / eine heikle Angelegenheit / ein Fall für den UN-Sicherheitsrat.
Alle Kerzen der Welt kriegen mein Herz nicht hell.
Alle Rosen der Welt sind nichts, gemessen an einem Moment der Rache.
Meine halbe Kindheit habe ich unter dem Bett versteckt verbracht / Jetzt zittern meine Hände.
Ich habe soviel Hass und Frust in mir, ich könnte die ganze Welt wegspülen / Aber wenn ich einen Kellner rufen soll,

في السرفيس كم تمنيت لو كنت أجلسُ خلفكِ \ فقط لكي تمرري النقود للسائق
في المعرض لم أفهم تلك اللوحة \ فقط أهزُ رأسي
في السينما لم يكن الفيلم \ أحسست بالعتمة تخنقني
في الأمسية الشعرية \ قطعة قماش خلف الشاعرة كُتب عليها اسم الفعالية \ خُيل لي
إنها احدى بيانات القاعدة
في الغابة \ سأحتفل بتوقيع كل كوابيسي.
\
كلما صادفتُ كلمة (أحبكِ) \
يزيد إصراري على الهذيان
أشفق على الذين يلتقطون صوراً تحت برج إيفل
أشفقُ على الذين ينتظرون وحيً أو عفريت الكتابة \
بالبرد والخوف والقلق يُكتب الشعر
أشفق على الذين يضحكهم عادل إمام
أحب أحمد زكي وجيفري راش \
وما زالت ميرل ستريب تثيرني
وليس تواضعًا \
الكتابة ليست مهنتي \
إنه الفراغ والعقد فقط
\
في الفيس بوك
كل الذين أحبهم \
أستمتع في حذفهم
كل يوم أزور صفحتك ١٠٠ مرة

werde ich jedes Mal verlegen.
Hätte ich Raubtierzähne / ich würde keinen Vogel mehr
zwitschern lassen.
Hätte ich ein Auto / ich würde nie jemanden mitfahren
lassen.
und das Einzige, vor dem ich mich nie beugen werde,
ist: Erbarmen.
/
Ich glaube nicht an Geschichte / Ich fühle: Erst mit meiner
Geburt hat die Existenz allen Lebens begonnen.
Im Bus / fühle ich mich als der wichtigste Passagier.
Im Kleinbus wünsche ich mir nichts sehnlicher, als dass du
hinter mir sitzt / nur, damit du mein Kleingeld an den
Fahrer weiterreichen musst.
Dieses Bild, bei der Kunstausstellung. Ich habe es nicht
verstanden / ich habe einfach genickt.
Das im Kino war nicht der Film / Es war die Dunkelheit, die
mich erstickt hat.
Beim Lyrikabend / hing eine Stoffbahn hinter der Dichterin,
auf die man den Titel der Veranstaltung geschrieben hatte /
Ich stellte mir vor, es sei ein al-Qaida-Spruchband.
Im Wald / werde ich feiern, dass all meine Alpträume wahr
werden.
/
Jedes Mal, wenn mir ein „Ich liebe dich“ begegnet /
insistiere ich weiter auf Rausch.
Ich habe Mitleid mit allen, die Selfies schießen
unterm Eiffelturm.
Ich habe Mitleid mit allen, die auf die Inspiration warten,

لدي رغبة في أن أترك لكِ رقم تليفوني على حائطكِ وبشكل مباشر
في الإينبوكس يوجد أكثر من ١٠٠ رسالة مرسلة \
كلها تبدأ أو تنتهي بكلمة: أحبكِ
الحالة لا تستحق الإعجاب \ إنه شَعركِ الأشقر
أنتظر بفارغ الصبر طلب صداقة منكِ \ فقط لأتجاهلكِ
كلما كتبتُ على حائط أحد الأصدقاء ميلاد سعيد أو هابي بيرث داي
أخون طفولتي
أكثر الحالات التي تثير إعجابي \ تلك التي أدّعي تجاهلها ولا أضع لها لايك
لدي رغبة بأن أقول: أيها الرجال لا ترسلوا لي طلب صداقة
كلُ صوركِ على الفيس بوك \ حفظتها بمجلد خاص في كومبيوتري
تعرفتُ عليها في الفيس بوك \ أول لقاء \ في المقهى كانت تنتظر
— «مرحبا، أنا عبود سعيد، أنتِ ... ؟»
— «أنتَ مخطئ»
ارتفع سقف مطالبها!
\
لم أرَ في حياتي امرأة بالبكيني
جارتي، عندما كانت ترش المياه أمام بيتها \
كنت أتظاهر أنني أضغط الجرس وأنتظر
أنتظر شهر رمضان بفارغ الصبر \
فقط كي أرى جارتنا بالبيجامة عندما آخذ لها صحنًا من طبختنا
وأنا أسمع خطواتك، قادمة \
لم تكن السيجارة مشتعلة صدفة
بينما كنا نتكلم عن العلمانية والحداثة \
كنتُ أحدق في أشيائك لعلني أعرف طائفتك
الناقد قال لها: يتساقط الياسمين على رموشكِ \

auf den Schreibwichtel / Gedichte schreibt man in der Kälte, in Angst und Sorge.
Ich habe Mitleid mit allen, die lachen müssen bei den Sketchen von Adel Imam.
Ich liebe Ahmed Zaki und Geoffrey Rush / und Meryl Streep macht mich nach wie vor an.
Es ist keine Bescheidenheit, wenn ich sage / Schreiben ist nicht mein Beruf / Nur Langeweile und Komplexe.
/
Auf Facebook
bereitet es mir Freude, all diejenigen zu löschen /
die ich liebe.
Jeden Tag besuche ich dein Profil hundert Mal.
Am liebsten würde ich dir gleich meine Telefonnummer auf die Pinnwand klatschen.
In meinem Sent-Ordner befinden sich über hundert verschickte Nachrichten / alle beginnen oder enden mit dem Satz „Ich liebe dich".
Nicht der Status gefällt mir / Es sind deine blonden Haare.
Ich warte ungeduldig auf eine Freundschaftsanfrage von dir / nur um dich zu ignorieren.
Jedes Mal, wenn ich auf die Pinnwand eines Freundes „Alles Gute zum Geburtstag" oder „Happy Birthday" schreibe, begehe ich Verrat an meiner Kindheit.
Die Facebookposts, die mir am besten gefallen, sind die / bei denen ich so tue, als hätte ich sie nicht gelesen.
Am liebsten würde ich sagen: „An alle Männer: Bitte keine Freundschaftsanfragen."
All deine Fotos auf Facebook / hab ich eigens in einem

أحسستُ بالبشاعة تغمرني.
\
السر الوحيد الذي استطعت الحفاظ عليه لغاية اللحظة \
هو أنني لستُ أنا
أنا رماد سيجارة \
أحتاج إلى نقرة من إصبعك
أنا عنزة ضلّت الطريق إليك أيها النبع
أنا مسمار \
ينقصني مطرقة
\
أعترف أن كل نواياي عاطلة

Ordner auf meinem Desktop gespeichert.
Ich hatte sie auf Facebook kennengelernt. / Das erste Date. /
Sie wartete im Café.
— „Hi, ich bin Aboud Saeed. Bist du …?"
— „Nein, bin ich nicht."
Ihre Ansprüche waren schlagartig in die Höhe geschossen.
/
Ich habe noch nie in meinem Leben eine Frau im Bikini gesehen.
Immer, wenn meine Nachbarin den Boden vor ihrem Haus mit Wasser sprengte, tat ich so, als müsse ich gerade an meiner Haustür klingeln und klingeln.
Ungeduldig wartete ich auf Ramadan / nur, damit ich sie im Pyjama sehen würde, wenn ich ihr einen Teller mit Festessen vorbeibrachte.
Als ich deine Schritte näherkommen hörte / steckte die brennende Zigarette keineswegs zufällig in meinem Mund.
Während wir uns über den Säkularismus und die Moderne unterhielten / suchte ich mit Blicken dein Outfit nach irgendetwas ab, was mir deine Konfessionszugehörigkeit verraten würde.
Als der Literaturkritiker ihr sagte: Jasminblüten rieseln sanft auf deine Wimpern nieder / fühlte ich, wie eine Flut von Hässlichkeit mich niederwalzte.
/
Das einzige Geheimnis, das ich bis gerade eben noch für mich behalten konnte, ist, dass ich / gar nicht ich bin.
Ich bin die Asche einer Zigarette / Ein Schnipser deiner Finger genügt.

١٨ يناير ٢٠١٢، الساعة ١١:٤١ م ٥٥♥

أنا لا أكتبُ الشِعر \ أنا فقط أقول الحقيقة

١٨ يناير ٢٠١٢، الساعة ١١:٥٥ م ٥٠♥

بقينا نكذب إلى أن أصبح الصدق شِعرًا

٢٠ يناير ٢٠١٢، الساعة ٥:٤٩ م ٨٤♥

الساعة الخامسة مساء انتهى دوامي في الورشة \ خلعت صدرية العمل \ ورحت أركض الجميع صاروا ينظرون إليّ كيف كنت أركض \ بعضهم صار يركض خلفي يظن أنني ذاهبٌ إلى الجنة \ الأطفال تركض خلفي يظنون أن هنالك طائرة حطّت في المدينة بسبب خلل فنّي \ الكلاب تركض خلفي، كانوا مائة كلب \رجال الأمن تركض تظن أنني هارب من السجن \ سيارات الإطفاء تظنّ أن هنالك حريق \ سيارات الإسعاف \ المثقفين الذين كانوا في المقهى \ بائع الهريسة \ الخونة، القتلة، كانوا ألف قاتل، الجميع كانوا خلفي.

عندما وصلت البيت\ التفتُّ إلى الخلف، قلتُ لهم:

كل ما في الأمر أن صديقتي أونلاين.

Ich, o Quell, bin eine Ziege, die sich auf dem Weg zu dir verirrt hat.
Ein Nagel bin ich / mir fehlt nur der Hammer.
/
Ich gebe es zu: Meine Absichten sind durchweg schlecht.

18. Januar 2012 um 23:41 Uhr **55 ♥**

Ich schreibe keine Lyrik / Ich sage nur die Wahrheit.

18. Januar 2012 um 23:55 Uhr **50 ♥**

So lange haben wir gelogen, dass man unsere Ehrlichkeit schon für Lyrik nimmt.

20. Januar 2012 um 17:49 Uhr **84 ♥**

Um fünf Uhr Nachmittag war meine Schicht in der Werkstatt zu Ende / Ich streifte meinen Arbeitskittel ab und rannte los / Alle drehten sich nach mir um, als ich rannte / Ein paar fingen an, hinter mir herzurennen, weil sie dachten, ich renne ins Paradies / Kinder rannten mir hinterher, weil sie glaubten, ein Flugzeug sei irgendwo in der Stadt notgelandet, aufgrund eines technischen Fehlers / Hunde rannten hinter mir her, es waren hundert Hunde / Sicherheitsbeamte rannten hinter mir her, sie dachten, ich sei aus dem Gefängnis ausgebrochen / Feuerwehrautos dachten, es gäbe einen Brand / Rettungswagen / Die Intellektuellen, die im Café gesessen hatten / Der Konditor / Die Verräter und Mörder – tausend Mörder waren es, und alle waren sie hinter mir her. Als ich zu Hause ankam / drehte ich mich zu ihnen um, und sagte:
„Alles, was los ist, ist, dass meine Freundin gerade online ist."

٢٠ يناير ٢٠١٢، الساعة ٧:٥١ م ❤٢٨

أحبكِ \ فقط عندما تكوني أونلاين.

٢٠ يناير ٢٠١٢، الساعة ١١:٢٥ م ❤١٢٢

تقول صديقتي: «أتمنى أن أرى غرفتكَ ومكتبتكَ»
قلتُ لها: «لا أملك مكتبة لدي بعض الكتب المبعثرة هنا وهناك»
أنا لا أملك غرفة خاصة بي \
غرفتي كل فرد في العائلة يقول إنها غرفته \
حتى الضيوف عندما أقول لهم تفضّلوا، يتوجهون إليها.
غرفتي التي لا يوجد فيها سرير \ يوجد فيها تلفزيون ومدفأة \
أمي تجلس فيها دائماً
تُسبّح وتشاهد الأخبار، ولأنها لا تجيد القراءة تسألني كل يوم عن عدد الشهداء
وأنا أتململ من أسئلتها وأحياناً أعطيها رقماً من عندي.

٢٣ يناير ٢٠١٢، الساعة ١:٥٦ م ❤١١٥

أحبكِ \ لآخر نبض في بطارية اللابتوب

٢٤ يناير ٢٠١٢، الساعة ١٢:١٦ م ❤٣٦

صباح الخير على الذين لم يكشفوني ولم يعرفوا عيوبي بعد

20. Januar 2012 um 19:51 **28 ♥**

Ich liebe dich / nur solange du online bist.

20. Januar 2012 um 23:25 Uhr **122 ♥**

Meine Freundin sagt: „Ich würde gerne mal dein Bücherregal sehen." Ich sage zu ihr: „Ein Bücherregal habe ich nicht, nur eine Handvoll Bücher, die hier und da herumliegen." Ich habe kein eigenes Zimmer /
Von meinem Zimmer sagt jedes Familienmitglied, dass es seines ist / Und wenn Besuch kommt, wird es zum Wohnzimmer. Mein Zimmer, in dem es kein Bett gibt /
nur einen Fernseher und einen Heizkörper /
Da sitzt meine Mutter immer drauf /
lässt ihre Gebetskette durch die Finger gleiten und schaut Nachrichten. Und weil sie nicht lesen kann, fragt sie mich jeden Tag nach der Zahl der Getöteten. Mich langweilt ihre Fragerei und manchmal denke ich mir einfach eine beliebige Zahl aus.

23. Januar 2012 Uhr um 13:56 Uhr **115 ♥**

Ich liebe dich / bis zum letzten Pulsschlag der Batterie meines Laptops.

24. Januar 2012 um 12:16 Uhr **36 ♥**

Guten Morgen an all jene, die mich noch nicht entlarvt und meine Makel noch nicht entdeckt haben.

١٣ فبراير ٢٠١٢، الساعة ١٢:٣٦ ص ١٤٠♥

أحتاج إلى قصة حبّ \ بالسرعة القصوى \ خلال ٢٤ ساعة كحد أقصى
فغداً الفالنتاين
قصة خالصة حتى لو كانت آجار.

١٣ فبراير ٢٠١٢، الساعة ١٢:٥١ ص ٤٦♥

غداً سأبحث في محرك البحث غوغل، عن أجمل قصة حبّ وأعيشها.

٢٥ فبراير ٢٠١٢، الساعة ١١:٤٩ م ١٤٣♥

أقترح على الفيسبوك أن يغيّر هذه الجملة (ماذا يخطر في بالك) \ من قال لكَ أننا نكتب ما يخطر في بالنا ؟ \ ما يخطر في بالنا لا يمكن أن يُكتب هنا.
ما يخطر في بالنا يا فيسبوك يا حمار: يُكتب ويُطمر تحت التراب \ حتى الشمس ممنوع أن تقرأ ما يخطر في بالنا، ما يخطر في بالنا يُكتب على الغوغل في العتمة ويُمسح قبل إطفاء الجهاز \ ما يخطر في بالنا ...!!!!!
بدل هذه الجملة أقترح أن تضع كلمات مثل: زبّط، دبّر، صفصف سوالف، شبّح، نظّر، بيع وطنيات، إتفلسف ... إلخ.

٢٦ فبراير ٢٠١٢، الساعة ١٠:٤٣ م ٣٨♥

النتيجة حتى الآن: ١ لي، صفر للجميع.

13. Februar 2012 um 00:36 Uhr **140 ♥**

Ich brauche eine Liebesaffäre /
Schnellstmöglich /
Innerhalb der nächsten 24 Stunden.
Morgen ist Valentinstag. Eine Affäre,
notfalls auch gegen Bezahlung.

13. Februar 2012 um 00:51 Uhr **46 ♥**

Morgen werde ich die schönste Liebesgeschichte googlen und sie dann erleben.

25. Februar 2012 um 23:49 Uhr **143 ♥**

Hiermit schlage ich Facebook vor, seine Frage „Woran denkst du gerade?“ zu ändern / Wer hat dir denn gesagt, dass wir schreiben, woran wir gerade denken? / Woran wir gerade denken, das kann man gar nicht hierhin schreiben. „Woran wir gerade denken“, oh Facebook, du Idiot, schreibt man auf und verscharrt es dann unter der Erde / Nicht einmal die Sonne darf lesen, woran wir gerade denken. Woran wir gerade denken, das schreibt man im Dunkeln in die Googlesuchleiste und löscht es gründlich, bevor man den PC runterfährt / Woran wir gerade denken …!!! Ich würde vorschlagen, du formulierst deinen Aufruf besser so: Versuch, dein Gesicht zu retten. Mach was klar. Halte ein Pläuschchen. Proll rum. Palaver. Schwing große Reden über das Nationalgefühl. Philosophier drauflos … etc.

26. Februar 2012 um 22:43 Uhr **28 ♥**

Das Ergebnis ist immer noch: eins zu null für mich gegen alle.

٩ أبريل ٢٠١٢، الساعة ٩:٢٣ م ٨٥ ♥

أنا أفهم شخص على الفيسبوك ...

تعليقي الذي أتركه في صفحاتكم هو أهم تعليق، صوري الشخصية أهم من رسومات بانكسي، معلوماتي الشخصية أهم من وثائق ويكيلكس.

أنا أفهم شخص على الفيسبوك ...

لدي آلاف النصوص التي قد تعجبكم، منذ قليل أنهيت روايتي الثانية، على الرّف توجد رزمة من الورق تحتوي على ٨٠ قصة ...

لدي آلاف الجُمل، نظريات، حكم، حالات، ستاتوسات، نكزات ...

لكني لن أنشر شيئًا

لا أريد أن يستمتع أحد بكتاباتي

٢٩ أبريل ٢٠١٢، الساعة ١١:٤٢ ص ١٣٨ ♥

الآن تجري مفاوضات في الغرفة المجاورة لغرفتي بين أمي وجارتنا، من أجل أن أعيد ابنتها إلى قائمة أصدقائي.

أسمع أمي تقول لجارتنا بصوت مرتفع:

«تفهمين بنتك أنو ابني ما يقبل على حائطو صور ورد أحمر وقلوب حب وما حب.»

9. April 2012 um 21:23 Uhr **85 ♥**

Ich bin der klügste Mensch auf Facebook …
Meine Kommentare sind immer die wichtigsten Kommentare, meine Profilbilder sind bedeutender als die Graffitis von Banksy, mein Steckbrief ist relevanter als die Wikileaks-Dokumente.
Ich bin der klügste Mensch auf Facebook.
Ich habe tausende von Texten, die euch vermutlich gefallen würden, und vor kurzem habe ich meinen zweiten Roman geschrieben. Auf meinem Regal liegt ein Papierstapel mit 80 Kurzgeschichten. Ich habe zigausend Sätze, Theorien, Weisheiten, Posts, Statusmeldungen,
und tausende Anstupser …
Aber ich werde nichts davon veröffentlichen.
Keiner soll was haben von meinen Texten.

29. April 2012 um 11:42 Uhr **138 ♥**

Gerade laufen im Nachbarzimmer Verhandlungen zwischen meiner Mutter und unserer Nachbarin, die möchte, dass ich ihre Tochter wieder zu meinen Freunden hinzufüge. Ich höre, wie meine Mutter laut sagt: „Dann erklär deiner Tochter, dass mein Sohn auf seiner Pinnwand keine Bilder mit roten Rosen und Herzchen toleriert."

١ مايو ٢٠١٢، الساعة ١١:٢٩ ص ٢٣٢❤

\\\ بمناسبة عيد العمال \\\

ها أنا الآن بين أحضان ورق يقتله البياض، كومة ورق على الطاولة بعضها ممّزقة وبعضها مكوّرة ألقيتها بعد محاولات فاشلة في كتابة نصًا أحاول أن اجمع فيه كل تيارات الأدب الكلاسيكية، الرمزية، العبثية، الدادائية، السريالية ...

هل يمكنني فعل هذا حقًا؟!!!!

كيف لي وأنا أقضي معظم وقتي مع صوت المكنات، صوت المطرقة، وبرادة الحديد. ثيابي الممزقة الملطخة بالشحوم والزيوت، يداي الفاسدتان اللواتي أصبحتا مجرد عظام لا تصلح لملامسة كتف المشردة التي تشحذ الماء ولا حتى إطعامها للكلاب.

يجدر بي أن أكتب عن شرقيّة البرغي، عن إجهاض العزقة، يمكنني تأليف رواية أتكلّم فيها عن الثقوب، عن معالجة القسوة. يمكنني أن أصف وحشيّة البرغي عند ولوجه في العزقة.

كما يمكنني أن أبيع قميصي لأصحاب الفن التجريدي. يمكنني الآن

1. Mai 2012 um 11:29 Uhr **232 ♥**

/// Zum Tag der Arbeit ///

Hier sitze ich nun also und kralle mich fest an einem Blatt Papier, das so blank ist, dass es wehtut. Ein Haufen Blätter liegt auf dem Tisch, teils zerrissen, teils zerknüllt, teils verschossen, nach vielen gescheiterten Versuchen, einen Text zu schreiben, der sämtliche klassischen literarischen Strömungen in sich vereinen sollte: Symbolismus, Absurde Literatur, Dadaismus, Surrealismus …

Kann ich so etwas überhaupt?

Ich, der die meiste Zeit inmitten von Maschinenlärm verbringt, zwischen Hammerschlägen und Metallstaub. Meine Kleidung zerlumpt, von oben bis unten mit Öl und Fett verschmiert. Mit meinen gammeligen Händen, die ohnehin nur noch aus Knochen bestehen, könnte ich nicht einmal die Schulter einer nach Wasser bettelnden Obdachlosen berühren, ja, nichtmal an Hunde verfüttern könnte ich sie. Meinereiner sollte eher über Dinge wie „die Orientalizität des Schraubgewindes" schreiben oder das Ende der Muttern. Ich könnte einen Roman schreiben über Löcher. Über die Brutalität der Schraube beim Eindringen in die Mutter. Über Schmelzebehandlung.

Oder mein Hemd an Liebhaber abstrakter Kunst verkaufen. Ich könnte jetzt das verbrannte Öl verwenden und Schmierfette verschiedenster Viskosität, klebrige, dickflüssige, hitzebeständige, und Metallstaub, den billigen, und den wertvollen, gut abgelagerten. Bleistift, Pinsel und Leinwand können mich mal.

Ich versuche es nochmal mit dem Blatt Papier.

استخدام الزيت المحروق، الشحوم بكل أنواعها اللزجة، السميكة، الحرارية وبرادة الحديد، يمكنني استخدام الغبار الرخيص منه والمعتّق الثّمين فلتذهب الفرشاة والرصاص وأقمشة الرسم للجحيم.
أعود إلى الورق، أحاول الكتابة مجدداً.
ورقة بيضاء، أكتب سطران، أتذكر صديقة غبيّة قالت لي:
«عبود أنت تكتب، هل لامست قلب امرأة؟»
أنا أضحك \ أضحك \ أضحك \ أضحك أضحك بسرعة \ أضحك بسرعة أشد \ أضحك إلى درجة أنني أتحول إلى مروحة هواء من شدة الضحك.

٥ يونيو ٢٠١٢، الساعة ٥:٠٠ م **٢٩٥♥**

هذ المرة الأولى التي أجلب بها كمبيوتري الشخصي إلى الورشة، المكان الذي أعمل به، الآن يتجمع حولي العمّال وهم بازدياد، دوخوني، هذا يريد أن أرسل له نغمة إلى جوّاله وآخر يشير بإصبعه إلى صورة رولا الحسين ويقول: «افتحلي هذي الصورة»
وصبي يوشوش في أذن صبي آخر يقول له: «هذا هو الفيسبوك شفتو!»
وجاري يسألني: «عبود تقدر تسبّ الدّولة هين على كيفك مو؟!»

١٥ يونيو ٢٠١٢، الساعة ٩:٠٥ م **٥٣♥**

آلاف الرسائل والمكالمات تصلني كل يوم تسأل: «لماذا أنت أفهم شخص في الفيسبوك؟»

Das Blatt ist weiß, ich schreibe zwei Zeilen. Ich muss an eine dumme Freundin denken, die mal zu mir gesagt hat: „Sag mal, Aboud – du schreibst doch. Hast du eigentlich schon mal das Herz einer Frau berührt?"
Ich lache / lache / lache / lache / lache schnell / lache schneller / lache so schnell, bis ich vor lauter Lachen zum Ventilator werde.

5. Juni 2012 um 17:00 Uhr **295 ♥**

Das ist das erste Mal, dass ich mein Laptop mit in die Werkstatt nehme. Schon scharen sich die Arbeiter um mich herum, es werden immer mehr, sie machen mich ganz kirre. Der eine will, dass ich ihm einen Klingelton auf sein Handy schicke, der andere zeigt mit seinem Finger auf das Profilbild von Rola El Hussein und sagt: „Mach mir dieses Bild mal auf."
Ein Junge flüstert einem anderen ins Ohr: „Das ist dieses Facebook, siehst du?"
Und mein Nachbar fragt mich: „Hier kann man über die Regierung schimpfen, wie es einem passt, stimmt's, Aboud?"

15. Juni 2012 um 21:05 Uhr **53 ♥**

Jeden Tag erreichen mich tausend Nachrichten und Anrufe mit der Frage: Warum bist du der klügste Mensch auf Facebook?

١٥ يونيو ٢٠١٢، الساعة ٩:٢١ م ١٧٢♥

حتى أمّي صارت تقدّمني للضيوف من نساء الحارة والأقارب هكذا:
«هذا ابني الصغير عبّود أفهم شخص في الفيسبوك.»

٢٠ يونيو ٢٠١٢، الساعة ٥:٣٥ م ١٦٥♥

أنا أعمل في الورشة \ كمبيوتري في الزاوية
يجلس أمامه صبيّ يعمل معي اسمه «ابراهيم»
قلتُ له: «ابراهيم كلما رأيت نقطة حمراء أو إشعار، أخبرني.»
ابراهيم قاعد وكل دقيقة يقول بصوت مرتفع:
«عبود لايك من فلان، تعليق من فلانة»
وعندما يقول: «عبود لايك من رولا الحسين ...»
كلّ العمّال تترك عملها وتركض باتجاه الكمبيوتر.

٢٣ يونيو ٢٠١٢، الساعة ١:٢٣ م ١٧٩♥

أنا ابراهيم الصبي الذي يعمل مع عبود
أنا أيضًا مثقف مثله
ومعارض مثله
لا أحبّ الموت
ولا أحبّ المذلة
أنا أحبّ بينلوبي كروز.

15. Juni 2012 um 21:21 Uhr **172 ♥**

Wenn Frauen aus der Nachbarschaft zu Besuch kommen, stellt mich sogar meine Mutter inzwischen so vor: „Das ist Aboud, mein Jüngster. Er ist der klügste Mensch im Facebook."

20. Juni 2012 um 17:35 Uhr **165 ♥**

Ich arbeite in der Werkstatt / Mein Laptop steht in der Ecke. Davor sitzt ein Junge, der mit mir zusammen arbeitet und Ibrahim heißt.
Ich habe ihm gesagt: „Ibrahim, jedes Mal wenn du einen roten Punkt oder eine Benachrichtigung siehst, gib mir Bescheid, ja?"
Und jetzt sitzt Ibrahim da und ruft jede Minute laut: „Aboud! Ein Like von So und So! Ein Kommentar von Der und Der!"
Und wenn er sagt: „Aboud, ein Like von Rola El Hussein!", lassen alle Arbeiter ihr Zeug stehen und liegen und rennen in Richtung Laptop.

23. Juni 2012 um 13:23 Uhr **179 ♥**

Ich bin Ibrahim, der Junge, der mit Aboud arbeitet.
Ich bin auch so intellektuell wie er
und so oppositionell.
Den Tod mag ich nicht.
Auch nicht die Knechtschaft.
Aber ich liebe Penelope Cruz.

٢٣ يونيو ٢٠١٢، الساعة ١:٤٢ م ٤٦♥

أنا عبود حاليًا

٢٨ يونيو ٢٠١٢، الساعة ١:٣١ م ٧٩♥

اعتراف:
منذ أسبوع وأنا أفكّر بإلغاء هذا الحساب الفيسبوكي (وهذا قرار نهائي)
لكن ما يجعلني أتردد هو: أن ممكن في أي لحظة يأتي شخص عادي
ويدعي انه أفهم شخص في الفيسبوك

٢٩ يونيو ٢٠١٢، الساعة ٨:٥٢ ص ٢٣٦♥

تدخل أمي إلى غرفتي فجأة من دون أن تطرق الباب
نحن في البيت لا نطرق أبواب الغرف على بعضنا البعض
في الحقيقة هي غرفة واحدة
أنا أقول أنها غرفتي \ أمي تقول غرفتي، الضيوف يقولون غرفتنا
وأخي الكبير عندما يغضب يقول: «اخرجوا من غرفتي»
تدخل أمي فجأة \ مناديل مبعثرة هنا وهناك \ مبللة بالمني والخوف
منفضة سجائر تكاد لا تتسع لسيجارة أخرى
كتاب حسن بلاسم «مجنون ساحة الحرية»
موسيقى لأعظم من غنى الميتال: Devil Doll.
— «عبود لماذا لا تنام؟»
— «تعالي يمّه، اقتربي، خذي، دخني.»
تجلس أمي متربّعة
تضع السيجارة بين شفتيها فأُشعلها بقدّاحتي
لا أعرف من أين تعلمت أمي هذه الحركة:
أن تطبطب على يدي بعد أن أشعلت لها السيجارة

23. Juni 2012 um 01:42 Uhr **46 ♥**
Momentan bin ich Aboud.

28. Juni 2012 um 13:31 Uhr **79 ♥**
Geständnis:
Seit einer Woche denke ich nun schon darüber nach, dieses Facebookkonto zu löschen, und zwar endgültig.
Eine Vorstellung aber hält mich davon ab: Jeden Moment könnte irgendein Normalo ankommen und behaupten, er sei der klügste Mensch auf Facebook.

29. Juni 2012 um 20:52 Uhr **236 ♥**
Meine Mutter kommt plötzlich, ohne vorher anzuklopfen, in mein Zimmer. Bei uns zu Hause klopft man nicht an. Eigentlich gibt es auch nur ein Zimmer.
Ein Zimmer, von dem ich sage, es sei meines / von dem meine Mutter sagt, es sei ihres, und die Gäste sagen: „Es ist unseres." Und wenn mein großer Bruder sauer ist, sagt er: „Raus mit euch aus meinem Zimmer!"
Meine Mutter kommt also plötzlich rein / Überall liegen Taschentücher herum / Triefend vor Sperma und Angst. Im Aschenbecher ist fast schon kein Platz mehr für eine weitere Zigarette. Hassan Blasims Buch *Der Verrückte vom Freiheitsplatz*. Heavy Metal vom Feinsten: Devil Doll. „Aboud, wieso schläfst du nicht?" Komm, Mama, setz dich her, nimm eine, rauch. Meine Mutter kauert sich dazu. Steckt sich eine Zigarette zwischen die Lippen. Ich gebe ihr Feuer. Keine Ahnung, wo sie das her hat: Sie tippt mir immer so auf die Hand, wenn ich mit dem Anzünden fertig bin.

دخني يمّه دخني، أطلقي النّار التي في داخلك مثل تنين ... دخني ...
يمّه أترين: هذه Eva Rose أجمل فنانة بورنو على الإطلاق
يمّه مارست العادة السرية ثلاث مرات
يمّه وهذا الفيديو لشاب أخذوه وعذّبوه ثم أحرقوا جثّته
ورموها في الشارع
يمّه عندما أريد أن أحبّها أتألم
يمّه أريد أروح عالشام ومليون دبابة في الطريق
يمّه أصبّلك كاسة فودكا ؟
تنهي أمي السيجارة بسرعة فائقة.
يمّه بول شاوول يقول:
«الشفاه الحارّة تحرق السيجارة قبل أن تشعلها بعود الثقاب»
يمّه أريد أن أصاحب الموتى والقتلة
وأن أشتري هرّة
و سيرة ذاتية
أريدها كبيرة يمّه، سيرة كبيرة
أريد أن أتزوج سلمى المصري
وأن تزفّنا سيارة إسعاف من المقبرة إلى البيت.
تشعل أمي سيجارة أخرى
يمّه بول شاوول يقول: «الدخان رحيلٌ أيضًا»
يمّه اليوم حصلت على هدية من صديقتي
كان بنطالها الجينز الأزرق
يمّه لم أعطها شيئًا كما تحبّين
قلتُ لها سأهديكِ لساني
يمّه ... «عبود قوم غسّل إيديك ووجهك وروح جيب خبز،
الساعة صارت سبعة الصبح»

Rauch nur, Mama, rauch. Spei dein inneres Feuer wie ein Drache. Rauch. Mama, findest du nicht auch: Diese Eva Rose ist wirklich die schönste Pornodarstellerin überhaupt. Mama, ich hab mir dreimal hintereinander einen runtergeholt. Mama, und dieses Video, das ist von einem Jungen, den sie mitgenommen und anschließend gefoltert haben. Seinen Leichnam haben sie dann angezündet und auf die Straße geworfen. Mama, wenn ich sie lieben will, tut's mir weh. Mama, ich will nach Damaskus, wenn eine Million Panzer auf den Straßen sind. Mama, soll ich dir ein Glas Wodka einschenken? Meine Mutter raucht ihre Zigarette in rasender Geschwindigkeit zu Ende. Mama, Paul Shaool sagt: „Heiße Lippen verbrennen Zigaretten, bevor das Streichholz sie anzündet." Mama, ich will mit den Toten und den Mördern befreundet sein. Und eine Katze kaufen. Und ich will einen Lebenslauf. Einen ganz großen, Mama. Einen großen Lebenslauf. Ich will Salma Masri heiraten. Und, dass uns ein Krankenwagen vom Friedhof nach Hause bringt. Meine Mutter zündet sich eine zweite Zigarette an. Mama, Paul Shaool sagt: „Auch der Rauch ist ein Abschied." Mama, heute hab ich ein Geschenk von meiner Freundin bekommen. Sie hatte eine blaue Jeans an. Mama, ich hab ihr nichts gegeben, wie du es wolltest. Ich hab ihr gesagt: „Ich werde dir meine Zunge schenken." Mama … „Komm Aboud, wasch dir deine Hände und dein Gesicht. Geh Brot holen. Es ist schon sieben Uhr morgens."

٢٩ يونيو ٢٠١٢، الساعة ٤:٣٥ م **٨٠♥**

انا ابراهيم، وهذه اللايكات التي أوزّعها هنا وهناك ليس بالضرورة أن تعبّر عن إعجاب معلّمي عبود سعيد، وسأقبل كل طلبات الصداقة المعلّقة والتي ستأتي في هذه الساعة.

٣٠ يونيو ٢٠١٢، الساعة ١:٣٥ ص **٥٣♥**

اعتراف: ابراهيم حقيقة \ أنا الوهمي.

٣ أكتوبر ٢٠١٢، الساعة ٢,٣٠ ص **٨٣٤♥**

\\\ باسوورد \\\

أصبح عدد متابعيّ على الفيسبوك يفوق الـ ٦٠٠٠ متابع،

وكلما ازداد عدد المتابعين زاد عدد الحبيبات.

«الآن لدي ٤١٢ حبيبة»

أكتب هذه الجملة على الفيسبوك كل يوم فيغار الرجال.

وبعض النساء تقوم بحذفي.

أثار هذا الشيء دهشة صديقي المخرج السينمائي محمود،

فقال لي مرة ونحن نتكلّم على التشات:

«أنا أحلم أن أحصل على باسوورد حسابك على الفيسبوك لأرى كيف تدردش مع النساء».

لم ينهِ محمود التّعبير عن حلمه حتى كتبت له الباسوورد الخاص بحسابي. لم يصدّق محمود أن الباسوورد صحيحة لكنه جرب الدخول لحسابي الفيسبوكي ونجح:

— «أنت مجنون؟ أنا كنت أمزح لا أحتاجها، ولن أستخدمها للدخول لحسابك الخاص»

29. Juni 2012 um 16:35 Uhr **80 ♥**

Ich bin Ibrahim, und diese Likes,
die ich hier und da verteile,
drücken nicht unbedingt die Meinung
meines Meisters Aboud aus.

30. Juni 2012 um 01:35 Uhr **53 ♥**

Geständnis:
Ibrahim ist real / Der Hoax bin ich.

3. Oktober 2012 um 02:30 Uhr **834 ♥**

/// Passwort ///

Meine Followerzahl auf Facebook hatte die Sechstausendermarke geknackt, und proportional zur Anzahl meiner Follower stieg auch die Zahl der Liebhaberinnen.
Hin und wieder postete ich dann Sätze wie „Jetzt habe ich 412 Liebhaberinnen". Dann wurden die Männer jedes Mal neidisch und die eine oder andere Frau beschloss, mich zu löschen.
Meinen Freund, den Filmregisseur Mahmoud, faszinierte das. Einmal schrieb er mir im Chat: „Einmal dein Facebook-Passwort haben, das wäre mein Traum.
Ich würde dir zu gerne einmal live dabei zusehen, wie du mit all diesen Frauen chattest." Er hatte nicht einmal genug Zeit, mir weiter seine Träume zu erzählen, da hatte ich ihm schon mein Passwort im Chat geschickt. Natürlich wollte Mahmoud erst nicht glauben, dass es mein richtiges Passwort war. Schließlich aber versuchte er, sich einzuloggen, und siehe da: Es klappte.

— «حقّق حلمك يا زلمة، لا تهتم، ادخل ايمت ما بدك»
— «لا أكيد ما رح استخدمها، انسى!»
في اليوم التالي بينما كنت أتجوّل في الفيسبوك وفي اللحظة التي كنت أعلّق على صورة إحدى الصديقات بأنها أجمل فتاة في الفيسبوك.
وصلتني رسالة أن هنالك شخص يدخل إلى حسابك من جهاز آخر،
عرفت أنه محمود.
صرت أتخيّل كيف يقرأ محمود الآن رسائلي الخاصة،
أعجبتني الفكرة، استمتعت بمخيّلتي،
فصرت أبحث عن الصديقات الموجودات أونلاين وأتحرّش بهنّ فقط من أجل أن أثير فضول محمود.
هجر محمود صفحته وأدمن الدخول لصفحتي، في الصباح والمساء والليل، في كل الأوقات يدخل محمود إلى حسابي أكثر مما أدخل أنا وهو يظن أنني لا أعلم بذلك، صار يعرف كل أصدقائي وصديقاتي ويراقب ماذا نتحدث، وأنا صرت أفرط في سرد وفضح الأسرار بيني وبين صديقاتي في التشات لأستمتع بفضول محمود المتزايد وأستلذّ في عذابه.
فأفتح أحاديث حارة، فيشعر محمود بالحرارة،
أحيانًا أنسى محمود لأنني أيضًا أصاب بالحرارة،
فأذهب عميقًا بالحرارة وقبل النشوة بلحظات أتذكر صديقي محمود أنه معنا في هذه اللحظات الحارة فأضحّي بنشوتي لأزعج محمود بجملة أقولها لصديقتي: «أنا آسف مضطر روح هلق».
ترك محمود الوظيفة التي كان يعمل بها وانشغل في التجسّس عليّ،
فانشغلت أنا أيضًا بهذه اللعبة.
صرت أستخدم الفيسبوك من أجل محمود ليس من أجلي أنا،
أتخيّله جالسًا في لحظة ملل فأفتح ١٥ نافذة دردشة وأكتب كلمة «أحبك» فأنسخها وألصقها في كل النوافذ وأرسلها.

— „Sag mal, bist du verrückt? Ich hab doch nur Spaß gemacht! Ich will doch dein Passwort gar nicht, ich werde doch nicht in deinem Privataccount rumschnüffeln!“

— „Komm schon, Junge. Erfüll dir deinen Traum. Ist doch nichts dabei! Log dich ein, wann immer du willst.“

— „Nein, das tu ich ganz bestimmt nicht. Vergiss es!“

Am Tag darauf, als ich gerade online herumstreunte, genau genommen in dem Moment, als ich unter dem Foto einer Freundin kommentierte, sie sei das schönste Mädchen auf Facebook, poppte folgende Warnmeldung auf:

„Es hat eine Anmeldung von einem sonst nicht von dir verwendeten Gerät oder Standort stattgefunden.“

Da wusste ich: Es war Mahmoud.

Ich malte mir aus, wie Mahmoud sich gerade meine Privatnachrichten durchlas. Der bloße Gedanke ließ mich genüsslich erschaudern. Ich pickte mir absichtlich Freundinnen heraus, die gerade online waren, und flirtete sie an. Nur um Mahmoud scharf zu machen.

In der nächsten Zeit vernachlässigte Mahmoud sein eigenes Facebook-Profil vollkommen.

Er war süchtig danach geworden, sich bei mir einzuloggen. Morgens, mittags, abends, nachts – um jede erdenkliche Uhrzeit meldete Mahmoud sich in meinem Account an. Mehr noch als ich selbst. Und die ganze Zeit über dachte er, ich wüsste es nicht. Irgendwann kannte er all meine Freunde und Freundinnen und folgte jedem Chat. Und ich verausgabte mich in detaillierten Ausführungen, gab im Chat Geheimnisse zwischen mir und meinen Freundinnen preis

لتأتيني أجوبة مختلفة:
«وأنا كمان» \
«مو فاضيتلك هلق» \
«أنا ما بحبك ولا رح حبك بحياتي» \
«عبود بطل ولدنه» \
«حبيبي اشتقتلك» \
«مو وقتك عبود، أبي صابتو جلطة» \
«أنا حاليًا بالويسترن يونيون بعدين بحكي معك» \
«اسمعت شو صاير بفرنسا؟»\
«تحبك جهنم انشالله يعني انت مبسوط بحالك هيك
وانت عم تبتذل النساء؟»
«مين مفكر حالك؟»\
«انت فعلاً بايخ» \
«ههههههههههه اشتقتلك» \
«روح حطّلي لايك على بوستي الأخير بعدين تعال قلي بحبك ...»
فينفتح معي ١٥ حديث، يسهر عليهم محمود طوال الليل،
محمود الذي كان وزنه ٩٣ كغ،
بعد الباسوورد صار ٨٥ كغ،
وبعد ثلاثة أشهر اتّصل بي محمود وطلب مني أن أغير باسوورد حسابي،
فرفضت بحجّة أنني أثق به أنه لن يستخدم حسابي،
توسل إليّ محمود عدة مرات
وأنا أقول له: «لا يا رجل أنا أثق بك وأعرف أنك لن تدخل إلى خصوصياتي»
وإلى الآن لم أغير الباسوورد التي أعطيتها لمحمود ولا أعلم إذا كان لايزال
يعيش في صفحتي وكم أصبح وزنه.
نسيته تمامًا كما ينسى الإنسان الله.

und genoss es, wie Mahmoud vor Neugier platzte.
Wie er litt.
Wenn es in meinen Chats heiß zuging, wurde auch Mahmoud heiß. Und manchmal vergaß ich Mahmoud, weil ich selber heiß geworden war. Dann ließ ich es heißer und heißer werden, aber wenige Sekunden, bevor ich kam, fiel immer mir ein, dass da ja noch Mahmoud war.
Dann opferte ich jedes Mal meinen Orgasmus, um Mahmoud zu ärgern, und sagte zu meiner Freundin:
„Du, sorry, aber ich muss jetzt gehen."
Irgendwann kündigte Mahmoud seinen Job. Nun verbrachte er all seine Zeit damit, auf meinem Facebookprofil herumzuschnüffeln. Aber auch ich war diesem Spiel irgendwann völlig verfallen. Ich ging nicht mehr um meiner selbst willen auf Facebook, nur noch für Mahmoud.
In Momenten der Langeweile stellte ich mir vor, wie er über meinem Profil hockte. Und dann öffnete ich 15 Chatfenster gleichzeitig, schrieb „Ich liebe dich", copy-pastete es in alle Chats und drückte auf ENTER. Die Antworten variierten: „Ich dich auch." / „Habe gerade keine Zeit." / „Ich dich nicht, und ich werde dich auch niemals lieben!" / „Aboud, du Obertroll." / „Schatz, du fehlst mir!" / „Sorry Aboud, ich kann jetzt nicht. Mein Vater hatte gerade einen Herzinfarkt." / „Bin gerade bei Western Union, melde mich später." / „Hast du mitgekriegt, was in Frankreich gerade abgeht?" / „Ja, ja, von wegen ich liebe dich. Du kannst mich mal. Kommst dir wohl ganz toll vor, wie du hier Frauen verarscht? Wer glaubst du eigentlich, dass du bist?" / „Alles klar, du bist wirklich bescheuert."/ „Hahahaha ich

٤ أكتوبر ٢٠١٢، الساعة ١١:٢٨ م **٥٤ ♥**

وتبقى النتيجة ١ لي وصفر للجميع، بعد تضيع الطرف الآخر الفرصة الأخيرة.

٢٨ أكتوبر ٢٠١٢، الساعة ٥:٥٧ م **١١٥ ♥**

وصلت إشكالية: أنني أفهم واحد على الفيسبوك إلى تلفزيون المستقبل، مما دفع الإعلامية الجميلة ذات الشعر القصير شيماء أوبري إلى القول: «شو هالسخافة وعلى أي أساس هو أفهم واحد؟!»
أقول وبدون كلل وملل: لقد خسرت مقابل هذه الجملة الكثير من الأصدقاء.

vermisse dich." / „Jetzt like erstmal meinen letzten Post, bevor du mir hier mit ‚ich liebe dich' kommst."

Ich unterhielt mich simultan in 15 Chats, und Mahmoud wachte die Nächte darüber durch. Mahmoud, der einst 93 Kilo wog, wog nach dem Passwort nur noch 85. Und nach drei Monaten rief Mahmoud mich an und forderte mich auf, mein Passwort zu ändern. Ich weigerte mich, verkündete ihm scheinheilig, dass ich ihm vertraue. Ich wisse doch, dass er es nie benutzen würde. Mehrmals flehte Mahmoud mich an, ich aber sagte immer nur: „Nein, Mahmoud, ich bitte dich! Du hast mein vollstes Vertrauen, ich kenne dich doch! Du würdest dich doch nie bei mir einloggen!"

Bis heute habe ich das Passwort, das ich Mahmoud gegeben hatte, nicht geändert. Ich weiß nicht, ob er noch immer in meinem Profil herumvegetiert, noch weiß ich, wie viel er inzwischen wiegt.

Ich habe ihn völlig vergessen. So wie der Mensch Gott vergisst.

4. Oktober 2012 um 11:28 Uhr **54 ♥**

Das Ergebnis ist immer noch: eins zu null für mich gegen alle. Das Gegnerteam hat hiermit seine letzte Chance verspielt.

28. Oktober 2012 um 17:57 Uhr **115 ♥**

Die Problematik mit „Ich bin der klügste Mensch auf Facebook" ist bei Future-TV angekommen, was die schöne kurzhaarige Moderatorin Sheimaa Oubri dazu veranlasste, zu sagen: „Was soll das denn bitte heißen? Auf welcher Grundlage soll er der Klügste sein?"

كلما كتبت: «أنا افهم واحد في الفيسبوك» أخسر من أصدقائي ٥
وأنا مستمر مهما كلّف الثّمن
حتى لو بقيت وحيداً أهذر مع مع نفسي وأصرخ في الفراغ:
أنا أفهم واحد في الفيسبوك ... أفهم واحد في الفيسبوك
أفهم واحد في الفيسبوك ...

٣٠ أكتوبر ٢٠١٢، الساعة ١١:٠٠ ص **١٥٧♥**

أنا ابراهيم، مشتاق للجميع، وهنالك شاب غبي وجاهل عمره ٣١ عاماً
يعمل في الورشة المقابلة لورشتنا
ومعروف اسمه في المنطقة الصناعية بـ «الحسّاس»
الحسّاس شاب طويل، لا يقرأ، لا يكتب، لا يكذب ولا يهتمّ بنشرات الأخبار، لم يسمع بإعصار ساندي إلى الآن، يأكل أكثر من ٤ وجبات في اليوم، يحبّ «مراد علم دار» وأفلام الأكشن ويحلم بمسدس لونه ذهبي مثل مسدس «نيكولاس كيدج» في فيلم «فيس أوف»
الحسّاس، سمّي بهذا الاسم ليس لأنه مرهف المشاعر على العكس هو خال من المشاعر رغم أنه يملك صوتًا جميلاً ويجيد الغناء، لكنه لا يحبّ صوته ويكره أن يسجّله له أحد مثل بوكوفسكي الذي يقول «ذات مرة سجّلت صوتي وأنا أقرأ قصائدي على مسمع أسد في حديقة الحيوان فزأر بعنف، وكأنه يتوجّع».
لُقّب بالحسّاس لأنه كان يعمل في تصليح القطع الكهربائية فكان يُلغي كل الحسّاسات وصمّامات الأمان من كل الآلات التي يُصلّحها، لذلك يجعلها تعمل مثل حمار إلى أن تهلك.

Ich werde nicht müde, es wieder und wieder sagen: Wegen dieses Satzes habe ich schon viele Freunde verloren.
Jedes Mal, wenn ich schreibe: „Ich bin der klügste Mensch auf Facebook", verliere ich fünf Freunde. Und ich mache weiter, was es mich auch kosten mag.
Selbst wenn ich hier am Ende ganz alleine vor mich hin brabbele, werde ich dann und wann ins Leere schreien: „Ich bin der klügste Mensch auf Facebook! Ich bin der klügste Mensch auf Facebook!
Ich bin der klügste Mensch auf Facebook!"

30. Oktober 2012 um 11:00 Uhr **157 ♥**

Ich bin Ibrahim und vermisse euch alle. Es gibt hier einen dummen und ungebildeten jungen Mann. Er ist 31 Jahre alt, arbeitet in der Werkstatt gegenüber und im Industrieviertel nennt man ihn den „Sensor". Der Sensor ist groß, liest nicht, schreibt nicht, lügt nicht und interessiert sich nicht für die Nachrichten. Er hat bis heute nichts vom Hurricane Sandy gehört und isst vier Mahlzeiten pro Tag. Er liebt Filme von Murad Alamdar und Actionfilme. Er träumt von einer goldenen Pistole wie der von Nicolas Cage in *Face/Off*. Der Sensor wurde nicht etwa so genannt, weil er so feinfühlig wäre. Im Gegenteil, er ist eher gefühllos, obwohl er eine schöne Stimme besitzt und gerne singt. Aber er selbst mag seine Stimme nicht und hasst es, wenn jemand sie aufnimmt. Wie Bukowski, der einmal sagte: „Als ich eine Tonaufnahme hörte, wo ich meine Gedichte las, klang das für mich wie ein Löwe im Zoo, der vor Schmerz brüllt." Der Sensor wurde so getauft, weil er Elektrogeräte repariert

جاء اليوم الحسّاس إلى معلّمي عبود وقال له بلهفة: «رأيتكَ ... رأيتكَ على تلفزيون المستقبل، وكانوا يقولون أنّك أذكى رجل في العالم، وكانت هنالك فتاة لم يعجبها هذا ...»

كان الحسّاس يتكلم بانفعال ويشتم تلك الفتاة ومعلّمي عبود يضيفه السجائر ويقول له: «أكمل ... أكمل!»

٩ ديسمبر ٢٠١٢، الساعة ١٢:١٥ ص **٤٤٢ ♥**

Sara Sama:

عبود سعيد بريشة إحدى الحاقدات

und von jedem Gerät sämtliche Sensoren und Sicherungen entfernt, so dass es dann rackert wie ein Packesel, bis es schließlich den Geist aufgibt.
Eines Tages kam der Sensor zu meinem Meister Aboud und erzählte ihm ganz außer Atem: „Ich habe dich gesehen! Ich habe dich auf Future-TV gesehen. Und sie sagten, du bist der klügste Mann der Welt! Und da war eine Frau, der gefiel das nicht … und …“
Der Sensor sprach aufgebracht und fluchte über jene Frau und mein Meister Aboud bot ihm immer nur Zigaretten an und sagte: „Ach … und dann? Erzähl weiter.“

9. Dezember 2012 um 00:15 Uhr **442 ♥**

***Sara Sama*:**

Aboud Saeed, gezeichnet von einer seiner Haterinnen

١١ ديسمبر ٢٠١٢، الساعة ٢:٢٩ م ♥٤١٦

أتخيل نفسي دكتاتور كبير في الفيسبوك
وأن يومًا ما سأسقط مثلما سقط كل الطغاة
أتخيّل مشهد ما بعد السقوط هكذا:

— جماهير غفيرة والذين هم أصدقائي، يقتحمون صفحتي وينهبونها
هذا الذي يحمل أحد نصوصي على كتفه ويفرّ به هاربًا
وذاك الذي يأخذ صديقاتي كسبايا
وآخرون يجمعون كل الذي كتبته ويكوّمونه بالشارع
كما يكوّم الحشيش ثم يحرقونه بأرخص قدّاحة

— سيتم سحل أسمي وصورتي الشخصية كما سحلوا تمثال صدام
في العراق

— أحد أصدقائي وعلى الأغلب شاعر، يصول ويجول بالشوارع فرحًا
يحمل إحدى صوري بيده وباليد الأخرى يضربها بالقندرة
بينما حبيبتي غافلة والمياه تجري من تحتها
وهي تعقد مؤتمرًا صحفيًا، تقول فيه: «حاصرناهم ذبحناهم
العلوج جحوش الاستعمار ...»

١١ ديسمبر ٢٠١٢، الساعة ٤:٥٧ م ♥١٤٠

يوما ما سنخرج من الشاشة \ منتصرين

11. Dezember 2012 um 14:29 Uhr **416 ♥**

Ich stelle mich mir als großen Facebook-Diktator vor und wie ich eines Tages fallen werde, wie jeder Tyrann fallen muss. Das Szenario nach dem Fall male ich mir folgendermaßen aus:

— Enorme Menschenmassen – meine Facebook-Freunde – stürmen mein Profil und plündern es.
Dieser trägt einen meiner Texte auf den Schultern und läuft mit ihm davon.
Jener nimmt meine Freundinnen als Geiseln,
während andere wiederum alles, was ich geschrieben habe, zusammenraffen und auf den Straßen aufhäufen wie Heuhaufen, um es dann mit dem billigsten Feuerzeug anzuzünden.

— Meinen Namen und mein Profilbild wird man die Straße entlang schleifen
wie man die Statuen Saddam Husseins durch die Straßen des Iraks geschleift hat.

— Einer meiner Freunde, vermutlich ein Dichter, wird triumphierend durch die Straßen stolzieren, in der Hand ein Foto von mir und in der anderen einen Schuh,
mit dem er auf das Foto eindrischt. Während meine Freundin, keine Ahnung von nichts, eine Pressekonferenz abhält, in der sie sagt: „Wir haben sie belagert und fertig gemacht, diese Weicheier, diese Marionetten des Kolonialismus!"

11. Dezember 2012 um 16:57 Uhr **140 ♥**

Eines Tages werden wir aus dem Bildschirm schlüpfen /
Als Sieger.

١٦ يناير ٢٠١٣، الساعة ٤:٤٤ م ♥١٧١

قريبًا وتحت الطباعة، كتاب تحت عنوان

«Der klügste Mensch im Facebook»

الكتاب سيصدر باللغتين الإنكليزية والألمانية ويحتوي على أشياء نشرتها هنا في الفيسبوك وأشياء ستُنشر وأشياء لن تنشر، سيصدر عن دار ميكروتيكست للنشر

سيكون هناك نسخ إلكترونية للآي باد وهيك

عاشت ألمانيا وانكلترا

يسقط العالم العربي ودور النشر العربية واللغة العربية

يسقط الأمريكان

يسقط بشار الكلب

عاشت صديقتي ساندرا التي قامت بكل هذا المشروع.

١٨ يناير ٢٠١٣، الساعة ١٢:٢١ م ♥٧٣٢

لهؤلاء الذين ما زالوا يتساءلون من عبود السعيد:

أنا عبود السعيد، مقيم في منبج، حيث لا تذهب الفتيات إلى المقاهي، وحيث لا يوجد بناء أعلى من أربع طوابق ...

ابن اخي الصغير \ كلما طلبت منه ان يقول: «الله أكبر»

يقول لي: «عيب!!!»

في المدرسة كنت أجلس في المقعد الأخير، وذهبت للجامعة لأتعرف على فتاة غير محجّبة ومعها موبايل فيه بلوتوث، وكانت تسمي هاتفها النقال catwoman من أجلها سميتُ هاتفي النقال: «مياو»

مع ذلك لم تكترث.

أنا أعمل كحدّاد، يعني مطرقة وجرخ ومفتاح ١٣\١٤ ...

16. Januar 2013 um 16:44 Uhr

In Kürze, frisch aus dem Druck:
Der klügste Mensch im Facebook
Das Buch wird auf Englisch und Deutsch im mikrotext Verlag erscheinen und Dinge enthalten, die ich hier auf Facebook gepostet habe, und andere, die ich erst posten werde und wieder andere, die ich hier nie posten würde.
Eine E-Book-Version soll es auch geben, fürs iPad und so.
Hoch leben Deutschland und England!
Nieder mit der arabischen Welt, nieder mit den arabischen Verlagen, nieder mit der arabischen Sprache!
Nieder mit den Amerikanern.
Nieder mit Bashar, dem Wichser.
Hoch lebe meine Freundin Sandra, die das ganze Projekt auf die Beine gestellt hat.

18. Januar 2013 um 12:21 Uhr **723 ♥**

An diejenigen, die sich noch immer fragen, wer Aboud Saeed ist:
Ich bin Aboud Saeed, wohnhaft in Manbidsch, wo Mädchen nicht in Cafés gehen und wo kein Gebäude höher als vier Stockwerke ist.
Jedes Mal, wenn ich meinen kleinen Neffen auffordere, Allahu Akbar zu sagen, sagt er: „Schäm dich".
In der Schule saß ich immer auf der letzten Bank. An die Uni bin ich gegangen, weil ich ein Mädchen ohne Kopftuch kennenlernen wollte, das ein Handy mit Bluetooth besaß.
Sie nannte ihr Handy „Catwoman", und ihretwegen habe ich meines dann „Miau" getauft.

أنام مع سبعة أخوة في نفس الغرفة، ولا أملك خزانة، لذلك أخبئ رسائلي الخاصة في قنّ الدّجاج
أحيانا تبيض الدجاجة فوق كلمة أحبك وأحيانًا تتغوّط الدجاجة فوق الملاحظة التي في آخر الرسالة
أمي لا تعرف كيف تطبخ اللازانيا، وحتى السنة الماضية كنت أعتقد أن الكرواسان نوع من الطعام الغالي يؤكل بالشوكة والسكين
كل مساء أحلم أنني هانيبال ليكتر وأمامي على الطاولة دماغ الفتاة التي أحبها.
في الباص أجلس في الكرسي المعاكس لأراقب جارتي، ولم أر طائرةً في حياتي إلا الطائرات الحربية، أسرق الكهرباء من أقرب عامود كهرباء، وفتاة برجوازية تدفع لي فواتير الإنترنت..
في الحارة يتمسخر الأولاد على الشامة التي في جبيني، وأخي الكبير لا يصدّق أني شاعر..
بينما أولاد عمي لو عرفوا أنني شاعر لطبّلوا خلفي بالطناجر والتنك
عندي قلم رصاص أخربش به أحيانًا، وأبريه بالسكين، وآخر قلم أزرق غالٍ جاءني كهدية
انفجر في جيب قميصي ...
في الأعراس أجلس قريبًا من المطرب، في خيم العزاء أنا من يضيّف القهوة المرة، وفي المقاهي طاولتي دائمًا هي طاولة المقطوعين ...
أنا عبود السعيد، أداعب رقبة الحيوان الذي يسكن داخلي لكي ينمو مثل ذئب أعمى.

Dennoch war ich ihr egal.
Ich arbeite als Schmied, das heißt Hammer, Bolzen und Dreizehner-, Vierzehnerschlüssel.
Ich schlafe mit sieben Geschwistern im selben Zimmer und besitze keinen Schrank, weswegen ich persönliche Briefe immer im Hühnerstall aufbewahre. Manchmal passiert es, dass eine Henne auf den Satz „Ich liebe dich" ein Ei legt. Es ist aber auch schon vorgekommen, dass mir eine Henne auf das P.S. gekackt hat.
Meine Mutter weiß nicht, wie man Lasagne kocht, und bis voriges Jahr dachte ich noch, ein Croissant sei ein teures Gericht, das man mit Messer und Gabel ist.
Jede Nacht träume ich, ich sei Hannibal Lecter und vor mir auf dem Tisch läge das Gehirn des Mädchens, das ich liebe.
Im Bus setze ich mich immer meiner Nachbarin gegenüber, um sie zu beobachten, und ich habe in meinem Leben noch kein einziges Flugzeug gesehen – abgesehen von Kriegsflugzeugen.
Meinen Strom zapfe ich vom nächstgelegenen Strommast ab und meine Internetrechnungen zahlt ein Mädchen aus der Oberschicht.
Die Kinder in meinem Viertel machen sich lustig über das große Muttermal auf meiner Stirn, und mein großer Bruder glaubt mir nicht, dass ich ein Dichter bin. Meine Cousins aber würden, wenn sie es wüssten, auf Töpfe und Blechdosen trommelnd hinter mir herrennen.
Ich habe einen Bleistift, mit dem kritzele ich manchmal etwas, und ich spitze ihn mit einem Messer. Der letzte teure Kugelschreiber, den ich geschenkt bekommen habe, ist mir

٢٥ فبراير ٢٠١٣، الساعة ١٠:١٦ ص **١٧٢♥**

حدا يعرف شقد يومية الحدّاد بألمانيا؟

٢٥ فبراير ٢٠١٣، الساعة ١١:٢٥ ص **١٠♥**

***Sandra Hetzl*:**

حصل عبود سعيد على عقده مع ميكروتكست اليوم. وقد كتب:

«لأنه ليس لدي طابعة ولا سكانر،

وقع صديقي فادي حسين العقد اللي أبرمته مع الألمان باسمي.

بعد لحظات وقعه فادي ورجعلي اياه. من دون ما يقراء كلمة واحدة.

لما طلبت منه قراءة العقد، قال:

‹لا! رح وقع. حتى لو كانت الحرب العالمية الثالثة اللي بوقع عليها›».

٢٦ فبراير ٢٠١٣، الساعة ٧:٤٨ ص **١٠٥♥**

قولي أحبكَ وإلا سأقوم بحذفكِ

in der Hemdtasche geplatzt. Bei Hochzeiten setze ich mich immer neben den Sänger. In den Zelten, die man bei Trauerfeiern aufstellt, bin ich derjenige, der den Trauergästen den bitteren Kaffee serviert, und in Cafés ist mein Tisch immer der Tisch der Ignorierten.
Ich bin Aboud Saeed, und ich kraule das Tier in meinem Inneren am Nacken, auf dass es wachse wie ein blinder Wolf.

25. Februar 2013 um 10:16 Uhr **172 ♥**
Weiß zufällig jemand, was so der übliche Tagessatz für einen Metallarbeiter in Deutschland ist?

25. Februar 2013 um 11:25 Uhr **10 ♥**
***Sandra Hetzl*:**
Aboud Saeed hat heute seinen Vertrag mit mikrotext bekommen. Er schreibt:
„Weil ich weder einen Drucker noch einen Scanner besitze, hat mein Freund Fadi Hussein den Vertrag, den ich jetzt mit den Deutschen abschließe, in meinem Namen unterzeichnet.
Wenige Augenblicke später schickte Fadi ihn mir unterschrieben zurück, ohne auch nur ein Wort davon gelesen zu haben.
Als ich ihn bat, den Vertrag doch erstmal zu lesen, sagte er: ‚Nein, ich unterschreibe. Selbst wenn es der Dritte Weltkrieg ist, den ich hier unterschreibe'."

26. Februar 2013 um 07:48 Uhr **105 ♥**
Sag, dass du mich liebst. Oder ich lösche dich.

٣ مارس ٢٠١٣، الساعة ٧:٥٢ ص **١٣٧♥**

أبحث عن امرأة تقول عن نفسها: أنا أفهم وحدة في الفيسبوك.
وسأرتبط بها فورًا، وعندها يكون الخبر على الشكل التالي:
ارتبط أفهم واحد بالفيسبوك بـ أفهم وحدة بالفيسبوك ...

٥ مارس ٢٠١٣، الساعة ١٢:٣٢ م **٧♥**

Nikola Richter عبر ***mikrotext***: 🖼

Aboud Saeed: Your book is available in all bookshops.
Sandra Hetzl: Your translation is available in all bookshops. :)

3. März 2013 um 7:52 Uhr **137 ♥**

Ich bin auf der Suche nach einer Frau, die sagt: „Ich bin der klügste Mensch auf Facebook."
Ich würde auf der Stelle eine Beziehung mit ihr eingehen, und die Meldung wäre dann:
„Der klügste Mensch im Facebook und der klügste Mensch auf Facebook sind jetzt in einer Beziehung."

5. März 2013 um 12:32 Uhr **7 ♥**

***Nikola Richter via mikrotext*:**

Aboud Saeed: Your book is available in all bookshops.
Sandra Hetzl: Your translation is available in all bookshops. :)

١١ مارس ٢٠١٣، الساعة ٤:٣٤ م ٩٣♥

أنا إبراهيم ...
أنتظر بفارغ الصبر أن يسافر معلّمي عبود إلى ألمانيا
وَعَدَني أنّه سيترك لي كمبيوتره الشخصي وحسابه الفيسبوكي
وأصدقائه وعشيقاته سيتركهن لي
يقول: ابراهيم سأترك لكَ حياة افتراضية جاهزة، أعداء وأصدقاء
لا تدلّلهم يا ابراهيم، أكتب لهم بشكل غرائزي، علّمهم الكتابة على طريقة الزعران، اشتمهم فهم يخافون، قل لصديقتك الجميلة «سوف أقرص بظرك من الداخل وأُخرج منه فرنكين ...»
خذها إلى السرير ونكاية بأحزمة شارون ستون في فيلم غريزة أساسيّة، قيّدها بالسلاسل والجنازير واهمس في أذنها بلطفٍ: «لماذا كل هذا التجهم!!؟»
كل صباح اكتب للذين قاموا بحذفك «لماذا كل هذا التجهم»
لماذا كل هذا التجهم يا زنادقة يا كذّابين يا حرّاس اللغة والفضيلة والطائفيّة يا أصحاب الأيور الضخمة الجبانة الخائفة التي تتلصّص من شقوق سحّاب البنطلون
يا خونة ...

11. März 2013 um 16:34 Uhr **93 ♥**

Ich bin Ibrahim.

Ich kann es kaum erwarten, bis mein Meister Aboud endlich nach Deutschland fährt.

Er hat mir nämlich versprochen, dass er mir dann seinen Laptop und seinen Facebookaccount hinterlässt.

Und seine Freunde und Geliebten auch.

Er sagt: Ibrahim, pass auf: Ich hinterlasse dir ein komplettes virtuelles Leben, mit Freunden und Feinden.

Mach es ihnen nicht zu einfach, Ibrahim. Schreib ihnen, folge deinem Instinkt, zeig ihnen, wie ein Lausebengel schreibt. Beschimpfe sie, denn sie werden dich fürchten. Sag deiner schönen Freundin: „Ich kneif dich in den Kitzler, bis dir zwei Centstücke rausfallen."

Nimm sie mit ins Bett, und aus Trotz gegen Sharon Stones Hermès-Seidenschal in *Basic Instinct*, kette sie daran fest und dann flüstere ihr ins Ohr, ganz sanft: „Warum denn so ernst?"

Denen, die dich gelöscht haben, schreibe jeden Morgen: „Warum denn so ernst?"

Warum denn so ernst, ihr Ketzer, ihr Lügner, ihr Wächter der Sprache und Tugend.

Und des Konfessionalismus. Ihr mit euren riesigen, feigen Schwänzen, die

aus euren Hosenschlitzen hervorlinsen.

Verräter.

١٨ أبريل ٢٠١٣، الساعة ١٢:٢٤ م ١١٠٠♥

قبل أن يُنشر كتابي في ألمانيا، كنت أسمع عن ألمانيا في المونديال، وكنت أعرف أيضاً Modern Talking والمرسيدس وبالطبع هتلر، إلى أن جاء ماكس، وهو صحفي ألماني يعمل في تلفزيون ZDF جاء إلى مدينة منبج ليصوّر فيلماً عنّي.

بحث عنّي ماكس كثيراً، وكان قد خاطر بحياته تحت القصف في ظروف صعبة جداً حيث لا اتصالات، ولا طرقات آمنة، سأل عني في مدينتي وكل الذين قابلهم كان يسألهم «أين أجد الكاتب عبود سعيد» فكانوا يجيبونه هكذا «كاتب؟ نحنا ما عنا كتاب بها الاسم!»

غادر ماكس المدينة حزيناً خائباً إلى الحدود التركية حيث رآني هناك صدفة.

لم يصدّق ماكس نفسه وراح يرقص مثل أرخميدس ويقول «وجدتها!

18. April 2013 um 12:24 Uhr **1100 ♥**

Bevor mein Buch in Deutschland veröffentlicht wurde, kannte ich von dem Land nur die WM, Modern Talking, Mercedes und natürlich Hitler. Bis eines Tages Max kam: ein deutscher Fernsehjournalist, der sich extra nach Manbidsch aufgemacht hatte, um einen Bericht über mich zu filmen. Max suchte lange und unter Einsatz seines Lebens nach mir. Unter Bombenhagel und haarsträubenden Bedingungen, zu einer Zeit, als Internet und Mobilfunk komplett lahmgelegt waren und die Gefahr an jeder Straßenecke lauerte, fragte er in meiner Stadt jeden Menschen, der ihm über den Weg lief: „Entschuldigen Sie, wo finde ich hier den Schriftsteller Aboud Saeed?“ Und jedes Mal erhielt er zur Antwort: „Schriftsteller? Wir haben hier keinen Schriftsteller, der so heißt.“

Traurig und enttäuscht zog Max wieder ab und fuhr an die syrisch-türkische Grenze zurück. Doch da traf er mich durch einen puren Zufall. Max traute seinen Augen nicht. Er tanzte wie Archimedes, während er rief: „Ich hab’s, ich hab’s! Nicht den Apfel, sondern Aboud Saeed!“

Also nahm ich Max und den Dolmetscher, den er dabei hatte, wieder mit über die Grenze, ins Büro von Freunden von mir, wo Max mich interviewte. Er bat mich, mich vor meinen Laptop zu setzen. Er wollte mich dabei filmen, wie ich mich bei Facebook einlogge und einen Post schreibe, schließlich bin ich ja der klügste Mensch auf Facebook. Ich schrieb: „Ich und Max im Wunderland“.

Danach bat Max mich, ihn mit zu mir nach Hause zu nehmen, damit er für seinen Fernsehbeitrag auch meine

وجدتها! ليست التفاحة إنما عبود سعيد!»

أخذته هو والمترجم الذي يرافقه إلى مكتب أحد الأصدقاء على الحدود، أجرينا المقابلة وطلب مني ماكس أن أجلس على الكمبيوتر ليصوّرني وأنا أفتح حسابي الفيسبوكي وأكتب شيئًا، باعتباري أفهم شخص على الفيسبوك، فكتبت «أنا وماكس في بلاد العجائب»

طلب مني ماكس بعدها أن آخذه معي ليصوّر أمي والبيت من أجل فيلمه.

على الطّريق أوقفتنا عدّة حواجز منها كانت ميليشيات إسلامية وبعضها للجيش الحر، وأحد عناصر الجيش الحر تساءل عن هوية ماكس فقلنا له أنه ألماني، فقال «يعني أكيد ألماني مو إسرائيلي؟»، فقلنا له «والله ألماني وهذه هويته!»

أكملنا الطريق، وصلنا إلى البيت، أدخلت ماكس والمترجم إلى غرفة الضيوف وأنا ذهبت إلى أهلي وقلت لهم أن لدينا ضيف ألماني صحفي ويجب علينا أن نكرمه ونحترمه.

بدأ أهلي بتحضير الطعام، ما أن جهز حتى طلبت أمي أن نذهب إلى الغرفة التي وضعنا فيها مائدة الطعام على الأرض، وبحكم العادات والتقاليد كان يتوجّب على ماكس أن يخلع حذاءه ليجلس معنا ويأكل، وما أن خلع ماكس حذائه حتى انطلقت رائحة كريهة من جواربه غمرت البيت فتجاوزت البيت وغمرت الحارة كلها، وصارت أمي ترمقني بنظرات غاضبة وهي تفتح الشبابيك وتقول لي:

— «انت متأكد أنو هذا صاحبك ألماني؟»

وأنا أؤكد لها:

— «ألماني يا يمّه والله ألماني حتى شوفي يشبه كلينسمان مدرّب فريق ألمانيا؟»

Mutter und unser Haus filmen konnte. Unterwegs wurden wir an mehreren Checkpoints angehalten. Manche gehörten islamistischen Milizen, andere der Freien Syrischen Armee, und an einem FSA-Checkpoint fragte uns ein Kämpfer, was für ein Landsmann Max sei. Als ich ihm antwortete, Max sei Deutscher, bohrte er nach: „Bist du dir sicher, dass er Deutscher ist und nicht Israeli?“ Wir schworen, dass Max Deutscher ist, „Dickes Ehrenwort“.

Wir fuhren weiter. Zu Hause angekommen schickte ich Max und seinen Dolmetscher erstmal ins Gästezimmer. Unterdessen ging ich zu meiner Familie und brachte ihnen bei, dass wir einen deutschen Journalisten zu Gast haben, den wir nun zu ehren und zu versorgen hatten.

Meine Familie begann also, Essen vorzubereiten, und als meine Mutter uns schließlich ins Zimmer rief, hatte sie schon, wie bei uns üblich, die Teller auf einer Decke auf dem Boden ausgebreitet. Nun musste Max sich wie jeder andere auch seine Schuhe ausziehen, bevor er sich zu uns zum Essen setzte. Doch kaum hatte Max seine Schuhe ausgezogen, stieg ein grausiger Gestank von seinen Socken empor, durchflutete das Haus, drang nach draußen und hing schließlich über der ganzen Straße. Meine Mutter blitzte mich böse an, während sie die Fenster aufriss und sagte:

— „Bist du dir sicher, dass dein Freund Deutscher ist?“

— „Ja, Mama, ich schwör’s, er ist Deutscher. Schau doch mal genau hin – sieht er nicht ein bisschen aus wie Jürgen Klinsmann?“

— „Um Gottes Willen, der sieht doch nicht aus wie Klinsmann! Und Klinsmanns Socken stinken auch

— «أعوذ بالله! هادا مو متل كلينسمان، كلينسمان مستحيل تكون هيك ريحة جراباتو»

— «بعدين يا يمّه الزلمة قطع رحلة طويلة وشاقة طبيعي تطلع ريحة جراباتو»

باشرنا في الطعام وباشر صديقي ماكس بالتهام الطعام مثل الحصّادة، أمي كانت تراقبه وتنظر إليّ بغضب، وأختي ذهبت إلى بيت الجيران وأخبرتهم أن في بيتنا ألماني له رائحة جرابات، فتقول جارتنا أم عمر «ياريت ضلينا سمعانين بالألمان وما شفنا ولا شمينا ريحة جراباتهم»

جارتنا أم عمر أخبرت كل سكان الحي وصار ماكس وجراباته حديث كل الحارة.

التهم ماكس كل الصحون ففقدت أمي أعصابها وسألتني:

— «صاير مجاعة يعني بألمانيا؟»

وماكس يأكل ويأكل ولا يفهم العربية والمترجم يضحك وأنا أقول له «لا تترجم هذه الأشياء»

ذهبت أختي إلى جارتنا أم عمر وأخبرتها أن ماكس أكل ٤ رغفان خبز ومسح كل الصحون وجارتنا أم عمر تضرب على رأسها وتقول «ياريت ضلينا نسمع بالألمان ونشوفوهن بالتلفزيون ولا شفنا فجعهم ولا شمينا ريحة جراباتهم»

ذهبت أم عمر وأخبرت سكان الحي وصارت سيرة ماكس وجراباته ومجاعة ألمانيا حديث البلد.

انتهينا من تناول الطعام وجلسنا نشرب الشاي مع أمي وأنا أحاول أن ألطّف الجو فأقول لأمي أن ماكس معجب بالوشم على جبينك، كنت أريدها أن تبتسم في وجه ماكس قليلاً.

انتفخت بطن ماكس وكان قد أنهى تصوير الفيلم

غادر ماكس المدينة مسروراً جداً وسعيداً بالفيلم والمغامرة وحسن

gewiss nicht so."

— „Na ja, Mama, der Mann hat ja auch eine lange und strapaziöse Reise hinter sich, da ist es ganz normal, wenn die Socken etwas riechen."

Wir begannen also zu essen. Mein Kumpel Max verschlang sein Essen wie ein Mähdrescher. Meine Mutter beobachtete ihn und blitzte mich zwischendrin zornig an. Meine Schwester aber ging zu den Nachbarn und erzählte ihnen, dass wir gerade einen Deutschen mit stinkenden Socken zu Hause haben. Da sagte Umm Omar, unsere Nachbarin: „Oh, ich wünschte, es wäre dabei geblieben, dass wir die Deutschen nur vom Hörensagen kannten. Ich wünschte, es wäre uns erspart geblieben, die Deutschen zu sehen und den Gestank ihrer Socken zu riechen."

Unsere Nachbarin Umm Omar erzählte es der ganzen Nachbarschaft weiter, und so wurden Max und seine Socken zum Thema des Viertels.

Max aber verschlang Teller um Teller, worüber meine Mutter langsam die Nerven verlor und mich fragte:

— „Sag mal, herrscht in Deutschland eigentlich eine Hungersnot?"

Und Max, der kein Wort Arabisch verstand, aß und aß, während der Dolmetscher in sich hineinkicherte und ich ihm zuzischte: „Wehe, du übersetzt das."

Da ging meine Schwester wieder zu unserer Nachbarin Umm Omar. Als sie ihr erzählte, wie Max vier Laib Brot verschlungen und alle Teller leergegessen hatte, schlug Umm Omar die Hände über dem Kopf zusammen und rief: „Ich wünschte, es wäre dabei geblieben, dass wir die

الضيافة في منزلنا ليعرض الحدث على تلفزيون ZDF من دون أن يعلم أنه هو وجراباته ورغفان الخبز الأربعة كانوا هم الحدث في منبج.

٢٦ أبريل ٢٠١٣، الساعة ٣:٣٥ م **١٣٥❤**

سألني ماكس: شو تعنيلك اللايك وهل لها تأثير على كتاباتك»
قلت له: اللايك مو مجرد نقرة على الماوس، اللايك فلسفة كبيرة
في ناس تحصل عليها بالقوة وناس تاخذها بالتوسّل
وناس تعيش وتموت وتضل بدون لايك

Deutschen nur vom Hörensagen und aus dem Fernsehen kennen. Hätten wir doch bloß ihr Elend nicht sehen und ihre Socken nicht riechen müssen."
Umm Omar wiederum ging los und erzählte es der gesamten Nachbarschaft. So wurde die Geschichte mit Max, seinen Socken und der Hungersnot in Deutschland zum Thema der Stadt.
Nachdem wir fertig gegessen hatten, setzten wir uns noch auf einen Tee zu meiner Mutter. Ich wollte die Stimmung etwas aufheitern. Ich behauptete einfach meiner Mutter gegenüber: „Max gefällt die Tätowierung auf deiner Stirn, Mama." Ich wollte einfach, dass sie Max ein bisschen anlächelt.
Schließlich war Max' Bauch prall gefüllt, und mit dem Filmen war er auch fertig. Als er die Stadt verließ, war er zutiefst glücklich und zufrieden. Mit dem Film, dem Abenteuer und der tollen Gastfreundschaft bei uns zu Hause.
Das ganze Ereignis wurde dann im deutschen Fernsehen ausgestrahlt. Was Max aber nicht wusste: Das eigentliche Ereignis in Manbidsch waren er, seine Socken und die vier Laib Brot, die er verputzt hatte.

26. April 2013 um 15:35 Uhr **135 ❤**

Max fragte mich im Interview: Was bedeuten dir Likes, und inwieweit beeinflussen sie dein Schreiben?
Ich sagte ihm: So ein Like ist nicht einfach nur ein Mausklick. Dahinter steckt eine große Philosophie.
Es gibt Menschen, die nur mit Gewalt an ihre Likes kommen, andere durch Bettelei, und es gibt solche, die werden geboren, leben und sterben wieder, ohne je ein Like bekommen zu haben.

١١ مايو ٢٠١٣، الساعة ١٠:٣٤ م **١١٧♥**

استغلي المرحلة!! وقولي لي: أنا أحبكَ

١٤ مايو ٢٠١٣، الساعة ١٢:٢٩ م **١١٧♥**

Pico Be**:** 🖼

«الديكتاتور لا يستمع إلى الجاز»

نص: عبود سعيد / ترجمة: ساندرا هتزل /

الصورة: آنا مكارثي

غيتار ، باص جيتار ، درمز: البرت بوشيل /

تشيلو: هانز بلاتزجومر / غناء: بيكو بي /

سيلوفون: سيباستيان مم / إيقاع: توم وو

11. Mai 2013 um 10:34 Uhr **117 ♥**

Nutze deine Chance: Sag mir, dass du mich liebst!

14. Mai 2013 um 12:29 Uhr **117 ♥**

Pico Be:

„Der Diktator hört keinen Jazz"
Text: Aboud Saeed / Übersetzung: Sandra Hetzl /
Bild: Anna McCarthy
Guitar, Bass, Drums: Albert Pöschl /
Cello: Hans Platzgumer / Vocal: Pico Be /
Glockenspiel: Sebastian Mmm / Shaker: Tom Wu

٢٣ يونيو ٢٠١٣، الساعة ١١:٣٠ ص ♥٢٨٣

أنا وأمي نحتسي القهوة هذا الصباح، أمي تسحب سحبة عميقة وتقول: «ولك آخ ماني متحسرة إلا على هالسبعين سنة الي راحوا مع أبوك من دون دخان.»

١٤ يوليو ٢٠١٣، الساعة ٢:٠١ م ♥٢٩٩

\\\ هاربًا من دموع أمي \\\

في اتصال هاتفي أجراه معي صديقي عندما كنت في منبج قال لي «جبلي معك ٣ كروزات حمرا طويلة وحفنة من تراب الوطن»

ذهبت إلى السوق، اشتريت الدخان ولأني لا أملك حقيبة سفر استعرت واحدة من صديقة أختي وضعت فيها ملابسي الداخلية وكمبيوتري المحمول وعلبة شامبو وزوجين جرابات (خلنج)

قالت لي أختي عندما أعطتني الجوارب: «عندما تنثقب جواربك ارم بها في سلة المهملات فقد أصبحت كاتبًا مشهورًا والجورب المثقوب لا يليق بك.»

حملت حقيبة سفري بيد و٣ كروزات حمرا طويلة باليد الأخرى لأن المهرّب الذي اتفقت معه على تسلّل الحدود أوصاني بأن أحمل كيس الدخان معي وأن حقيبتي ستعبر الحدود بشكل شرعي.

ودّعت أمي ... قبلت يدها ثلاث مرات ووضعتها على رأسي

وهربت، هربت من دموعها ...

كان المهرّب في انتظاري وكان هناك ما يقارب المائة شخص يريدون التسلّل إلى الأراضي التركية

وقفنا في صفوف منتظمة وكأننا عساكر في درس الرياضة الصباحي وكان المهرب يوجّه تعليماته مثل عقيد في الجيش:

23. Juni 2013 um 11:30 Uhr **283 ♥**

Mama und ich morgens beim Kaffeetrinken. Mama nimmt einen tiefen Zug von der Zigarette und sagt:
„Das Einzige, was ich in meinem Leben so richtig bereue, sind die siebzig Jahre, die ich an der Seite von deinem Vater als Nichtraucherin gelebt hab."

14. Juli 2013 um 14:01 Uhr **299 ♥**

/// Auf der Flucht vor den Tränen meiner Mutter ///
Kurz bevor ich Manbidsch verließ, sagte mir ein Freund am Telefon: „Bring mir drei Stangen lange Al-Hamra-Zigaretten mit und eine Handvoll Heimaterde."
Ich ging also auf den Markt und kaufte die Zigaretten, und weil ich keine Reisetasche besaß, lieh ich mir von der Freundin meiner Schwester eine aus. Hinein packte ich Unterwäsche, Laptop, eine Flasche Shampoo und zwei Paar nagelneue Socken. Die hatte meine Schwester mir mit folgenden Worten übergeben: „Wenn sie irgendwann durchgewetzt sind, wirf sie bitte in den Müll. Du bist jetzt ein berühmter Schriftsteller. Berühmte Schriftsteller tragen keine zerlöcherten Socken." Dann nahm ich die Reisetasche in die eine und die Tüte mit den drei Stangen Al-Hamra in die andere Hand, denn der Schleuser, der mich über die Grenze bringen würde, hatte mir gesagt, ich solle die Zigaretten getrennt vom restlichen Gepäck tragen, da meine Tasche im Gegensatz zu mir legal in die Türkei einreisen würde. Ich verabschiedete mich von meiner Mutter. Ich küsste ihre Hand dreimal, dann legte ich sie mir auf den Kopf. Und dann rannte ich weg. Ich floh vor ihren

— «لا تلتفتوا إلى الخلف مهما ازداد إطلاق النار، كله سيُطلق في السماء فهذا ليس الجيش السوري ‹الباسل›».

— «تأكدوا من أربطة أحذيتكم، يجب أن تكون مشدودة.»

— «اركضوا بأقصى سرعة وكل واحد يهتم بنفسه لا تنشغلوا في بعضكم البعض.»

— «اعبروا الأسلاك الشائكة من خلال الفتحة التي بجانب الشجرة.»

— «يوجد خندق بعرض مترين قليل العمق، ابحثوا عن النقطة التي حُفر عليها مساند للأقدام.»

دقّت ساعة الزحف ... دقّت ساعة الانتصار ... إلى الأمام

انطلقنا بفوضى همجيّة وضحكات عالية كفيلة باستنفار حرس الحدود كله.

كنت أركض بسرعة من يلاحقه كلب مسعور، أحتضن كروزات الحمرا في حضني وأركض وأصوات الرصاص تزيد من سرعتي وكأنها مقطوعة ياني «Standing in Motion»

تجاوزت الأسلاك الشائكة ليس عبر الفتحة التي قال عنها المهرب إنّما زحفت على بطني من تحت الأسلاك، تذكرت حبيبتي القصيرة كيف كانت تعبر الأسلاك دون أن تؤذيها.

وصلت إلى الخندق لم يكن سهلاً كان بعمق ١٥٨ سم، تسلّقته بطريقة سينمائية وعندها تذكرت أن صديقي طلب مني حفنة من تراب الوطن أثناء تسلقي جدار الخندق وبشكل عبثي أصبح في يدي حفنة من التراب، فكّرت أن أحتفظ بها وأخذها معي لكن القدر أبى أن أوصل هذه الحفنة المزيفة إلى صديقي لأن شخصاً سميناً كان عالقاً في الخندق وكان يناديني ويصرخ: «أعطني يدك ... أرجوك ... أعطني يدك ... أرجوك»

وكان أحد حرّاس الحدود يركض باتجاهنا ومازال السمين يصرخ: «أعطني يدك ... أعطني يدك»

Tränen. Der Schleuser wartete auf mich und mit ihm etwa hundert weitere Personen, die auch auf die türkische Seite geschmuggelt werden wollten. Wir stellten uns wie Soldaten bei der Morgengymnastik in schnurgeraden Reihen auf, und der Schleuser brüllte uns Kommandos entgegen, als sei er ein Oberst bei der syrischen Armee: „Dreht euch nicht um, egal, wie viele Schüsse ihr hört! Es sind bloß Luftschüsse, es ist ja schließlich nicht die ruhmreiche syrische Armee, die da auf euch schießt." „Denkt an eure Schnürsenkel! Die müssen richtig fest zugebunden sein!" „Rennt so schnell ihr könnt! Jeder konzentriert sich nur auf sich selbst! Kümmert euch nicht um die anderen!" „Schlüpft durch das Loch im Stacheldraht, neben dem Baum!", „Dann kommt ein ungefähr zwei Meter breiter Graben. Sucht nach der Stelle mit den Steigelöchern!"

Die Stunde des Robbens hatte geschlagen. Die Stunde des Sieges hatte geschlagen. Vorwärts! Planlos fingen wir an zu rennen. Ein wüster Haufen, in einer Lautstärke lachend, die ausreichte, die gesamte Grenzschutztruppe aufzuscheuchen. Ich rannte wie einer, dem ein tollwütiger Hund auf den Fersen ist, dabei presste ich die Al-Hamra-Zigarettenschachteln fest an meine Brust. Ich rannte, und das Stakkato der Schüsse schien proportional zu meiner Renngeschwindigkeit dichter zu werden, wie ein Satz des Musikstücks „Standing in Motion" von Yanni. Bei der Stacheldrahtabsperrung schlüpfte ich nicht durch die Öffnung neben dem Baum, die uns der Schleuser empfohlen hatte. In Gedanken bei meiner zwergenhaften Geliebten, die unter Stacheldrahtabsperrungen aufrecht

تذكّرت أحد أفلام فاندام عندما انتصر عليه «الشرير» في حلبة المصارعة فقط عندما رشّ على عيونه دقيقًا من الملح
نظرت إلى السمين العالق في الخندق نظرة الشرير، قذفت حفنة التراب في وجهه ورحت أركض كسوري شرير هاربًا من دموع أمه ويشعر بالانتصار.

١١ أغسطس ٢٠١٣، الساعة ١:٥٩ ص **٣٣٤ ♥**

Jafra Saif:

عبود سعيد بعين واحدة

hindurchgehen kann, ohne sich zu verletzen, kroch ich bäuchlings unten durch.
Ich erreichte den Graben. Es war nicht einfach, er war immerhin 158 Zentimeter tief. Doch ich überwand ihn filmreif. Mir fiel ein, dass mich mein Freund gebeten hatte, ihm neben den Zigaretten eine Handvoll Heimaterde mitzubringen. Während ich also an der Grabenwand hing, füllte sich meine Hand wie von selbst mit einem Häufchen Dreck. Den wollte ich eigentlich aufheben und mitnehmen, aber das Schicksal wollte wohl verhindern, dass mein affiges Heimatmitbringsel meinen Freund erreichen würde.
Denn ein fetter Mensch war im Graben stecken geblieben. Er rief nach mir und schrie: „Gib mir deine Hand! Bitte, bitte! Gib mir deine Hand! Ich flehe dich an!" Einer der Grenzschutzbeamten war gerade dabei, in unsere Richtung zu sprinten, und der Dicke war immer noch am Schreien: „Bitte, bitte gib mir deine Hand! Komm schon, deine Hand!"
Da musste ich an einen Van-Damme-Film denken, an eine ganz bestimmte Szene, in der der Bösewicht es schafft, Van Damme im Boxring zu besiegen, indem er ihm einfach eine Prise Salz in die Augen streut … Den Blick des Bösewichts imitierend sah ich den Dicken an und warf ihm die Handvoll Erde ins Gesicht. Und dann rannte ich, was das Zeug hielt, wie ein fieser Syrer, der vor den Tränen seiner Mutter davonläuft und sich dabei als Sieger fühlt.

11. August 2013 um 01:59 Uhr **334 ♥**

Jafra Saif:
Aboud Saeed, einäugig.

١٧ أكتوبر ٢٠١٣، الساعة ٩:١١ م ٦٩٣❤

كنت قد تلقّيت هاتفًا من صديقتي الألمانية نيكولا يخصّ دعوتي التي كنت أنتظرها في تركيا:

— «عبود بكرا الصبح تكون قدام باب السفارة بأنقرة لأنو حكينا مع الخارجية وقالولنا بكرا رح تستلم الجواز.»

ودّعت أصدقائي ... استعرت سروالاً من الصوف من صديقي لأن صديقتي نبّهتني إلى البرد القارص في ألمانيا.

لملمت أشيائي ... كمبيوتري الشخصي ولباس داخلي واحد، وجورب أعطاني إياه صديقي صهيب، ومبلغًا بالكاد يوصلني إلى المطار وانطلقت إلى السفارة الألمانية.

الساعة السابعة والنصف صباحًا أمام السفارة أدخّن وزملائي السوريون والعراقيون المشرّدون طالبو القرب من بلد الشقار والعلم والأمن والأمان.

بدأ البوّاب ينادي على أسماء من كان لديهم موعدًا مسبقًا مع السفارة، لم ينادني فليس لدي موعد.

أنا قادم إثر هاتف مستعجل من ألمانيا كي لا أتأخر عن موعد قراءاتي.

ملل ... ضجر ... انتظار ... وكس أمك أيها البواب لا تفهم إلا الألمانية والتركية

ذهبت إليه بدافع اليأس بانكليزيتي المتلعثمة

— «هالو ... أي وينتو انسايد غو»

— «باردوم ... انكليزجا بيلمييورم ... نو انكليش»

— «بلييز آي آم رايتر ... آي ماست بي إن جيرمني تودي بيكوز آي هاف تو رييد ماي بوك ... آي آم رايتر يا ابن الله»

— «نو انكليش ... نو انكليش»

وأغلق طاقة الباب كما يغلق السجان باب الزنزانة.

17. Oktober 2013 um 21:11 Uhr **693 ♥**

Mein Telefon klingelte. Es war meine deutsche Freundin Nikola, es ging um die Einladung, die ich von der Türkei aus erwartete:

„Aboud, sei bitte morgen früh vor der Botschaft in Ankara. Wir haben mit dem Auswärtigen Amt gesprochen und die haben uns gesagt, dass du morgen deinen Pass kriegst."

Ich nahm Abschied von meinen Freunden, borgte mir eine Wollhose, weil meine Freundin mich vor der Eiseskälte in Deutschland gewarnt hatte. Ich packte meine Sachen: meinen Laptop, ein Paar Unterhosen, ein Paar Socken von meinem Freund Souhaib und Geld, das gerade bis zum Flughafen reichen würde, und dann machte ich mich auf zur deutschen Botschaft.

Um 7:30 Uhr morgens stand ich also vor dem Gebäude, rauchte mit meinen syrischen und irakischen ebenso heimatvertriebenen Kollegen, die es allesamt ins Land der Blonden, der Dichter und Denker und der Sicherheit zog.

Der Pförtner fing an, die Namen derer aufzurufen, die einen Termin bei der Botschaft hatten – mich nicht, ich hatte ja keinen.

Ich war schließlich wegen eines Eilgesprächs aus Deutschland hier, ich durfte meine Lesereise nicht verpassen.

Langeweile. Genervtheit. Warten. Du saublöder Pförtner, der nichts als Deutsch und Türkisch versteht.

Aus purer Verzweiflung sprach ich ihn mit meinem grottigen Englisch an.

— „Hallo. Ai wanntu insaid go."

— „Pardon, İngilizce bilmiyorum. No English."

أعود إلى بعض الزملاء السجناء المنتظرين فرج الله والفتح وشمس الحرية من داخل السفارة.

ندخّن ونتبادل أحاديث المقطوعين المساجين.

ينتخي رجل طويل عريض شاربيه يشبهان شوارب صدام حسين:

— «شنو مشكلتك؟؟ أكو مشكلة عندك؟»

— «بحاجة لشخص يترجم للبوّاب»

— «تعال امشي آني اترجملك»

ذهبنا إلى شباك الزنزانة وبدأ العراقي بالترجمة وصار يسألني:

— «شتريد أقوله؟»

— «خيو قلو إنو أنا إجاني تلفون من ألمانيا قالولي تروح عالسفارة اليوم رح يعطوك الفيزا ... وأنا ما عندي موعد مع السفارة جايي لحالي ... بس أنا متأكد إنو إذا يخليني فوت رح لاقي فيزتي هنيك ...

وفي موظفة تعرفني ورح تمشيلي أموري»

قاطعني:

— «وين جوازك؟»

— «جواز سفري جوا بدي استلمو ... جواز سفري ألماني»

— «ليش انت شننك؟ مو سوري؟»

— «سوري بس رح آخد جواز سفر ألماني»

— «وعليش الألمان يعطونك جواز سفر؟»

— «آني كاتب»

— «خيو ترا آني ماني جايي ألعب معاك ... إذا جايي تلعب

هاي سفارة هاي ...

هاي سفارة هي مو لعبة»

— «والله أنا كاتب»

— «ماشي إنت كاتب، عليش ما عندك جواز سفر؟»

— „Bliez, ai äm raiter! Ai mast bi in Dschermani todei ai haf tu ried mai buk. Ai äm raiter, guter Mann, raiter!“
— „No English. No English.“
Und schon ließ er die Klappe runter, wie ein Gefängniswärter bei der Zellentür.
Ich ging also zurück zu meinen Mitinsassen, die die göttliche Erlösung und die Sonne der Freiheit herbeisehnten, die aus der Botschaft kommen würden.
Wir rauchten und führten Häftlings- und Losergespräche.
Ein hochgewachsener, breiter Kerl mit einem Schnurrbart, der ein bisschen aussah, wie der von Saddam Hussein, war gleich zur Stelle:
— „Was ist dein Problem? Hast du ein Problem?“
— „Ich brauch wen, der für mich dolmetscht, für den Pförtner.“
— „Komm. Ich mach das.“
Wir gingen wieder vor die Luke der Gefängniszellentür und der Iraker machte sich dolmetschbereit.
Aber erst fragte er mich:
— „Was willst du ihm sagen?“
— „Bruder, sag ihm, ich habe einen Anruf aus Deutschland gekriegt. Die haben mir gesagt: Geh heute zur Botschaft, da kriegst du heute dein Visum. Ich hab keinen Termin, ich bin von mir aus gekommen. Aber ich weiß ganz sicher: Wenn sie mich nur reinlassen, werde ich dort mein Visum finden. Und eine Angestellte, die mich kennt und die mir helfen wird, gibt es dort auch.“
Er unterbrach mich:
— „Wo ist dein Pass?“

— «لأني النظام ما يعطيني جواز سفر ...
أنا من مدينة خارجة عن سيطرتو
وهربان من الخدمة العسكرية»
— «ياخي ...
ياخي اشجعد تسون خربتم البلد، سوريا خربت ...
آني جنت بالألفين واثنين بسوريا ...
أكو أماااان ...
أكو حضارة ...
أكو نسواااان..
أكو حريّة ...
كلشي بي بسوريا ...
شتريدون بعد؟
تريدون بنلادن؟»
— «خيو ترجملو ... الزلمة عم يستنا»
— «شتريد أترجملك؟؟ ماكو عندك جواز ...
وجاي تقلي آني كاتب وثورة وما ثورة»
وابتعد وهو يدمدم كلمات غير مفهومة ... يبدو أنه كان يشتمني.
عدت ووقفت تحت شباك الزنزانة، كان البوّاب يتكلم مع المراجعين الأتراك ويبتسم ويضحك وأنا أحاول أن أشرح له:
— «بليز آي وونت تو إن سايد ...
بلييز آي دونت هاف تايم بلييز ...
آي آم رايتر»
— «نو انكلش نو انكلش!
يغلق باب الزنزانة، ويخيم اليأس مثل غيمة سوداء
الوقت يمر ...

— „Na, der ist da drinnen, ich muss ihn doch erst abholen. Mein Pass ist deutsch."
— „Wieso, was bist du? Etwa nicht Syrer?"
— „Doch, Syrer, aber ich kriege einen deutschen Pass."
— „Und wieso geben die Deutschen dir einen Pass?"
— „Weil ich Schriftsteller bin."
— „Jetzthörmirmalzu, Bruder. Ich steh hier nicht zum Spaß. Wenn du Quatsch machen willst, mach den woanders, das hier ist eine Botschaft. Ne Botschaft, kein Spielplatz."
— „Aber ich bin wirklich Schriftsteller."
— „Wenn du wirklich Schriftsteller bist, warum hast dann keinen Pass?"
— „Weil das Regime mir keinen ausstellt. Ich komme aus einer Stadt, die nicht mehr unter seiner Kontrolle steht, außerdem bin ich Wehrdienstverweigerer."
— „Junge, Junge. Was stellt ihr bloß da drüben an. Das ganze Land habt ihr kaputt gemacht. 2002 war ich in Syrien. Recht und Ordnung! Kultuuuur! Frauen! Freiheit! Alles habt ihr in Syrien. Was wollt ihr denn noch? Wollt ihr Bin Laden?"
— „Los, komm. Übersetz einfach."
— „Was soll ich denn da übersetzen; hast keinen Pass und erzählst mir hier was von Schriftsteller und Revolution und all dem Quatsch."

Er ging weg, irgendetwas Unverständliches murmelnd. Wahrscheinlich verfluchte er mich.

Als ich mich wieder unter die Zellenluke stellte, unterhielt sich der Pförtner gerade vergnügt lachend mit ein paar türkischen Kunden. Ich versuchte erneut, mich zu erklären:

اتّصل بصديقتي نيكولا لأخبرها أن تتصرف.
طلبت مني أن أبقى أمام السفارة ولا أتحرّك ريثما تتدبّر الأمر.
أقف بعيداً عن الصدّامي ...
أنظر إليه من بعيد وأصاب بالضحك
أخيرًا يصيح البوّاب: «عبود سعيد» ...
فأركض إلى الباب كسجين ينتظر زيارةً
— «حاضر حاضر موجود»
حُلّت الأمور خلال ساعتين في السفارة
خرجت من السفارة مواطنًا ألمانيًا ...
وكان العراقي لا يزال ينتظر دوره
نظرت إليه مشهرًا الجواز الألماني:
— «بخاطرك ... باي باي على ألمانيا!»
اتّصلت فور خروجي بلقمان ديركي فقد كان خائفًا ألا أحصل على الجواز
— «لقمان جواز السفر صار بجيبي وآني قدام السفارة»
— «اركض يا وال اركض ... انهزم ... بعّد بعّد عن السفارة ...
أخاف يغيرون رأيهم.. بعّد شقد ما تقدر!»
أركض وأضحك من فرط السعادة وأقول للقمان: «والله إذا تجي ميركل ما رح أرجّع الجواز»

— „Bliez, ai want tu innsaid! Bliez, ai dont haf taim bliez. Ai äm raiter.“

— „No English! No English!“

Abermals schloss er die Zellentür und wie eine schwarze Wolke überkam mich die Verzweiflung.

Zeit verstrich.

Ich rief meine Freundin Nikola an, sagte, sie müsse etwas tun.

Sie bat mich, weiter vor der Botschaft auszuharren und ja nicht wegzugehen, bis die Sache geregelt sei.

Ich stellte mich in möglichst weiter Entfernung zu meinem Saddam, beobachtete ihn von fern und bekam einen Lachkrampf.

Als der Pförtner endlich schrie: „Aboud Saeed!“ rannte ich auf die Tür zu, wie ein Häftling, der Besuch erwartet.

— „Jawohl, hier!“

Zwei Stunden später war alles erledigt.

Ich verließ die Botschaft als deutscher Staatsbürger, und der Iraker wartete immer noch darauf, an die Reihe zu kommen.

Ich sah ihn an, wedelte mit dem deutschen Pass und rief: „Tschühüss! Bye-bye, auf nach Deutschland!“

Kaum war ich draußen, rief ich meinen Freund Lokman Derky an. Der hatte sich schon Sorgen gemacht, dass ich meinen Pass nicht mehr bekommen würde.

— „Lokman! Ich stehe vor der Botschaft und in meiner Hosentasche steckt der Pass!“

— „Dann renn! Renn, Junge, renn! Worauf wartest du! Nichts wie weg von der Botschaft! Nicht, dass sie es sich

١٨ أكتوبر ١٠١٣، الساعة ١٢:٤٧ ص **♥٣٧٠**

غدًا سأركب الطيارة \ وعندها سأعرف كيف تبدو البيوت والشوارع والأسواق بنظر الطّيار الذي يقصف المدينة.

انتقل عبود سعيد من منبج في سوريا إلى برلين في ألمانيا

١٨ أكتوبر ٢٠١٣، الساعة ٢:١٢ م **♥١٧**

Nikola Richter: 🖼

أول سيجارة في المانيا.

noch anders überlegen. Renn, so weit du kannst.“
Und ich rannte und lachte vor Glückseligkeit und sagte zu Lokman:

— „Und wenn Merkel höchstpersönlich kommt, den Pass geb ich nicht mehr her.“

18. Oktober 2013 um 00:47 **370 ♥**

Morgen werde ich in ein Flugzeug steigen / Dann werde ich endlich wissen, wie die Häuser und Straßen und Märkte für den Piloten aussehen, der die Stadt bombardiert.

18. Oktober 2013 um 14:12 Uhr **17 ♥**

Nikola Richter:

Erste Zigarette in Almania!

١٨ أكتوبر ٢٠١٣، الساعة ٧:٣٢ ص ٤♥

Andrea Nienhaus:

بكرا المسا، السبت ١٩ تشرين أول،

رح يقرأ عبود سعيد في بالهاوس ناونين شتراسه، الساعة ٩ المسا.

نشر عبود بوستات من الفيس بوك في الكتاب الإلكتروني «أفهم واحد على الفيسبوك» في شهر آذار مع دار نشر ميكروتكست.

تعالوا!

انو الواحد يسمع عبود عم يقرأ بوستاته، عنجد تجربة حلوة

يعد الاستماع إلى منشورات Facebook تجربة حقيقية.

واحد وخمسين لايك ...

إقروا هذا الكتاب.

٢٠ أكتوبر ٢٠١٣، الساعة ٥:٢٣ م ٣١٠♥

من حوار مع أحد الصحفيين:

— «ماذا يكون عبود سعيد بدون الفيسبوك؟»

— «عبود سعيد.»

— «ماذا يكون الفيسبوك بدون عبود سعيد؟»

— «على حالو بس يضل ناقصو حدا فهمان كتير.»

18. Oktober 2013 um 07:32 Uhr **4 ♥**

Andrea Nienhaus:

Morgen Abend, Samstag, den 19. Oktober, liest Aboud Saeed im Ballhaus Naunynstraße, Einlass ab 21 Uhr. Seine Statusmeldungen aus Syrien sind in dem E-Book *Der klügste Mensch im Facebook* im März im Verlag mikrotext erschienen. Kommt! Facebook-Einträge zu hören ist echt ein Erlebnis. Einundfünfzig Likes … Und lest dieses Buch.

20. Oktober 2013 um 17:23 Uhr **310 ♥**

Aus einem Gespräch mit einem Journalisten:

— „Was wäre Aboud Saeed ohne Facebook?"

— „Aboud Saeed wäre Aboud Saeed."

— „Und was wäre Facebook ohne Aboud Saeed?"

— „Genauso, nur dass ihm jemand sehr Kluges fehlen würde."

٢٥ أكتوبر ٢٠١٣، الساعة ١١:٢٥ م **٣١٠ ♥**

اليوم واحد من منبج كان عم يسأل صديقي عني قلو صديقي:

— «صار بألمانيا»

— «أوف شو راح يشتغل؟»

— «والله كاتب»

— «ليش هو مو كان مصلِّح؟»

٢٧ أكتوبر ٢٠١٣، الساعة ١٢:٤٤م **٨٢٩ ♥**

عندما قدمت إلى ألمانيا، نزلت في مطار Schönefeld، استقبلتني صديقتي نيكولا وقدمت لي قنينة ماء، ثم اشترت لي بطاقة مترو على حسابها الخاص لأركب المترو للمرة الأولى في حياتي، كنت أشاهده في الأفلام خاصّة عندما تطارد العصابة البطل كما يحدث في السينما الأمريكية عادة.

ها أنا شخصيًا أركب المترو ومعي بطاقة ولا بوليس يطاردني ولا عصابة، أنا لست بطلاً أصلاً، أنا فقط أشعر بالجوع لأنني لم آكل في الطيارة ولا في المطار، فأخذتني نيكولا إلى شارع Sonnen Allee (شارع العرب) لنأكل الفلافل، ونحن نمشي في الـ Sonnen Allee أصبت بالخيبة!

هل أنا في ألمانيا؟

أن أنهيت من سندويشتي حتى دخلنا في شارع Weserstraße،

أها ...

هنا إذًا، هذه هي ألمانيا، هنا سأكون وهنا ستتفجر مواهبي ومن هذا الشارع ستكون فتاة أحلامي، فتاة لا على التعيين ومن دون شروط.

شربنا البيرة فاحمرّت عيوني وانفجرت في الفتيات اللواتي يقدن الدراجات الهوائية، ذهبنا إلى ساحة Hermannplatz، لأتفاجأ بأن

25. Oktober 2013 um 23:25 Uhr **310 ♥**

Ein Typ aus Manbisch erkundigt sich bei einem Freund nach mir. Der sagt:

— „Der ist jetzt in Deutschland."
— „Puh, und was will er dort arbeiten?"
— „Na, Schriftsteller halt."
— „Moment mal, war der nicht Reparateur?"

27. Oktober 2013 um 12:44 Uhr **829 ♥**

Als ich nach Deutschland kam, landete ich erstmal am Flughafen Schönefeld, wo mich meine Freundin Nikola empfing. Sie reichte mir eine Flasche Mineralwasser, dann kaufte sie mir ein BVG-Ticket, und mit dem fuhr ich zum ersten Mal in meinem Leben U-Bahn. U-Bahnen kannte ich zuvor nur aus Filmen, vor allem von Verfolgungsszenen, wo die Verbrecherbande dem Helden hinterherjagt, das gibt es ja öfters in amerikanischen Filmen.
Da war ich nun also, und fuhr selbst U-Bahn – mit Fahrschein, ohne irgendwelche Polizisten oder Gangster im Schlepptau. Und ein Held war ich ja auch nicht, nur eben sehr hungrig, weil ich weder im Flugzeug noch am Flughafen etwas gegessen hatte. Also ging Nikola mit mir als erstes in die Sonnenallee, Falafel essen. In der Sonnenallee packte mich plötzlich die blanke Enttäuschung. Das sollte Deutschland sein? Als ich mein Sandwich aufgegessen hatte, bogen wir in die Weserstraße ein. Ok, das musste es sein. Hier war also Deutschland. Hier würde ich wohnen, hier würde ich meinen Durchbruch erleben. Hier, auf dieser Straße würde ich dem Mädchen meiner Träume begegnen. Ich würde

نيكولا تضع دراجتها هناك، التقطنا صورة سيلفي أنا وهي مع الدراجة الهوائية بواسطة هاتفها الذكي ونشرتُ الصورة على صفحتي في الفيسبوك، كتبت تحتها تعليقا

«أنا والناشرة في برلين»

فيكتب لي أخي الذي يعيش في السعودية:

«ناشرة وما عندها سيارة تستقبلك بيها مثل الله والناس! وبعدين إذا فقيرة وما عندها حق سيارة ليش لحتى تبعث عليك لألمانيا؟!»

وصار أصدقائي يعلّقون أسفل الصورة تعليقات أخرى

بعضهم يقول لي «مبروك ألمانيا تتهنّى»،

وآخر يقول، «هل هذه حبيبتك الألمانية؟»

وصديقتي التي تعيش في تركيا وكنت قد صرّحت لها بأنني أحبها، وسأبقى معها طول العمر، تكتفي بوضع لايك من دون تعليق، أمّا أخي الكبير فيكتب لي: «كان يجب أن تستقبلك ميركل»،

وأختي تقول «نيالك!»

ومثقف اعتبر أن هذا سخيف مقابل ما يحدث فامتنع عن اللايك مع أنه كان يتابع ما يحصل، وصديقي الذي مازال في داخل سوريا كتب: «هربت مو؟ مو على أساس ثورة وما ثورة!»

فينال تعليقه على الصورة ٣٨ لايك، وصديقة أخرى تكتب

«صحيح أن الألمانيات شقراوات بس مو حلوات» ...

حازت الصورة حينها على ٨٠٠ لايك وأكثر من ٣٥٠ تعليق،

نيكولا انبسطت،

وتريد أن تَثبت حياتها الفيسبوكية عند هذه اللحظة، وهذه كانت أول صورة لي تحصل على هذا الرقم الصعب من اللايكات، وبناءً على هذا الرقم من اللايكات اعتبرت أمي أن هذا الحدث

هو أهم حدث في حياتي.

nicht wählerisch sein.
Dann tranken wir ein Bier. Meine Augäpfel färbten sich pink und fielen mir fast aus den Höhlen bei dem Anblick all der Fahrrad fahrenden Mädchen. Wir gingen zum Hermannplatz und überrascht stellte ich fest, dass auch Nikola dort ein Fahrrad geparkt hatte. Wir ließen uns mit Nikolas Smartphone fotografieren. Ich, sie, meine Übersetzerin Sandra und das Fahrrad. Dann postete ich das Foto bei Facebook und schrieb darunter: „Ich und meine Verlegerin in Berlin." Mein in Saudi-Arabien lebender Bruder kommentierte: „Eine Verlegerin, die nicht mal ein Auto hat, mit dem sie dich angemessen empfangen könnte!?
Wenn sie so arm ist, dass sie sich nicht einmal ein Auto leisten kann, wieso bestellt sie dich dann überhaupt nach Deutschland?"
Immer mehr Facebookfreunde kommentierten das Foto. „Glückwunsch!", schrieb einer. Ein anderer fragte: „Ist das deine deutsche Geliebte?" Und meine in der Türkei lebende Freundin, der ich gerade verkündet hatte, dass ich sie liebe und bis an mein Lebensende mit ihr zusammen sein würde, beschränkte sich darauf, das Bild kommentarlos zu liken. Mein großer Bruder schrieb: „Angela Merkel persönlich hätte dich empfangen sollen!" Von meiner Schwester kam: „Mensch, hast du's gut." Ein Intellektueller, der das alles in Relation zu den Ereignissen in Syrien albern fand, enthielt sich jeglicher Reaktion, verfolgte dennoch alles genau, und mein Freund, der noch immer in Syrien lebt, schrieb: „Jetzt hast du also doch die Fliege gemacht, ja? Hattest du nicht erst noch groß von Revolution palavert?"

٢٨ أكتوبر ٢٠١٣، الساعة ١٠:٥٢ ص ٣٧٩♥

صباح الخير على الأصدقاء \ الذين يسمحون لأنفسهم بالتدخين في المنزل \ حتى لو كانوا في أوروبا.

١٠ نوفمبر ٢٠١٣، الساعة ٢:٥٢م ٩٩٦♥

أوكازيون أوكازيون خمسة يورو تعانقّي ياحبّاب ٤١٢ حبيبة بـ ٥ يورو أوكازيون أوكازيوووون ...

١٢ ديسمبر ٢٠١٣، الساعة ١:٠٣ ص ٤٤٢♥

\\\ أنا عبود السعيد ضعوا اسمي في الويكيبيديا \\\

عندما ولدت كان شارون قد غادر بيروت مكرهًا وفكّر ريغن في التخلي عن برنامج حرب النجوم، وأدونيس فشل للمرة العاشرة في الحصول على نوبل، واحتفل كاسترو وجماعة اليسار بانتصار الثورة، والدي حصل على كلية رجل هندي بينما أختي اشترت لأول مرة في حياتها بنطلون، لذلك

Als das Foto bereits 38 Likes hatte, kommentierte eine Freundin: „Mag sein, dass die deutschen Frauen blond sind, schön sind sie jedenfalls nicht!“
Am Ende hatte das Foto über 800 Likes und mehr als 350 Kommentare. Nikola war glücklich. Am liebsten hätte sie ihr Facebookleben für diesem Moment angehalten. Es war aber auch das erste Mal, dass ein Foto von mir eine solche Menge an Likes bekommen hat, und aufgrund der hohen Zahl betrachtet meine Mutter dieses Ereignis als das wichtigste meines Lebens.

28. Oktober 2013 um 10:52 Uhr **379 ♥**

Guten Morgen an alle / die sich in den eigenen vier Wänden noch das Rauchen gestatten / selbst, wenn sie in Europa leben.

10. November 2013 um 14:52 Uhr **996 ♥**

Angebot, Angebot, fünf Euro, kommt Leute, sucht euch was aus, 412 Liebhaberinnen für nur 5 Euro, Angebot, Aaaangeboot!

12. Dezember 2013 um 01:03 Uhr **442 ♥**

/// Ich bin Aboud Saeed:
Fügt meinen Namen Wikipedia hinzu ///
Als ich geboren wurde, verließ Scharon gerade widerwillig Beirut, dachte Reagan darüber nach, das Star-Wars-Programm aufzugeben, schaffte es Adonis zum zehnten Mal nicht, den Nobelpreis zu bekommen, feierten Castro und die Linke die Revolution, bekam mein Vater die Niere eines

دائمًا تقول أمي: أنني ولدت في عام البنطلون.

ولدت في الشهر العاشر، لست متأكدًا، تقول أُمي أنهم ركبّوا الصوبيا بعد أن ولدتُ بشهر تقريبًا، عادةً نُركبُ الصوبيا في تشرين ...

اختلفت أنا وجارتي على برجي، هي تقول أنّي من برج هوائي حكمًا، غالبًا من مواليد برج الميزان، أنا أقول أنني من مواليد الأبراج النارية، برج الخوف مثلاً، أو برج الثدي ...

في صفحة «حظك اليوم» اختار دائمًا البرج الذي تقول فيه العرّافة: قصة حب مع فتاة ستبدأ قريبًا.

في العيد كنت أذهب الى مطعم ابو هلال وكان لديه تلفزيون سيرونيكس قديم وكان يضع الأفلام الهندية وأفلام جاكي شان وبروسلي ليستقطب الزبائن، كنت أسمع صوت ابو هلال يصيح: «هلاااااال وطّي صوت التلفزيون» ...

فتعلو أصوات الجماهير: «هلال وحدة فلافل» «وحدة عجّة» ... «هلال كازوزة حمرة وسندويشة بيض» ... فيبتسم ابو هلال ويصرخ: «هلال عليّ صوت التلفزيون ...»

دخل السّيرك زائرًا لأول مرة منبج وعندما أخذني أخي الكبير لمشاهدته لم انتبه لكل الحيوانات التي جاؤوا بها من أفريقيا، كنت افكّر كيف سأسرق طاقية الإخفاء من الساحر وتلك العصا السحرية لكي أُدخل أصدقائي والمدير والآنسة وطلاب المدرسة وأخي الكبير الذي كان برفقتي وأُخرجهم على شكل أرانب بيضاء.

أنا كاتب مشهور، أزعر، ومحبوب من الجميلات، رولا الحسين صديقتي، ورامي الأمين يضع لي لايكًا دائمًا.

يعرف اسمي كل المثقفين وكل الحجّيات..

يأتي التلفزيون الألماني ليصور فيلمًا عني، وتكتب الجرائد عني ... مشهور جدًا.

indischen Mannes eingepflanzt, während meine Schwester sich zum ersten Mal in ihrem Leben eine Hose kaufte. Deswegen sagt meine Mutter immer: „Du bist im Jahr der Hose geboren."
Ich bin im Oktober geboren. Wobei ich mir nicht ganz sicher bin. Meine Mutter sagt, dass sie den Ölofen ungefähr einen Monat nach meiner Geburt aufgebaut haben. Normalerweise bauen wir ihn immer im Oktober auf.
Meine Nachbarin und ich sind uns über mein Sternzeichen uneinig. Sie sagt, ich könne eigentlich nur ein Wasserzeichen sein und höchstwahrscheinlich sei ich eine Waage. Ich aber behaupte, dass ich ein Feuerzeichen bin. Dass ich beispielsweise im Zeichen der Angst geboren bin oder im Zeichen des Busens.
Auf der Website „Dein Glück für heute" suche ich mir immer das Sternzeichen aus, dem vorausgesagt wird: „Sie werden in Kürze eine Liebesaffäre erleben."
Beim Opferfest ging ich immer in Abu Halals Restaurant. Der hatte ein altes Syronics-Gerät. Darauf ließ er immer Bollywood-Filme oder Filme mit Jacky Chan und Bruce Lee laufen, um Kundschaft anzulocken. Dann erschallte Abu Halals Stimme, wenn er zu seinem Sohn Halal rüberbrüllte: „Halal! Mach mal den Fernseher leiser!" Nun wurden die Stimmen der Kunden lauter: „Halal, einmal Falafel und ein Omelett, bitte!" „Halal! Eine rote Limo und ein Sandwich mit Ei!" Da lächelte Abu Halal und schrie: „Halal! Mach den Fernseher wieder lauter!"
Einmal kam der Wanderzirkus zu uns nach Manbidsch. Als mein großer Bruder mit mir hinging, achtete ich gar nicht

لدي ٤١٢ حبيبة عرفتهن عن طريق الإنترنت وأصدقائي يعيّرونني بملاعِقنا الكبيرة

كاتب، أبيع كتبي في شوارع ألمانيا وفي نهاية النهار عندما أشعر بالتعب وتبقى هنالك بعض الكتب التي «أبسّط» بها على الرصيف أضعها كلها في صندوق وأصرخ: «كل هالشّيلة بـ عشرة ...».

في المساء أجلس أمام شاشة الكمبيوتر أبحث عن نفسي في محركات البحث الإلكترونية.

فلا أجدني سوى في الغوغل! ياللمهزلة ...

أعيش في برلين منذ شهرين، شربت النبيذ الساخن الـ Glühwein ورأيت كل الكلاب التي كنت أشاهدها في أفلام الكرتون

كل هذا ولم يضعوا اسمي في الويكيبيديا بعد ...

أنا عبود سعيد، وهذا بحدّ ذاته يكفي لأن يكون اسمي على الويكيبيديا.

auf die ganzen Tiere, die man extra aus Afrika gebracht hatte. Alles, woran ich denken konnte, war, wie ich es wohl schaffen würde, den Zauberstab und den Zylinder des Magiers zu stehlen, um meine Freunde, den Schuldirektor, die Lehrerin, die Schüler und meinen Bruder, der mich begleitet hatte, in den Hut hinein und wieder heraus zu zaubern, wie weiße Hasen.

Ich bin ein berühmter Schriftsteller, ein richtiger Kerl. Sehr beliebt bei schönen Frauen, Rola El Hussein ist mit mir befreundet und Rami al-Amin gibt mir immer Likes. Meinen Namen kennt jeder Intellektuelle und jede Stripperin. Das deutsche Fernsehen besucht mich, um einen Beitrag über mich zu machen, Zeitungen schreiben über mich … ziemlich berühmt also.

Ich habe 412 Liebhaberinnen, die ich alle über Internet kennengelernt habe, und meine Freunde ziehen mich auf wegen der riesigen Löffel, die es bei uns zu Hause gibt.

Ein Schriftsteller. Ich verkaufe meine Bücher auf den Straßen Deutschlands, und wenn ich am Ende des Tages müde bin und noch ein paar Bücher, die ich auf dem Gehweg vor mir ausgebreitet habe, übrig sind, lege ich sie alle in einen Karton und schreie: „Alles für zehn Euro!"

Abends setze ich mich vor meinen Laptop und suche in Internetsuchmaschinen nach mir selbst. Und, oh Wunder: Schwester Google findet mich immer!

Ich lebe in Berlin. Vor zwei Monaten habe ich diesen heißen Wein namens „Glühwein" probiert und bin innerhalb kürzester Zeit allen Hunderassen begegnet, die ich bisher nur aus Trickfilmen kannte.

٢٢ يناير ١٠١٤، الساعة ١:٣٧ ص **٩٩♥**

حين كنت في معرض للصور الفوتوغرافيّة الممزّقة في برلين \
انفجرت سيارة مفخّخة قرب بيت أهلي ...

١٤ فبراير ٢٠١٤، الساعة ١٠:١٩ م **١٦٧♥**

في عيد الحب
أكلت الوردة الحمراء
التي افترضت أنك أهديتني إياها
\
السيجارة التي كتبتِ عليها
حبيبان نحن إلى أن ينام القمر
دخنتُها
\
الوجوه التي كنتِ ترسلينها
عبر التشات
الوجوه التي كانت
تخدعني
شوهتها بسكين حاد
\
صورك لم تعد على سطح المكتب
وكل الإيميلات التي سوف ترسلينها
ستذهب إلى البريد المزعج

All das, und mein Name ist noch immer nicht auf Wikipedia …
Ich bin Aboud Saeed. Fügt meinen Namen Wikipedia hinzu.

22. Januar 2014 um 01:27 Uhr **99 ♥**

Während ich gerade in Berlin auf einer Ausstellung mit zerfetzten Fotos war / ist in der Nähe meines Elternhauses eine Autobombe hochgegangen.

15. Februar 2014 um 22:19 Uhr **167 ♥**

Am Valentinstag habe ich die rote Rose,
von der ich annahm,
du hättest sie mir geschenkt,
aufgegessen.
/
Die Zigarette, auf die du geschrieben hast:
„Wir werden einander lieben,
bis dass der Mond sich schlafen legt“,
hab ich aufgeraucht.
/
Die Emojis, die du mir
im Chat schicktest,
diese verlogenen
Gesichter,
habe ich mit einem scharfen
Messer verstümmelt.
/
Deine Fotos stehen nicht mehr auf dem Schreibtisch
und alle Mails, die du mir schicken wirst,
landen im Spam-Ordner

مع إعلانات حبوب الفياجرا
والهجرة إلى كندا
\
في عيد الحب
أرغب بأن أفتح النافذة
وأصرخ
أنا عازب ...

٢٠ فبراير ٢٠١٤، الساعة ٢:٢٩ م ♥٢٣٠

سوف أكتب قصائدي الرديئة \ وسأجلب أخوتي وأولاد عمي وأبناء عشيرتي لكي يقرؤونها رغمًا عن أنوفهم.

٢١ مارس ٢٠١٤، الساعة ٦:٠٧ م ♥٥٤٣

أرسلت إلى أمي ٧٠٠٠ ليرة سورية أي بما يقارب ٤٠ دولار هديّة عيد الأم
وتحدّثنا على الهاتف وسألتها إذا كانت استلمت المبلغ
فصارت تبكي فرحة وتقول: «الله يوفقك يا قلبي، ويرزقك ...
انشالله السنة الجاية أشوفك شيخ الكُتّاب وملك ملوك الفيسبوك.»

١ أبريل ٢٠١٤، الساعة ٢:١٧ ص ♥٩٠٩

من الميّزات التي كنت أستمتع بها في الوطن أنني طويل القامة، تعرّفت على هذه الميّزة منذ بداية طلعتي على الحياة عندما صار أهلي وأقربائي يستقبلونني بعبارات مثل: «طولان وصاير زلمة ... ما شاء الله ... »
وكان يعجبني هذا المديح ...

neben der Werbung für Viagra
und fürs Auswandern nach Kanada.
/
Am Valentinstag
will ich das Fenster aufreißen
und schreien.
Ich bin single!

20. Februar 2014 um 14:29 Uhr **230 ♥**

Ich werde weiter meine Schrottgedichte schreiben / und meine Geschwister, Cousins und Cousinen und Clanmitglieder alle hierherbringen
Damit sie sie lesen müssen, ob es ihnen passt oder nicht.

21. März 2014 um 18:07 Uhr **543 ♥**

Zum Muttertag habe ich meiner Mutter 7.000 Syrische Pfund geschickt, das sind ungefähr 40 Euro.
Wir telefonierten, und ich fragte sie, ob das Geld schon da sei.
Da fing sie an zu weinen. Sie sagte: „Gott segne dich, mein Sohn, nie soll es dir an etwas fehlen.
Nächstes Jahr will ich miterleben, wie du Oberschriftsteller wirst, König aller Facebook-Könige."

1. April 2014 um 02:17 Uhr **909 ♥**

Eines der Privilegien, die ich der Heimat genossen habe, war, dass ich von großer Statur bin. Von diesem Privileg weiß ich, seit ich denken kann, seit meine Familie mich mit Sätzen empfing, wie: „Der ist aber in die Höhe geschossen.

ولطالما استفدت من طولي في أشياء كثيرة، مرّة عندما كنت في الصف السابع وكان الأستاذ غائبًا يومها والصف يعجّ بالفوضى والضجّة، دخل علينا الموّجه غاضبًا ونظر في الأفق وأختار أطول طالب أمام عينيه وعيّنه عريفًا للصف لكي يضبط الفوضى ويسجّل أسماء المشاغبين. وهكذا أصبحت عريف الصف رغم أنني من الذين يثيرون الفوضى.

وبسبب طولي أيضًا تم اختياري للالتحاق بفريق الناشئين لكرة السلّة في مدينة منبج.

فدخلت عالم الباسكت بول وتعرّفتُ على الدوري الأمريكي الـ NBA وصرت أحبّ مايكل جوردن ونادي شيكاغو بولز، وصدّقت نفسي أنني لاعب كرة سلّة والأهم من ذلك أنني طويل! صار لدي إيمان أنني طويل وكلما سمعت غزلاً بطول القامة أشعر أنه يصيبني حتى لو كان موجّهًا لكاظم الساهر.

رغم أن حياتي كانت بدائيّة وتخلو من كل ميّزات الدنيا إلا أنني كنت كلما أتذكر أنني طويل، أشعر بالراحة والطمأنينة والثبات، فأنا طويل ١٨٢ سم ومستحيل أن أصبح قصيرًا يومًا ما.

جاء الربيع العربي وقذفتنا رياح التغيير إلى أوروبا، أتيت إلى ألمانيا وبدأت أكتشف يومًا بعد يوم أن طولي عادي جدًا وأقل من عادي، وصرت أمشي في الشوارع وأشعر أنني قصير ...

راح الوطن وراحت معه المزايا التي كنا نستمتع بها.

Mashallah, ein richtiger Mann." Ich mochte es, so gelobt zu werden.

In vielen Situationen war mir meine Körpergröße nützlich. Einmal, in der siebten Klasse, war der Lehrer nicht da und das Klassenzimmer versank in Chaos und Lärm. Da stapfte wütend der Schulwart herein, blickte durch den Raum, pickte sich den längsten Schüler in seiner Blickachse heraus und ernannte ihn zum Klassensprecher. Der sollte das Chaos in den Griff bekommen und die Namen der Störenfriede an die Tafel schreiben. Und so wurde ich, eigentlich selbst ein Unruhestifter, Klassensprecher.

Meine Größe war es auch, weswegen man mich für das Jugend-Basketballteam von Manbidsch auswählte.

So betrat ich in die Welt des Basketballs, interessierte mich für die NBA und wurde Fan von Michael Jordan und den Chicago Bulls. Eine Zeit lang war ich vollkommen überzeugt, ein Basketballspieler zu sein, und, viel wichtiger, großwüchsig! Ich war in festem Glauben, von langer Statur zu sein, und jedes Mal, wenn jemand dafür angeschwärmt wurde, dass er groß war, fühlte ich mich ganz persönlich angesprochen – selbst wenn das Schwärmen Kazim al-Sahir galt!

Auch wenn mein Leben ansonsten sehr bodenständig war, ohne Privilegien oder Luxus, erinnerte ich mich doch immer gerne wieder daran, dass ich immerhin groß gewachsen war. Das beruhigte mich, gab mir Zuversicht und Stabilität. Ich war ganze 182 Zentimeter groß. Das konnte mir keiner nehmen.

Und dann kam der Arabische Frühling und der Wind der

٧ أبريل ٢٠١٤، الساعة ٨:٠٧ م **٧٢٥♥**

\\\ الجنسية الألمانية \\\

وافقت الحكومة الألمانية على إعطائي حق اللجوء والإقامة، وأخي ظنّ أنني أخذت الجنسية الألمانية.

اتّصل فيني شب من منبج وسألني عن الدراسة هون بألمانيا وشو بتكلّف وعن مصاريف الحياة اليومية وقلي اذا فيك تساعدني ...

— «والله ما عندي فكرة ... ما بعرف ... كيف فيني ساعدك ... ما فيني ساعدك»

— «خيّو مو صار معك جنسية ألمانية ...»

— «لا والله ما معي جنسية ... مين قلك معي جنسية؟»

— «خيّو كنت عند أخوك بالورشة وهو قلي هادا رقم عبود احكي معو شو ما يلزمك من ألمانية يمشّيك ... هو صار معو جنسية ألمانية.»

رجع اتّصل فيني شخص تاني من منبج وقلي خيّو ما فيك تبعتلنا دعوة؟

— «والله ما فيني ابعتلك دعوة ... شلون بدي ابعتلك دعوة؟»

— «تبعتلي دعوة مو حضرتك صرت ألماني وصار معك جنسية؟»

— «لا يا حبيبي ما معي جنسية ... مين قلك؟»

— «خيّو كنت عند أخوك بالورشة وهو قلي هادا رقم عبود احكي معو شو ما يلزمك من ألمانية يمشّيك ... هو صار معو جنسية ألمانية.»

Veränderung blies uns nach Europa. So verschlug es mich nach Deutschland, wo ich nun Tag für Tag feststellen muss, dass meine Körpergröße absolut durchschnittlich ist. Unterdurchschnittlich sogar. Und jetzt gehe ich durch die Straßen, und fühle mich klein.
Die Heimat ist weg und mit ihr all die Privilegien, die wir drüben genossen haben.

7. April 2014 um 20:07 Uhr **725 ♥**
/// Die deutsche Staatsbürgerschaft ///
Seit die deutsche Regierung meinem Asylantrag stattgegeben hat, glaubt mein Bruder, ich hätte jetzt die deutsche Staatsbürgerschaft.
Eines Tages rief mich ein junger Mann aus Manbidsch an, um mich zu fragen, wie das hier in Deutschland mit dem Studieren sei, was das so koste, und überhaupt, wie die Lebenshaltungskosten seien, und ob ich ihm nicht helfen könne.
— „Du, keine Ahnung! Weiß ich nicht. Wie soll ich dir da helfen können? Da kann ich nichts machen."
— „Aber du hast doch jetzt die deutsche Staatsbürgerschaft!"
— „Nein, hab ich nicht! Wie kommst du darauf?"
— „Na, ich war bei deinem Bruder in der Werkstatt, und der hat mir gesagt: ‚Hier, das ist Abouds Nummer. Ruf ihn an. Was immer du aus Deutschland brauchst, er kann's dir besorgen. Der hat doch jetzt die deutsche Staatsbürgerschaft.'"
Dann kam ein weiterer Anruf aus Syrien:
— „Bruder, könntest du mir nicht eine Einladung schicken?"

وآخر اتصال من منبج كان من امرأة أرملة عندها ست أولاد:

— «مرحبا عبود ... شلونك ... وشلون شغلك ... انشالله بخير؟»

— «تمام الحمدلله كلو منيح»

— «تزوّجت ألمانيّة ولا لسه يا ملعون؟»

— «لا والله ماتزوجت هههههههه ...»

— «خيّو ما تقدر تبعتلنا عقد زواج شكلي (لم شمل) منشان نصل على ألمانيا بسرعة»

— «لمين عقد زواج ومنشان ايش ... وشلون بدي ابعتلك عقد زواج وعلى أساس شو؟»

— «عاد صرت ألماني وما عاد ينحكى معك ...»

— «هههههههههه لا والله بس عم اسألك»

— «ولك خيو مو صار عندك جنسية ولا تخاف بس نصل هناك نطلّق»

— «والله ما عندي جنسية يا بنت الحلال منو قلك عندي جنسية؟»

— «والله كنت عند أخوك بالبيت وهو قلي هادا رقم عبود احكي معو شو ما يلزمك من ألمانية يمشّيكي ... هو صار معو جنسية ألمانية.»

والاتصالات مستمرة ...

— „Tut mir leid, das geht nicht. Wie soll denn das gehen?"
— „Na, du schickst mir einfach eine Einladung! Du bist doch jetzt Deutscher. Hast doch jetzt die Staatsangehörigkeit. Oder etwa nicht?"
— „Nein, hab ich nicht! Wie kommst du darauf?"
— „Na, ich war bei deinem Bruder in der Werkstatt, und der hat mir gesagt: ‚Hier, das ist Abouds Nummer. Ruf ihn an. Was immer du aus Deutschland brauchst, er kann's dir besorgen. Der hat doch jetzt die deutsche Staatsbürgerschaft.'"

Der letzte Anruf aus Syrien kam von einer verwitweten Frau mit sechs Kindern:

— „Hallo Aboud! Na, wie geht's? Wie läuft's mit deiner Arbeit? Alles gut bei dir?"
— „Danke, ja. Alles ok."
— „Und? Hast du jetzt schon eine Deutsche geheiratet oder noch nicht, du Schlingel?"
— „Hahahahahaha! Ich hab doch nicht geheiratet!"
— „Ok Bruder, könntest du mir vielleicht einen Ehevertrag schicken, reine Formsache? Du weißt schon, Familienzusammenführung und so? Damit ich mit meinen Kleinen schnell nach Deutschland kann."
— „Was für einen Ehevertrag denn? Für wen? Und wie in Gottes Namen soll ich dir einen Ehevertrag schicken? Und warum sollte ich sowas tun?"
— „Ah, verstehe. Seit du Deutscher geworden bist, kann man also nicht mehr mit dir reden."
— „Hahahahahahahaha! Nein, ich meine die Frage ganz ernst!"

٩ أبريل ٢٠١٤، الساعة ١٢:٤٦ م ♥ ٢٧١

النمش والشامات \ هبة ربانّية ومرحى من الطبيعة.

١٠ أبريل ٢٠١٤، الساعة ٠٣:٣٣ م ♥ ٣٨١

\\\ بيرث دي بارتي ... \\\

شاءت الظروف والأقدار أن أقفز هذه القفزة النوعية في حياتي، من منبج المدينة الريفيّة في شمال سوريا إلى برلين مدينة الحرية والانفلات، مباشرةً دون المرور بدمشق أو حمص أو اللاذقية، فأنا لا أعرف هذه المدن، حتى لبنان كنت فيها «عاملاً سوريًا في لبنان» لا علاقة لي لا بلبنان ولا باللبنانييّن.

من منبج إلى برلين بخبرات بسيطة في الحياة، على الأقل بحكم الجغرافية والتجربة.

وهنا في برلين كل شيء موجود وسهل وفي متناول الأيدي، أشياء سمعت بها ولم تسمع بها وأشياء كنت تراها في السينما والتلفاز فقط، وأنت

— „Also, schau. Du hast doch jetzt die deutsche Staatsbürgerschaft … Keine Angst, sobald wir in Deutschland sind, lassen wir uns gleich wieder scheiden."
— „Ich schwöre dir, gute Frau, ich habe keine deutsche Staatsbürgerschaft! Wer hat dir das erzählt?"
— „Na, ich war bei deinem Bruder zu Hause und der hat mir gesagt: ‚Hier, das ist Abouds Nummer. Ruf ihn an. Was immer du aus Deutschland brauchst, er kann's dir besorgen. Der hat doch jetzt die deutsche Staatsbürgerschaft.'"

Und die Anrufe gehen weiter.

9. April 2014 um 12:46 Uhr **271 ♥**

Sommersprossen und Muttermale /
sind ein Geschenk Gottes, eine Laune der Natur.

10. April 2015 um 15:33 Uhr **381 ♥**

/// Geburtstagsparty ///

Die Umstände des Lebens und das Schicksal wollten es so, dass ich diesen Riesensprung vollzogen habe: vom ländlichen Manbidsch im Norden Syriens nach Berlin, die Stadt der Freiheit und Anarchie, direkt, ohne jegliche Zwischentationen in Damaskus, Homs oder Latakia. Ich kenne keine dieser Städte und auch in Beirut war ich nur „ein syrischer Hilfsarbeiter im Libanon", habe also von den Libanesen und dem Libanon nicht viel gesehen.

Von Manbidsch nach Berlin, mit wenig Lebenserfahrung, zumindest in Sachen Geographie und Erlebnishorizont. Hier in Berlin ist plötzlich alles da. Alles steht zur

تحتاج إلى أن تتعامل مع هذه الحياة الجديدة بكل التفاصيل، كأن يتم دعوتك إلى حفلة عيد ميلاد من إحدى الصديقات، طبعًا توافق، لم لا؟!
اشتريت زجاجة نبيذ كهدية عيد ميلاد وذهبت إلى بيت صديقتي.
عانقتها وعايدتها «هابي بيرث دي!» وجلست أتفرّج وأتعلّم طقوس عيد الميلاد.
حفلة، كاتو وشموع، وشباب وصبايا، وموسيقى ومشاريب ...
وأنا جالس على الكنبة، يلفت انتباهي شاب يشرب الويسكي، على عكس البقية الذين يشربون البيرة والمشاريب الأخرى، شاب له عضلات على ما يبدو أنه يذهب إلى الجيم أو النادي ويضع قطع الثلج في الكأس بكميات كبيرة تشبه عضلاته، أعجبني الشاب وتحرّشت به وقلت له:
«ليش إنت من دون كل الناس عم تشرب ويسكي؟»
قال لي: «أنا ما بيعبّي راسي إلا الويسكي!»
وبدأنا نتبادل المزاح وأطراف الحديث فأعجب الشاب بمزاحي ودعاني لشرب الويسكي معه، صبّ لي كأسًا وجلسنا نتعرّف على بعضنا، أنا من سوريا وهو من لبنان.
وبدأنا نتحدّث عن سوريا ولبنان بشكل عام، ونتحسّر على ما آلت إليه الأيام، وفي معرض الحديث قال لي الشاب:
«يا أخي انتو بسوريا على الأقل عندكون نظام تثورو عليه، نحنا بلبنان ما عنا لا نظام ولا شي، على مين بدنا نثور لنثور»
وهنا أحسست بالراحة وأخذت الضوء الأخضر بأنني أستطيع أن أجور على النظام في حديثي، لأنه ليس من المعتاد أن آخذ راحتي في الحديث عن بشاعة النظام أمام الإخوة اللبنانيين، خاصة عندما تأخذ راحتك وتتفاجئ أن أخوك اللبناني من الجنوب ومع المقاومة للعظم.
وفعلاً صديقي الرياضي أبو الويسكي الشاب اللطيف هو من الجنوب لكنني شعرت بالراحة عندما قال لي أنتم في سوريا لديكم نظام تثورون

Verfügung. Dinge, von denen man schon mal gehört, andere, von denen man noch nie gehört hatte, und wieder andere, die man nur aus dem Kino oder Fernsehen kannte. Und auf dieses neue Leben gilt es sich einzulassen, in all seinen Einzelheiten. Als wäre man von einer Freundin zu einer Geburtstagsparty eingeladen worden. Da sagt man doch nicht nein!

Ich kaufte eine Flasche Wein als Geburtstagsgeschenk und machte mich auf den Weg zum Haus meiner Freundin.

Ich umarmte sie, sagte: „Happy Birthday!", setzte mich hin und beobachtete. Ich wollte das Ritual des Geburtstagsfeierns kennenlernen.

Party, Kuchen, Kerzen, Jungs und Mädels, Musik und Drinks.

Während ich so auf dem Sofa saß, fiel mir ein Typ auf, der im Gegensatz zu allen anderen, die an Bierflaschen oder anderen Drinks hingen, Whisky trank. Ein muskulöser junger Mann, bestimmt ein Fitnessstudiogänger, der sich Unmengen Eiswürfel ins Glas tat, was irgendwie zu seinen Muskeln passte. Er gefiel mir und ich quatschte ihn an: „Wieso trinkst du als Einziger Whisky?"

Er antwortete: „Du, alles andere kommt in meinem Kopf einfach gar nicht an!"

Wir führten Smalltalk, machten Witze und der Typ mochte meinen Humor und schenkte mir auch ein Glas Whisky ein. Da saßen wir zwei, er aus dem Libanon und ich aus Syrien, und lernten einander kennen.

Erst ging es ganz generell um Syrien und Libanon, wir trauerten alten Zeiten nach, und da ließ der junge Mann

عليه، على الأقل صديقي الشاب يرى النظام كظالم يستحق أن يثور عليه الشعب، لهذا أكملت حديثي معه، والشاب كان كريماً، يسكب لي المزيد من الويسكي ويضع الثّلج وصار يعتبرني مثله «ما يعبّي راسي إلا الويسكي» فيصبّ لي كؤوس الويسكي وأنا لا أخيّب ظنّه.

استمرينا بالحديث، ثمّ عرّج الشاب على الطرف الآخر، أقصد طرف الثورة والشعب، وصار يقول داعش والنصرة والفوضى والفصائل المسلحة وأشار إلى أن المشكلة ليست فقط النظام ...

وأنا بطبيعة الحال لا أنطرب بالحديث عن الطرف الآخر، أحب الحديث عن النظام فقط حتى لو كان الذي يقوله الشاب صحيحاً

لكن قرّرت أن أختصر وأقول له:

«معك حق بس الثورة انظلمت ونحنا السوريين انظلمنا، انت لبناني وأكيد بتعرف شو يعني الظلم! ما تعرف الظلم؟ من حزب الله على الأقل ما بتعرف الظلم يا زلمة؟؟!!»

وهنا كرع الشاب كأس الويسكي كرعة واحدة، ووقف هو وعضلاته وقال لي باللهجة اللبنانية:

«إذا بدّك إحكيلك على رواق شو يعني الظلم، تعال معي بالأول!»

ومشى الشاب، وأنا ما بين الخوف والفضول والكبرياء وقفت وتبعته، مشى الشاب باتجاه الممر وأنا خلفه، والأدرينالين صار يطلع وينزل بسرعة مليون وأنا أقول لنفسي:

«أكلتها وما حدا سمّى عليّ!، ضروري أجيب سيرة حزب الله بحفلة عيد الميلاد، أنو صحيح الزلمة بيقول عن النظام دكتاتور بس يجوز مو لدرجة إني آخد راحتي بالحديث عن حزب الله ...»

فتح الشاب باب الحمّام وقال لي: تفضّل!

وأنا ما بين الخوف وما بين الغموض والكبرياء ودون أن أفهم شيء، قلت له:

nebenbei folgenden Satz fallen:
„Ihr in Syrien habt wenigstens ein Regime, gegen das ihr rebellieren könnt. Wir im Libanon haben nicht mal eine Regierung, wir haben gar nix. Gegen wen sollten wir uns denn auflehnen?"
Ab diesem Augenblick war ich entspannt, denn damit hatte er mir grünes Licht gegeben, über das syrische Regime zu lästern. Für gewöhnlich rede ich mit Menschen aus dem Libanon nicht so frei über die Hässlichkeit des Regimes, vor allem weil sich das libanesische Gegenüber gelegentlich überraschend als aus dem Südlibanon stammend entpuppt und einfach derbe die Hisbollah abfeiert.
Und siehe da, auch mein sportlicher, netter whiskytrinkender Freund stellte sich als Südlibanese heraus, aber nachdem er gesagt hatte, wir in Syrien hätten wenigstens ein Regime, gegen das man rebellieren könne, was ja zumindest hieß, dass er das syrische Regime als ein Regime betrachtete, das es verdiente, dass sein Volk dagegen rebellierte, war ich beruhigt. Deshalb redete ich drauflos, und der Junge war recht freigiebig, schenkte mir immer wieder Whisky ein, gab ordentlich Eis hinzu und betrachtete mich wie seinesgleichen: Einen, bei dem „alles andere im Kopf einfach gar nicht ankommt". Er füllte Glas um Glas und ich enttäuschte seine Erwartungen nicht.
Wir reden also weiter und plötzlich geht der Junge ans Eingemachte, zu Revolution und Volk, und fängt an mit IS und Nusra-Front, mit Chaos und bewaffneten Gruppen und endet mit der Anmerkung, dass das Problem ja nicht nur das syrische Regime sei.

«ما بيمشي الحال هون بالممر؟!»

قال لي: «لا ما بيمشي الحال هون بيشوفونا العالم»

قلت لنفسي: «كمان بدّك تعملّي قتلة بدون ما حدا يشوفنا، اعملّي قتلة هون بالممر بلكي يشوفونا العالم ويجو يحجّزو..»

خوف وغموض، مع ذلك دخلت الحمّام ...

أغلق الشاب باب الحمّام وأنا مشغول بضبط ملامحي لكي لا يبدو عليّ الخوف والارتباك، فمدّ الشاب اللبناني يده إلى جيبه وأخرج علبة أنيقة ووضعها فوق الغسالة ثم أخرج شيئًا صغيرًا على شكل أنبوب، فاتّضح لي أنه يريد أن يضيّفني جرعة من الكوكائين.

هنا شعرت بالراحة وأحسست أنني شطحت في خيالي كثيرًا!

القصة قصة كوكائين!! ... آه تذكرت أنه في الأفلام يتعاطون الكوكائين في الحمّامات ...

وضع الشاب موبايله الذكي على الغسالة وفرط فوقه البودرة وقسمّها بأناقة إلى قسمين، وأنا أتفرّج عليه، ثم مسك الأنبوب وأعطاني إياه وقال لي بطريقة المعلّمين:

«تفضّل معلّم!»

الشاب يعتبرني مثله «ما بيعبي راسي إلا الويسكي» وأتعاطى الكوكائين مثله وأفهم عليه ويفهم عليّ وأنا لا أريد أن أحطّم له هذه الصورة وأخيب ظنّه، خاصّة وأن الشاب ظريف وكريم، لكن في الحقيقة هذه أول مرة في حياتي أرى فيها الكوكائين وأنا لا أعرف حتى كيف يُمسك الأنبوب وإن كان عليّ أن آكل الكوكائين أو أن أشمّه أو أبلعه ... فقلت للشاب بلغة المعلمين طبعًا:

«ما بيصير ولو! أنت بالأول، أنت المعلّم»

فمسك الأنبوب ورحت أراقبه كيف يتعامل مع الموضوع.

استنشق القسم الخاص به ثم رفع رأسه بحركة سينمائية توحي بالانتشاء،

Mir aber macht es selbstverständlich keinen Spaß, über die andere Seite zu reden. Ich wollte nur über das Regime reden, selbst wenn das, was der Junge da sagte, richtig wäre.
Ich beschloss, die Sache abzukürzen, und sagte:
„Du hast ja recht. Aber die Revolution wurde übelst unterdrückt und wir Syrer auch. Du bist doch Libanese. Du weißt doch bestimmt, was Unterdrückung heißt! Kennst du keine Unterdrückung? Von der Hisbollah doch wenigstens? Weißt du wirklich nicht, was Unterdrückung ist?"
An dieser Stelle schüttete sich der junge Mann den Inhalt seines Whiskyglases auf einmal in den Rachen, stand abrupt auf, mit seiner ganzen Muskulatur, und sagte in breitem Libanesisch:
„Wenn du's wirklich hören willst, erzähl ich dir jetzt mal ganz in Ruhe, was Unterdrückung heißt. Aber vorher komm mit."
Und er ging. Und ich, zwischen Angst, Neugierde und dem Imperativ, beides zu verbergen, stand auch auf und folgte ihm. Er ging in Richtung Flur und ich ihm hinterher, während ich in rasendem Takt einen Adrenalinschub nach dem anderen bekam. Ich dachte im Stillen: „Da hab ich mir was eingebrockt. Dass ich auch unbedingt bei einer Geburtstagsparty mit der Hisbollah anfangen muss!
Dass der Junge anerkennt, dass das Assad-Regime eine Diktatur ist, heißt ja noch lange nicht, dass ich hier einfach über die Hisbollah drauflos lästern kann."
Jetzt hielt er die Badezimmertür auf
und sagte: „Los, hier rein."
Und ich, eigentlich panisch und völlig verwirrt, aber zu

وصار يهز رأسه ويشهق بقوة ليتغلغل الكوكائين داخل جسمه.

الآن جاء دوري ...

مسكت الأنبوب وأعطيت الشاب اللبناني ظهري كي لا يرى شيئاً، وضعت الأنبوب على الموبايل وبدل أن أشهق، نفخت نفخة قوية طيّرتْ كل البودرة، بقيت أزفر وأنفخ على الكوكائين حتى لم يبق له أثر.

طار الكوكائين كله خلف الغسالة ...

ثم رفعت رأسي وقمت بنفس الحركة السينمائية التي قام بها الشاب على أساس أن الكوكائين بدأ يتغلغل في جسدي أيضاً.

لملم الشاب عدّة الكوكائين وأعادها لجيبه، وخرجنا من الحمّام، وعدنا إلى طاولة الويسكي منتشين

صديقي اللبناني منتشي بالكوكائين وأنا منتشي بالسلامة!

جلسنا، صبّ لي الويسكي ووضع لي الثلج، قرعنا الكؤوس وقلت له:

«ايه معلّم، هات لنشوف احكيلي ... الظلم وحزب الله ...»

stolz, es zu zeigen, sagte nur:
„Ginge nicht vielleicht auch hier im Gang?"
Darauf er: „Nein, im Gang geht das nicht. Da sehen uns die anderen."
Ich dachte, jetzt will der mich auch noch da drinnen vermöbeln, wo uns kein Schwein sieht. Soll er es doch wenigstens auf dem Gang tun, vielleicht sehen uns dann die anderen und gehen dazwischen …
Große Angst, große Verwirrung, dennoch ging ich ins Bad. Der Typ schloss die Tür hinter sich und sperrte ab, während ich voll und ganz damit beschäftigt war, meine Gesichtszüge im Griff zu behalten, die mir vor Angst und Verwirrung langsam entglitten. Da griff er mit der Hand in die Hosentasche und holte eine edle Dose hervor. Er legte sie auf die Waschmaschine. Dann nahm er einen kleinen Gegenstand heraus, etwas wie ein Röhrchen. Schließlich eröffnete er mir, dass er mich auf eine Runde Koks habe einladen wollen.
Ein Stein fiel mir vom Herzen. Um Koks ging es also!
Da war meine Fantasie aber gehörig mit mir durchgegangen. Stimmt, in Filmen gingen die Leute ja auch immer ins Bad zum Koksen!
Der junge Mann legte sein Smartphone auf die Waschmaschine und ich sah ihm dabei zu, wie er das Pulver darauf ausbreitete, das er anschließend elegant in zwei gleichgroße Häufchen teilte. Dann reichte er mir das Smartphone und sagte fachmännisch:
„Nur zu, Meister!"
Schließlich betrachtete er mich als seinesgleichen, einen, bei

dem alles außer Whisky im Kopf nicht mal ankam. Einen, der kokste wie er, der ihn versteht und den er versteht. Und ich wollte ihn auf keinen Fall enttäuschen, besonders, da er ja wirklich ein netter und freigiebiger Kerl war. Aber eigentlich war das das erste Mal in meinem Leben, dass ich überhaupt Kokain sah. Ich war mir sogar unsicher, ob man es aß oder schnupfte, geschweige denn wie man dieses verdammte Röhrchen anfasste. Also sagte ich ihm, natürlich ebenso fachmännisch:

„Nein, nein, du zuerst, du spendierst doch!"

Also nahm er das Röhrchen und ich sah ihm genau zu, damit ich wüsste, wie ich die Sache anzustellen hatte.

Er zog seine Hälfte tief in die Nase. Dann hob er theatralisch den Kopf, was wohl implizieren sollte, dass das Zeug wirklich reingehauen hatte, und begann seinen Kopf zu schütteln und dabei zu schnaufen, damit sich der Stoff in seinem ganzen Körper verteilen konnte.

Nun war ich an der Reihe.

Ich nahm das Röhrchen und drehte dem Libanesen meinen Rücken zu. Er sollte mich nicht sehen. Dann hielt ich das Röhrchen ans Handy, und anstelle zu ziehen, pustete ich stark aus, dass das ganze Pulver davonflog. Ich pustete und blies so lange auf das Kokain, bis nichts mehr davon da war.

Das ganze Koks hatte sich hinter der Waschmaschine verteilt. Dann hob ich den Kopf und machte dieselbe theatralische Bewegung, die er gemacht hatte, damit es so aussah, als würde sich das Zeug nun auch in meinem Körper breitmachen. Der junge Mann packte sein Kokswerkzeug zusammen,

١١ أبريل ٢٠١٤، الساعة ٦:٥٩ م ٥٠٠♥

لا تسوي حالك أجنبي في بلاد الأجانب

١٢ أبريل ٢٠١٤، الساعة ١٠:٤٥ م ٦٠٥♥

حين تقضي حياتك مقموعًا، من النظام الحاكم والمجتمع والدين

وكل شيء ...

وفجأة تصبح الحرية بين يديك وفي بلد حر \ فتبالغ وتصير اوفر

في حريتك ...

هذا يعني أنك مازلت لست حرًا.

١٨ أبريل ٢٠١٤، الساعة ٩:٣٦م ٦٨٥♥

ظهرت في وجهي فتاة جميلة - قالت لي: «ما بك تعارك العالم الافتراضي

وكأنك دونكيشوت الفيسبوك»

فقلت لها: «إذا كنت أنا دونكيشوت، فهل تقلبين أن تكوني أنتِ سانشو،

أقصد حبيبتي؟ ... »

وأخيرًا وقعت في الحب، حب سانشو

أحبُ كيف تخلع سانشو بنطالها وترميه مقلوبًا، مجعلكًا، ملقيًا فوق

versenkte es wieder in seiner Hosentasche und wir kehrten high aus dem Badezimmer zurück an den Whiskytisch: Mein libanesischer Freund high vom Koksen und ich high vor Erleichterung, das Ganze heil überstanden zu haben. Wir setzten uns, er schenkte mir wieder Whisky mit Eis ein, wir stießen an und ich sagte zu ihm:
„So, Meister, und jetzt erzähl mal ganz in Ruhe: Wie war das mit der Unterdrückung und der Hisbollah?"

11. April 2014 um 18:59 **500 ♥**

Mach nicht einen auf Ausländer in Ausländerland.

12. April 2014 um 10:45 Uhr **605 ♥**

Wenn du dein Leben lang in Unterdrückung gelebt hast,
durch das herrschende Regime, durch die Gesellschaft,
die Religion et cetera …
und du dann mit einem Schlag die Freiheit in deinen
Händen hältst, in einem freien Land /
dann treibst du's zu weit und wirst überfrei.
Was wiederum bedeutet,
dass du immer noch nicht frei bist.

18. April 2014 um 21:26 Uhr **685 ♥**

Plötzlich hatte ein schönes Mädchen vor mir gestanden und gesagt: „Was kämpfst du immer gegen virtuelle Windmühlen, wie ein Facebook-Don-Quijote?"
Ich fragte zurück: „Wenn ich Don Quijote bin, magst du dann vielleicht Sancho sein, will sagen, meine Freundin?"

أرضية الغرفة
شعر حاجبيها المنتوف، الذي نسته على حافة النافذة
هو الوحيد الذي شهد على العاصفة التي حدثت في الخارج
أحبُ عندما ترتدي جرابًا أسودًا وآخر كحليًا وتعاملني على أنهما لون واحد
أحبُ حمالة أثدائها المعطّل قفلها وتشبكها بدبوس
أحبُ قلم كحلتها الذي لا يتجاوز طوله الـ ١,٥ سم ولا يكاد يُمسك
أحب الفتق السري في بنطالها، بين ساقيها،
أحبها عندما تسلو عنه
وتفتح ساقيها وهي تتحدث عن قضايا كبرى كالحب والوجود
أحب برّاية البلاستيك الخضراء،
المكسور طارفها في حقيبتها الأنيقة
أحب كل الكاسات التي كسرتها في المطبخ
أحب كل الأجراس التي رنّتها بالخطأ ظانّة أنها مصابيح الممرات المظلمة
كم مرة وضعتْ لي الملح بدل السكر ... الله!!!
كم مرة شرحتُ لها أن البرغل غير موجود في الفلافل
وكم مرة قلتُ لها ياعيني ياحبيبتي فرشاة أسنانكِ هي الزرقاء
أحب زحمة السيارات التي تتركها خلفها،
عندما تقطع الشارع والإشارة حمراء
أحب كل الطرقات التي ضلّتها،
كل المسافات الزائدة التي مشيناها وهي تدلّني على الصواب.
أحب كل الوقت الذي قضيته في الخارج،
أحيانًا تحت المطر وأحيانًا تحت الثلج
تحت القصف، تحت طائلة المسؤولية،
في كل مرة نسيتْ فيها المفاتيح في الداخل
أحب كل النشوات التي لم تبلغها

Endlich hatte ich mich verliebt. Verliebt, in Sancho.
Ich liebe es, wie Sancho aus ihrer Hose schlüpft und sie umstülpt, zerknäult, schleudert, auf den Boden des Zimmers.
Ihre ausgerupften Augenbrauenhaare, die sie auf dem Fensterbrett vergessen hat,
alleinige Zeugen des Unwetters dort draußen.
Ich liebe es, wenn sie eine schwarze und eine dunkelblaue Socke trägt und mir gegenüber behauptet, es sei dieselbe Farbe.
Ich liebe ihren kaputten BH, den sie mit einer Sicherheitsnadel zusammenhält.
Ich liebe ihren Kajal, der allerhöchstens einen Zentimeter misst und sich fast nicht mehr
greifen lässt.
Ich liebe den geheimen Riss in ihrer Hose, genau zwischen ihren Beinen,
ich liebe es, wenn sie ihn vergisst,
und ihre Schenkel öffnet, während sie gerade über etwas Gewichtiges redet, wie die Liebe oder die Existenz.
Ich liebe den Spitzer aus grünem Plastik mit dem abgesprungenen Rand in ihrer schicken Handtasche.
Ich liebe alle Gläser, die sie in der Küche zerdeppert hat.
Ich liebe alle Klingelknöpfe, die sie versehentlich gedrückt hat, weil sie sie in dunklen Treppenhäusern für Lichtschalter hielt.
Wie oft hat sie mir schon Salz anstelle von Zucker ins Getränk gerührt? Du lieber Himmel.
Wie oft habe ihr ihr erklärt, dass Bulgur keine Zutat von

أحب ظهرها
وأشياء أخرى
العمود الفقري مثلاً.

٢٠ أبريل ٢٠١٤، الساعة ٧:٤٧ م **٤٩١ ♥**

البارحة كنت في إحدى المطاعم آكل سندويشة الشاورما مع مخلل فليفلة وبجانبي طاولتان ملتصقتان ببعضهما ويجلس عليها ستة أشخاص أو سبعة لا أذكر.
وكانوا يتحدّثون عن الفيسبوك ويسألون بعضهم عما إذا كان أحد منهم لا يملك حساباً على الفيسبوك وبدؤوا يسألون عن عدد الأصدقاء ويتحدث كل واحد منهم كيف يستخدم الفيسبوك.
نهضت عن كرسيّ حاملاً سندويشتي بيد وقرن الفليفلة باليد الأخرى وأنا ألوك الشاورما قلت لهم:
— «you are talking bout Facebook»

Falafel ist.
Und wie oft habe ich schon zu ihr gesagt: „Schatz, deine Zahnbürste ist die mit dem blauen Griff."
Ich liebe die vielen Autos, die sie hinter sich lässt, wenn sie bei Rot über die Ampel fährt.
Ich liebe all die Wege, auf denen sie sich verlaufen hat und alle zusätzlichen Strecken, die wir zurückgelegt haben, wenn sie mich irgendwohin geführt hat.
Ich liebe all die Zeit, die ich draußen verbracht habe, im Regen, im Schneegestöber, im Bombenhagel und bei voller Haftung, weil sie wieder die Schlüssel zu Hause vergessen hatte.
Ich liebe alle Orgasmen, die sie nicht erreicht hat.
Ich liebe ihren Rücken
und andere Dinge,
die Wirbelsäule zum Beispiel.

20. April 2014 um 19:47 Uhr **491 ♥**
Gestern war ich in einem Imbiss, wo ich einen Schawarma mit eingelegten Peperoni aß, und neben mir, über zwei zusammengeschobene Tische verteilt, saß eine Gruppe von sechs oder sieben Leuten, genau weiß ich's nicht mehr.
Sie unterhielten sich über Facebook und fragten einander gegenseitig, ob sie ein Facebookkonto haben, dann ging es um die Anzahl der Facebookfreunde, die jeder hat, und schließlich erzählte jeder, wie er Facebook nutzte.
Mein Sandwich in der einen, die Peperoni in der anderen Hand, stand ich von meinem Stuhl auf, und sagte, einen Bissen Schawarma im Mund:

نظروا إليَّ باندهاش وصمت وقالت لي إحداهم:

— «yes؟؟»

— «I am the smartest person on Facebook»

لم يصدقوا ظنّوني أبلهًا ولم يُبدوا أية ردة فعل فقط قالوا لي:

— «yes, good»

عدت لكرسيّ غاضبًا أسبسب وأدمدم: إنو يعني قالولكون أفهم واحد عالفيسبوك لازم يكون أشقر مثلاً ولّا لابس كرافة أو ما يشيل سندويشة بإيدو ويحكي؟؟

٣٠ أبريل ٢٠١٤، الساعة ١١:٢٠ م **٦٣٠♥**

كل يوم أفتح الفيسبوك، أقرأ ما يكتبه الأصدقاء عن المجازر، عن انتصارات الجيش الحر، عن الطائفية والسلم الأهلي، ثمة شيء يكبل يديّ، إحساس بالعجز يحطّم أفكاري، أهرب من فكرة أن أخي مشرّد في تركيا إلى صديقتي سانشو التي تكسّر البيض، أهرب من المجزرة ليس لكي أنجو منها إنما فقط لكي لا أضع عيني بعينها، عيون الشهداء قوية لا ترمش، كنا صغارًا أنا وأصدقائي نلعب لعبة من يرمش أولاً، من يحرّك عينه أولاً، دائمًا كان يخونني نظري، كان ينكسر قبل الجميع، كيف يمكنني أن أضع عيني بعين شهيد، عين لم ترمش للرصاصة، أهرب من الماء المقطوعة عن أهلي إلى السوبر ماركت فأشتري قنينة مياه معدنية، أهرب من الكهرباء المقطوعة إلى الضوء الأخضر على الفيسبوك الذي يضيء جانب اسم صديقتي فأكتب لها «هاي»، أختي اشترت نقابًا، أرسلت لي صورتها، احترق قلبي فاشتريت لسانشو أقصر تنورة في العالم،

— „You are talking bout Facebook."
Sie schauten mich verwundert an und sagten erst gar nichts. Dann sagte einer von ihnen:
— „Yes?"
— „I am the smartest person on Facebook."
Sie glaubten mir nicht. Sie hielten mich wohl für einen Spinner und verzogen keine Miene. Sie sagten nur:
— „Yes, good."
Ich kehrte wütend an meinen Tisch zurück, leise vor mich hinfluchend und murmelte: „Glaubt ihr etwa, der klügste Mensch auf Facebook muss zwangsläufig blond sein, Krawatte tragen und kein Sandwich in der Hand halten, wenn er redet?

30. April 2014 um 23:20 Uhr **630 ❤**

Jeden Tag gehe ich auf Facebook und lese, was meine Freunde dort über Massaker schreiben, über die Siege der Freien Syrischen Armee, über Sektarianismus und Landesfrieden. Und immer ist da etwas, das mir die Hände bindet, ein Gefühl der Hilflosigkeit, das jeden Gedanken erdrückt. Vor der Vorstellung, dass mein Bruder in der Türkei gestrandet ist, flüchte ich mich zu meiner Freundin Sancho, die rohe Eier fallen lässt. Ich fliehe vor dem Massaker. Nicht, weil ich mit dem Leben davonkommen will. Ich kann nur seinem Blick nicht standhalten. Die Augen der Märtyrer sind stark, sie blinzeln nie zurück. Als Kinder spielten meine Freunde und ich immer, wer zuerst blinzelt, wessen Auge zuerst zuckt. Und immer ließen meine Augen mich im Stich, jedes Mal knickte ich als erster

أهرب من أولاد أخي الذين تيتّموا بنيران الله أكبر إلى أقرب حديقة، أصعد السلم فأنزل متزحلقًا من كل أفكار الكون.

اليوم ماتت خالتي، اتّصلت بأمي، قلت لها يسلم الدين والإيمان، واليوم أيضًا اشتريت كرسيًا للمطبخ، وشاهدت على اليوتيوب آخر حلقة للاتجاه المعاكس، وطبعًا كالعادة قلت لنفسي لو كنت أنا هناك لقلت كذا وكذا، واليوم أيضًا ذهبت إلى دائرة شؤون اللاجئين، طالبت بكامل حقوقي، حق الأكل، حق الشّرب، حق النوم في غرفة من الإسمنت المسلح.

أنا لم أنسَ كيف كنت أمسك بطارف ثوب أمي عندما تحوم الطائرة، صحيح ليس لدي تلفزيون لأتابع الأخبار، لكنني لا أنسى العشرة، ولا أنسى أصدقائي وصديقاتي، مشتاق لمذيعات قناة العربية والجزيرة، مشتاق لتلفزيون بيتنا الذي كانت مزينةً زواياه بعبارات مثل «درعا الآن» ... «حمص الآن»، سألتني صديقتي اليوم «لماذا تتجاهل ما يحدث في بلادنا؟»، قلت لها:

أنا أخجل ...

ein. Wie soll ich da einem Märtyrer in die Augen blicken? Einem Augenpaar, das nicht mal bei einem Schuss blinzeln muss? Vor der unterbrochenen Wasserversorgung bei meiner Familie fliehe ich in den Supermarkt und kaufe mir eine Flasche Mineralwasser. Vor der gekappten Stromversorgung flüchte ich mich zum grünen Lichtlein bei Facebook, das neben dem Namen meiner Freundin auflodert und schreibe „Hi“. Meine Schwester hat sich einen Niqab gekauft. Sie hat mir ein Foto von sich geschickt und es hat mir das Herz gebrochen. Also habe ich Sancho den kürzesten Rock aller Zeiten gekauft. Vor den Kindern meines Bruders, die im Allahu-Akbar-Beschuss zu Waisen geworden sind, fliehe ich in den nächsten Park. Ich klettere die Leiter hinauf und rutsche davon, weg von allen Gedanken des Universums.

Heute ist meine Tante gestorben. Ich rief meine Mutter an, sagte, Gott habe sie selig, und dann habe ich mir noch einen neuen Küchenstuhl gekauft und mir auf Youtube die neueste Folge von *Die Gegenrichtung / Al-Itijah al-Mu3akes* angesehen, und mir dabei natürlich wie immer gedacht, wenn ich dort sitzen würde, würde ich dies sagen und jenes sagen. Und dann war ich heute noch beim Lageso und habe meine vollen Rechte eingefordert: mein Recht auf Essen, mein Recht auf Trinken, mein Recht auf Schlaf in einem Zimmer aus Stahlbeton.

Ich habe keineswegs vergessen, wie ich mich immer, wenn das Flugzeug über uns dröhnte, in den Saum meiner Mutter krallte. Ich habe zwar keinen Fernseher, um Nachrichten zu gucken, aber deshalb habe ich nicht die Gemeinschaft

٢١ مايو ٢٠١٤، الساعة ٤:٥٦ م ♥ ٣٩٢

تسألني فتاة ألمانية:

— «أنت جيت لهون لأنو في ببلدك حرب؟»

— «لا، أنا جيت لهون لأنو في ببلدي ثورة وأنا هربت منها.»

٦ يونيو ٢٠١٤، الساعة ١٢:١٠ م ♥ ٤٧٠

أمي نزحت إلى تركيا.

١٢ ديسمبر ٢٠١٤، الساعة ١٢:٥٨ م ♥ ٤٩١

عندما يحاصرك الأجانب ولا تعرف ماذا تقول ...

١٠ يونيو ٢٠١٥، الساعة ٥:٥٠ م ♥ ٨٦٣

كلما سألني أحدهم من أي بلد أنت أو «where are you from» طبعًا أجيب بدون تردد: «سيريا سيريا»، وبعد أن تنفجر عيونه وبعد الوااو وبعد الـ «I am sorry about what happen in Syria»

وشي يقلك حرب أهلية وشي يقلك لاجئين وشي يقلك إسلاميين ... ناهيك عن التأسف والتعاطف والحذر الشديد

vergessen, meine Freunde und Freundinnen. Ich vermisse die Moderatorinnen auf Al Arabiya und Al Jazeera, ich vermisse den Fernseher bei uns zu Hause, dessen Ecken immer mit Einblendungen verziert waren, wie „Live aus Deraa" oder „Live aus Homs". Heute hat meine Freundin mich gefragt: „Warum interessierst du dich eigentlich nicht dafür, was in unserem Land passiert?"
Ich sagte:
„Weil ich mich schäme."

21. Mai 2014 um 16:56 Uhr **392 ♥**

Ein deutsches Mädchen fragt mich:

— „Bist du hierhergekommen, weil in deinem Land Krieg ist?"
— „Nein, ich bin hierhergekommen, weil in meinem Land eine Revolution ist, da hab ich die Fliege gemacht."

6. Juni 2014 um 12:10 Uhr **470 ♥**

Meine Mutter ist in die Türkei geflohen.

12. Dezember 2014 um 12:58 Uhr **491 ♥**

Wenn du von allen Seiten von Ausländern umgeben bist und nicht weißt, was du sagen sollst.

10. Juni 2015 um 17:50 Uhr **863 ♥**

Jedes Mal, wenn mich einer fragt: „Woher kommst du" oder „where are you from", antworte ich blindlings: „Syria, Syria." Und wenn er dann seine Augen aufgerissen hat, und nach dem „WOW", und nach dem „I am sorry about what

أتذكّر أيام المرحلة الابتدائية في المدرسة والمَعارض التي كانت تقام للطلاب من رسوم وأعمال فنية ويدوية وغيرها، حينها كنت أصرف كل ما آخذه من الخرجيّة المدرسية على ملذّاتي الشخصية، وكانت تقتصر مشاركاتي في المَعارض على قطع حديد أجلبها من ورشة أهلي مجانًا، وكانت تلقى إعجاب الجميع، فتماديت في الموضوع وصرت أجلب قطع معدنية لا على التعيين وأختارها معقّدة الشكل، مسننات، حواف وبراغي، نتوءات، وكانت تزداد دهشة التلاميذ والأساتذة، مرّة أخذت معي فوتيس حصّادة، أخذته من الخردة، كان مكسورًا، أخذته بشحمه وبلحمه، بكامل وسخه وقذارته، وضعته في المعرض، تجمّع حوله الأستاذة والآنسة والمدير والطلاب والآذن، وتركوا الشمس والأنهار والزهور التي أحضرها زملائي، تركوا المشعل والمرأة الملثّمة المرسومة على الكرتون، تركوا أقوال حافظ الأسد والعَلم وحتى الطيارة الورقية التي صنعها ابن الآنسة تركوها، وصبّوا اهتمامهم كله في الفوتيس!

أشعر أنني فوتيس حصادة مكسور في ألمانيا، والعالم معرض في مدرسة ابتدائية.

لذلك قرّرت أن أتجنّب كل هذا العذاب وأختار بلدًا يتناسب قدر المستطاع مع بشرتي ومنطقي ولغاتي الأجنبيّة الركيكة وأنسب نفسي إليه.

مرّات أستغل مفرداتي التركية التي حفظتها من التلفزيون وأقول «أنا من تركيا»، ومرّات أطمع زيادة في جنسيّتي وأقول «أنا إيطالي»، ولمَ لا؟! يوجد في إيطاليا الكثير من الشبّان السمر، وإذا كان الشخص الذي يسألني متسامحًا أقول «أنا من اليونان» ومرّات أبحر، أخوض الخلجان والأنهار والمحيطات وأقول «أنا من البرازيل»، وأحيانًا أستغل شامتي وأقول «أنا من الهند» وإذا ضاقت بي الأمور أقول «أنا من باكستان»

وهكذا هو الحال، كل قلوب الناس جنسيّتي وأنا مشرّد من بلد إلى بلد

happen in Syria", wollen manche über Bürgerkrieg reden, andere über Flüchtlinge, wieder andere über Islamisten, das Ganze durchwachsen mit Mitleid und Skepsis.
Da muss ich immer an die Grundschule denken und die Ausstellungen, die wir als Schüler mit unseren Zeichnungen und Kunstwerken oder Handarbeiten machen sollten. Damals gab ich all mein Taschengeld für private Zwecke aus, weswegen sich meine Beiträge bei diesen Ausstellungen auf Metallteile beschränkten, die ich von der elterlichen Werkstatt unentgeltlich in die Schule mitbrachte. Aber alle waren begeistert, also trieb ich die Sache immer weiter und schleppte irgendwann einfach wahllos Eisen an. Ich suchte mir komplizierte Formen, mit Zacken, Zahnungen, Windungen und Ausbuchtungen, und die Schüler und Lehrer kamen aus dem Staunen nicht mehr heraus. Einmal nahm ich die Gangschaltung eines Mähdreschers mit. Ich hatte sie vom Schrottplatz. Kaputt und verdreckt wie sie war, stellte ich sie einfach in die Ausstellung. Die Lehrer und Lehrerinnen, der Schuldirektor, die Schüler und der Schulwart bildeten einen Reigen und staunten. Sie ließen die Sonnen Sonnen sein, kehrten den Flüssen und Blumen, die meine Mitschüler gemalt hatten, den Rücken, genau wie den Fackeln, der auf Karton gepinselten palästinensischen Freiheitskämpferin, den Parteisprüchen von Hafez al-Assad und der Landesflagge, ja, sogar dem Papierflugzeug, das unsere Lehrerin gebastelt hatte, und widmeten all ihre Aufmerksamkeit meiner Gangschaltung.
In Deutschland fühle ich mich wie die kaputte Gangschaltung eines Mähdreschers und die Welt erscheint mir wie eine

اليوم سألتني فتاة سنغالية «من أين أنت؟»
تأمّلتها وقلت لها بكل راحة ضمير «أنا من سوريا ... ومسلم ... وسنّي بعد!»

٣ يوليو ٢٠١٥، الساعة ٢:٤٠ ص **١٨٨♥**

أحب أن أرى النصف المضحك من الكأس.

einzige große Grundschulausstellung.
Deshalb habe ich beschlossen, diesen leidigen Situationen aus dem Weg zu gehen und mir ein Land auszusuchen, das pi mal Daumen meine Hautfarbe, Mentalität und gebrochenes Sprechen widerspiegelt und mich entsprechend anzugleichen.
Manchmal krame ich dann die paar türkischen Vokabeln hervor, die ich aus dem Fernsehen gelernt habe und sage: „Ich komme aus der Türkei." Manchmal schlage ich ein wenig über die Stränge und sage: „Ich bin Italiener." Warum auch nicht? In Italien leben ja viele braunhäutige Menschen. Und wenn mein Gegenüber einen eher toleranten Eindruck macht, sage ich: „Ich bin Grieche." Manchmal zieht es mich auch in die Ferne, dann überquere ich Meeresbuchten, Flüsse und Ozeane und sage: „Ich komme aus Brasilien." Und manchmal mache ich mir das Muttermal auf meiner Stirn zunutze und sage: „Ich komme aus Indien." Und wenn es mal brenzlig wird, sage ich: „Ich komme aus Pakistan."
So ist die Lage. Meine Nationalität sind die Herzen aller Menschen und ich streife heimatlos von Land zu Land. Heute fragte mich eine junge Senegalesin, woher ich komme.
Ich blickte sie eine Weile an, dann sagte ich ihr, seelenruhig und mit gutem Gewissen: „Ich komme aus Syrien. Ich bin Muslim. Sunnit sogar."

3. Juli 2015 um 02:40 Uhr **188 ❤**
Am liebsten sehe ich die komische Hälfte des Glases.

٥ سبتمبر ٢٠١٥، الساعة ٩:٢٤ ص **٣٥١♥**

صباح الخير على الأصدقاء الذين يلبسون البنطلون فوق البيجاما والكنزة فوق الكنزة ولا يحبّون المغامرات ولا المجازفة \ خاصة في دول أوروبا المتخبّطة والغير مستقرة \ في درجات الحرارة طبعًا.

٢٣ سبتمبر ٢٠١٥، الساعة ١١:٥٩ ص **٩٠٦♥**

عزمتُ جاري الألماني على فطور سوري أو عربي، بيض مقلي ولبن وجبنة وزيتون وسلطة وما تيسّر من هذه الأشياء ...

طبعًا أعطيت ضيفي صحن وشوكة وقلت له: خذ راحتك اسكب من وين ما تحب!

وأنا كالعادة آكل بالخبز العربي، ليس حبًا بالخبز العربي بحدّ ذاته، إنما حبًّا بالطريقة، أحب التغميس بالخبز، عندما أمسك بقطعة الخبز بخفّة بين أصابعي وأصنع منها ملعقة لا يتسرّب منها الطعام، التغميس أساساً هو فنّ ثقافي لدى الكثير من الشعوب، وأنا اعتدته ولا أتخيّل أنني سآكل البيض المقلي بالشوكة أو اللبن بالملعقة يومًا ما، مهما بلغ بيّ التطور والاندماج!

لكن جاري الألماني من جماعة ويلكم ريفيوجيز وإنساني زيادة عن اللزوم فأراد أن يجاريني، فوضع الشوكة والصحن جانباَ، وأصرّ على أن يأكل مثلي! بالخبز!

وأنا رحت أراقب كيف صار يأكل ويغطّ أصابعه في كل مكان، ومرّات تفلت منو الخبزة وتقع! ويضحك ولا على بالو! وصار يشرشر فوق الطاولة وفوق الصحون!

هذا عدا عن غطّ الخبزة بكاسة الشاي وأكلها مثل الأطفال ...

نزعلي الفطور والمشهد كلو لدرجة أنني أمسكت الصحن والشوكة

5. September 2015 um 09:24 Uhr **351 ♥**

Guten Morgen an all jene Freunde, die eine Hose über ihrer Schlafanzughose tragen und
einen Pulli über ihrem Pulli, die nicht auf Abenteuer und Risiko aus sind / gerade in den chaotischen, instabilen Ländern Europas / was die Temperaturen betrifft, natürlich.

23. September 2015 um 11:59 Uhr **906 ♥**

Ich habe meinen deutschen Nachbarn auf ein syrisches – beziehungsweise arabisches – Frühstück eingeladen: gebratene Spiegeleier, Joghurt, Käse, Oliven, Salat, und was sich sonst noch so finden ließ.
Natürlich reichte ich meinem Gast einen Teller und eine Gabel und sagte: „Fühl dich wie zu Hause, nimm dir einfach von allem, was du magst."
Ich esse fast alles mit arabischem Fladenbrot. Und zwar nicht unbedingt aus Liebe zum Fladenbrot selbst, sondern zu der Art, wie man damit isst. Ich mag das Tunken
und Greifen mit dem Brot. Wenn ich ein Stück zwischen die Finger nehme, forme ich daraus mühelos einen Löffel,
aus dem einfach kein Essen mehr rinnt. Diese Kunst ist bei ziemlich vielen Völkern verbreitet und ich bin es so gewohnt. Ich kann mir auch beim besten Willen nicht vorstellen, eines Tages ein gebratenes Spiegelei mit
Messer und Gabel zu essen. Oder Joghurt mit dem Löffel. Egal, wie weit die Integration und Zivilisation mit mir fortgeschritten sein werden.
Aber mein deutscher Nachbar ist einer von der Sorte Refugees Welcome, er ist hyperhumanitär und wollte

وقلت له:

«اكل على طريقتك رجاءً! والله نعرفك كويس وأوبن مايندد ومتضامن معانا والخ ... بس اكل على طريقتك يا أخي.»

please eat in your way, we know that you are open minded»
and from welcome refugees group and bla bla bla but
«!please! eat in your way

١٠ أكتوبر ٢٠١٥، الساعة ١٢,٢٧ص **٢٢٥ ♥**

لا تستخدم ذكاءك مع من تُحب!

١٤ أكتوبر ٢٠١٥، الساعة ٤:٢٩ ص **٨٨٦ ♥**

أنا على وشك أن أنهي الرواية التي أكتبها، ستترجمها صديقتي Sandra Hetzl إلى الألمانية وسنقدّمها إلى المسابقات الثقافية، ونربح الجوائز المادية، ونذهب أنا وهي إلى تايلاند، فكلما صادفت ألمانيًا يقول لي «سأسافر إلى تايلاند»، أنا أيضًا أحلم أن أسافر إلى تايلاند، أنا أيضًا ألماني، فعندما كنت

unbedingt mit mir mithalten. Also legte er Messer und Gabel beiseite und bestand darauf, wie ich mit Fladenbrot zu essen!
Er fing also an zu essen und ich sah ihm dabei zu, wie er seine Finger überall hinein tunkte. Wenn ihm manchmal das Brotstück aus der Hand fiel, lachte er nur, als wäre nichts, und kleckerte den ganzen Tisch und die Teller voll. Abgesehen davon tunkte er das Brot in den Tee und aß es anschließend, wie ein Kleinkind.
Das verdarb mir das ganze Frühstück. Wie das aussah! Irgendwann nahm ich seinen Teller und die Gabel und sagte:
„Bitte, iss auf deine Art und Weise! Du musst uns nicht beweisen, dass du ein guter Mensch bist, wir wissen, du bist open minded uns gegenüber und so weiter und so fort. Aber bitte: Iss so, wie du immer isst!"
„Please eat in your way, we know that you are open minded and from welcome refugees group and bla bla bla but please! Eat in your way!"

10. Oktober 2015 um 00:27 Uhr **225 ♥**

Setze deine Intelligenz nie gegenüber denjenigen ein, die du liebst!

14. Oktober 2015 um 04:29 Uhr **886 ♥**

Ich bin kurz davor, meinen Roman zu Ende zu schreiben. Ins Deutsche übersetzen wird ihn meine Freundin Sandra Hetzl und wir werden ihn bei Literaturwettbewerben einreichen und Preise gewinnen. Von dem Geld fliegen

صغيرًا في المدرسة الابتدائية، كان الطلاب ينعتونني بالأسود، لأن بشرتي سمراء، وكنت أنزعج وأغضب، فتقوم أمي بمسح رأسي وتقول»انتَ مو أسود انتَ حلو وأشقر، انتَ ألماني!» وكانت تغني لي «أسمر يا حلو أسمر ماجملك ياقمر ضاوي بأعلى فلك» ونكاية بالذين نعتوني بالأسود اشترت لي قميصًا لفريق ألمانيا لكرة القدم وكان عليه رقم تسعة وصار أخوتي يقولون أنني رودي فولر، وصرت أركل الكرة، فتطير عاليًا، بعيدة كل البعد عن المرمى، ومنذ ذلك الحين لم يعد أحد ينتظر مني أيّ هدف أو على الأقل هجمة خطيرة.

wir dann zusammen nach Thailand. Denn jedes Mal, wenn ich einem Deutschen begegne, der mir sagt: „Ich fliege nach Thailand“, träume ich davon, auch nach Thailand zu fliegen. Schließlich bin ich auch Deutscher.
Als kleiner Junge zogen mich meine Mitschüler an der Grundschule immer wegen meiner braunen Hautfarbe auf. Sie bezeichneten mich als „schwarz“, was mich damals verletzte und ärgerte. Wenn ich dann niedergeschlagen von der Schule nach Hause kam, strich meine Mutter mir tröstend über den Kopf und sagte: „Du bist nicht schwarz. Du bist blond und schön. Ein Deutscher bist du!“ Und dann sang sie: „Oh, du hübscher Brauner, wie schön du bist, leuchtender Mond am Himmelszelt.“ Und aus Rache gegen alle, die mich als schwarz bezeichneten, kaufte sie mir ein Trikot der deutschen Fußballnationalmannschaft mit der Nummer Neun. Deswegen nannten meine Geschwister mich Rudi Völler. Und ich kickte den Fußball hoch und weit, meilenweit am Tor vorbei. Seit damals erwartet keiner mehr einen Treffer von mir.
Zumindest keine Großtat.

١٤ أكتوبر ٢٠١٥، الساعة ١:٤٦ م **٢٠٧♥**

:Rebecca Ramlow 🖼

٢٠ يناير ٢٠١٦، الساعة ٣:٠٠ م **٢٢٠♥**

عندما أسمع كلمة «شغل» أتذكر الحدّاد، الدّهان، القصّاب، الخيّاط، البلّاط، مصلّح التلفزيونات، من الممكن أن تحصل على النقود حين ترتدي صدرية ملطخة بالدماء، وتحمل سكيناً حاداً طوال الوقت، أو إذا كنت نجاراً وغبار الخشب واصل إلى أذنك الوسطى، أو مصلح تلفزيونات مضطراً لأن تعيش مع خمسين تلفزيون محطم على رفوف المحل أو الورشة، هكذا كنت أرى كيف يجني الإنسان المال، ما كان يخطر في بالي أن شخصاً ما يمكنه الحصول على المال إذا كان يعمل «منسقاً» مثلاً أو يعمل في «الديزاين» أو كاتب وربما ناشط، وهل النشاط «شغل»؟!.

تلقيت دعوة من شركة أودي للسيارات، وأنا أسأل نفسي لماذا شركة أودي؟ هل لأنني كنت حداد أو ميكانيكي؟ أم لأنني لاجئ؟ ثم شرحوا لي على الهاتف أن شركة أودي تقوم كل شهر بفعالية مختلفة لدعم الثقافة والقضايا الأخرى، وهذا الشهر تم اختيار أربع شخصيات واحد منهم مخترع مصعد إلى القمر، وأخر اخترع روبوت يمشي على سطح القمر، وشاب رياضي يقود دراجة هوائية الاف الكيلومترات ومحطماً أرقاماً قياسية في الرياضة لدرجة أنه فقد أصابع أقدامه من كثرة التدريب وأنا كأفهم شخص على الفيسبوك.

في معرض لشركة أودي في شارع فريدريش شتراسه تقام المناسبة وانا اتفتّل بين السيارات الفخمة والنساء والرجال الفخمين الذين هم على ما يبدو مندوبي شركات أو على الأقل من الطبقة المخملية، وأنا بكنزتي الصفراء أقرأ قليلاً من كتابي ثم يسألونني عدّة أسئلة بينها لماذا أنا أفهم شخص على الفيسبوك وأنا أجيب بأول فكرة تخطر في بالي.

14. Oktober 2015 um 13:46 Uhr **207 ♥**

Rebecca Ramlow

20. Januar 2016 um 15:00 Uhr **220 ♥**

Wenn ich das Wort „Arbeit“ höre, denke ich an einen Schmied, Anstreicher, Metzger, Schneider, Fliesenleger oder Fernseher-Reparateur.

Du kannst vielleicht Geld verdienen, wenn du einen blutverschmierten Arbeitskittel trägst, den ganzen Tag mit einem scharfen Messer in der Hand herumläufst und stückweise Fleisch verkaufst. Oder wenn du ein Tischler bist

أنهيت قراءتي وكانت مستحقاتي من تلك المشاركة ألف يورو.

ألف يورو خلال ساعتين، لم أجهد بعمل شيء، على العكس استمتعت بشرب النبيذ والتحدث مع أصحاب الطبقة المخملية.

und dir das Sägemehl bis ins Mittelohr geflogen ist. Oder wenn du als Fernseh-Reparateur gezwungen bist, dir mit fünfzig defekten Fernsehgeräten, die sich auf den Regalen deines Ladens stapeln, ein Zimmer zu teilen.
So war mein Verständnis von wie ein Mensch sein Geld verdient. Mir wäre nie im Leben eingefallen, dass eine Person beispielsweise als „Projektkoordinator“ arbeiten kann. Oder als Designer. Oder Schriftsteller. Oder Aktivist! Ist Aktivismus überhaupt „Arbeit“?
Als ich eines Tages vom Automobilhersteller Audi eine Einladung erhielt, fragte ich mich: Wieso eigentlich Audi? Ist es vielleicht, weil ich eigentlich Metallarbeiter und Mechaniker bin? Oder ist es, weil ich ein Flüchtling bin? Doch dann erklärten sie mir am Telefon, dass Audi jeden Monat ein Event organisiere, um Kultur und andere Bereiche zu fördern. Diesen Monat hatten sie dafür vier Persönlichkeiten ausgewählt: einen, der einen Fahrstuhl zum Mond erfunden hatte, einen anderen, der einen Roboter entwickelt hatte, der auf der Mondoberfläche laufen kann, einen sportlichen jungen Mann, der tausende Kilometer auf dem Fahrrad gefahren war und dabei sämtliche Rekorde gebrochen hatte, bis er vor lauter Training sogar seine Zehen verloren hatte, und mich, als klügsten Menschen auf Facebook.
Der Event fand im Audi City Lab Berlin auf der Friedrichstraße statt. Ich ging zwischen Luxusautos und luxuriös gekleideten Männern und Frauen herum, die vermutlich allesamt Firmenvorstände waren oder zumindest der High Society angehörten.

٢١ يناير ٢٠١٦، الساعة ١:٢٢ ص **٥٠٦ ♥**

أحب السّواد الذي يتراكم حول عيوني \ أحسّ بأنه الحقيقة الظاهرة التي لا يمكن إخفاؤها.

٢٣ يناير ٢٠١٦، الساعة ١١:١٥م **٨١٣ ♥**

أقضي الأوقات مع أصدقائي الأجانب وأراقب كيف يأخذون راحتهم في وضعيات الجلوس.
فلا مشكلة مثلا إذا وضع أحدهم رجل على رجل، وكانت قدمه موجهة على الشخص الذي يجلس بقربه!
أو إذا تعب أحدهم وأحب أن يتمدمد ويترحرح! فله الحق أن يضع أقدامه على الطاولة، وهذا لا يزعج الآخرين ولا ينقص من شأنهم ...
وعادي جداً أن يناقش أحدهم موضوعًا جديًا وهو مضطجع على الكنبة، وهذا لا يخفف من جدية الحديث أبداً ...
وأنا أتفهّم أنني في بلد حر ... ثقافات مختلفة ... والناس حرّة شلون تقعد

Und ich, in meinem gelben Pulli, las ein wenig aus meinem Buch und dann wurden mir noch ein paar Fragen gestellt. Unter anderem, warum ich der klügste Mensch auf Facebook sei. Und ich antwortete jeweils mit dem erstbesten Satz, der mir einfiel.
Das war meine Lesung. Als Honorar für den Abend bekam ich 1.000 Euro.
1.000 Euro innerhalb von zwei Stunden, während derer ich mich überhaupt nicht anstrengen musste, sondern im Gegenteil nur Spaß hatte, Wein trank und mit Menschen aus der High Society abhängen durfte.

21. Januar 2016 um 01:22 Uhr **506 ♥**

Ich liebe die schwarzen Schatten, die sich um meine Augen bilden / ich habe das Gefühl, sie sind die Wahrheit, die zum Vorschein kommt, und die man nicht vertuschen kann.

23. Januar 2016 um 23:15 Uhr **813 ♥**

Wenn ich mit meinen ausländischen Freunden Zeit verbringe, beobachte ich immer, was für ungezwungene Sitzpositionen sie einnehmen.
Es ist zum Beispiel gar kein Problem, wenn jemand ein Bein über das andere legt und seine Fußsohle dem Sitznachbarn zuwendet.
Oder wenn einer müde wird und sich ausstrecken will, darf er einfach die Füße auf den Tisch legen, und es stört die anderen nicht einmal, und keiner fühlt sich davon herabgesetzt.
Es ist auch vollkommen normal, dass einer über ein ernstes

وشلون تتصرف ...
أتفهّم ولكن بنفس الوقت أتحسّر!
أتحسّر على البهادل التي تلقّيتها من نوعية: نزّل رجلك يا بني آدم! اقعد جالس وانت تحكي عيب عليك!.. والكفوف التي أكلتها وأنا أتعلم فنون وآداب الجلوس مع الآخرين.

٢٤ يناير ٢٠١٦، الساعة ٢:٣٩ م **٨٣٥ ♥**

«?And where are you from» —

«From here! From Germany» —

«?So why you dont speak German with me» —

«... Because I thought you are British» —

Thema spricht, während er sich ausgestreckt auf dem Sofa fläzt, was der Ernsthaftigkeit seines Gesprächsthemas keinerlei Abbruch tut.
Ich verstehe natürlich, dass ich in einem freien Land bin. Andere Länder, andere Sitten. Und die Menschen dürfen selbstverständlich dasitzen und sich benehmen, wie sie Lust haben.
Ich verstehe das alles, aber irgendwie werde ich auch wehmütig. Wehmütig nach all den Schelten, die ich mir eingefangen habe: „Runter mit den Füßen, aber sofort!“, „Setz dich anständig hin, wenn du redest! Schämst du dich nicht?“ und nach all den Ohrfeigen, die ich mir eingehandelt habe, während ich die Kunst und die Etikette des Sitzens in Gesellschaft lernte.

24. Januar 2016 um 14:39 Uhr **835 ♥**

— „And where are you from?“
— „From here! From Germany.“
— „So why you don’t speak German with me?“
— „Because I thought you are British.“

٢٥ يناير ٢٠١٦، الساعة ١:٣٩ م **١١٠٠♥**

هناك وباء يجتاح العالم وخاصة العالم الغربي ألا وهو منظمات الـ إن جي أوز ومنظمات أخرى لا أعرف ماذا تسمّى لكنها تهتم بالإنسان وما شابه ذلك!

آلاف من الناس يعملون في هذا المجال في كل بلد، ملايين الدولارات واليوروهات تُهدر هباءً.

وباسم الإنسانية والإنسان يجتمع هؤلاء الناس، يتكلّمون عن الأزمات الإنسانية التي تخلّفها الحروب أو الأوضاع الاقتصادية أو حتى الكوارث، هم تماماً النسخة الإنسانية لمجلس الأمن، يجلسون في قاعاتهم ومكاتبهم المكيّفة، يوزّعون ابتساماتهم السخيفة على بعضهم البعض ويشربون القهوة، يتحدّثون قليلاً بشكل إنساني ثم ينصرفون.

يسافرون بالطيّارات، يقيمون في الفنادق وقد يحدث أحياناً أن يزور أحدهم قرية في راوندا أو مخيم هنا أو هناك ليوم أو يومين وبحذر دون أن تتغبّر أحذيتهم الثمينة، يغادرون فيحتفلون منتصرين، مثلما تفعل عادة الأم تيريزا أنجيلينا جولي وهي تلتقط صورة سيلفي وطفل جائع خريان خلفي.

فتضع إحدى المجلات المهمة هذه الصورة كغلاف العدد، فتصبح أنجيلينا من ملائكة الأرض.

أنت مكانك بالسينما يا حلوة، وليس هنا في المخيم، هذا الدور لا يليق بكِ!

أصحاب القضايا الإنسانية مثقّفون أيضاً، فهم يحتلّون المسارح وصالات السينما وبرامج التلفاز وصفحات المجلات والجرائد ولا أحد يستطيع أن يقف في وجههم خاصة وهم يركبون على شعارات الإنسانية والثقافة وإذا أتى شخص مثلي وقال لهم خرا عليكون وعلى قلوبكون الرقيقة يرشقونه بالبطاطا!

25. Januar 2016 um 13:29 Uhr

Eine Epidemie geht um in der Welt. Besonders der westlichen: die Epidemie der NGOs und der anderen Organisationen, die man, ich weiß es nicht genau, aber ich glaube, humanitär nennt, oder so.

In jedem Land arbeiten Tausende und Abertausende Menschen in dieser Branche und verschlingen dabei Millionen Dollar und Euros.

Im Namen der Menschlichkeit, im Namen des Menschen, halten diese Leute Tagungen ab, wo sie über humanitäre Krisen sprechen, die Folge von Kriegen, wirtschaftlicher Not oder Naturkatastrophen sind. Sie sind sozusagen die humanitäre Version des UN-Sicherheitsrates. In ihren Konferenzsälen und klimatisierten Büros sitzen sie ihre Zeit ab, lächeln einander hin und wieder nichtssagend zu, trinken Kaffee, reden ein wenig human daher und dann gehen sie wieder.

Sie reisen im Flugzeug durch die Welt, übernachten in Hotels und manchmal kommt es sogar vor, dass der eine oder andere ein Dorf in Ruanda oder irgendein Flüchtlingslager besucht, für ein, zwei Tage, aber Vorsicht, nicht, dass die teuren Schuhe darunter leiden.

Dann zieht er oder sie wieder von dannen, nicht aber, ohne die geglückte Mission vorher triumphierend zu verewigen. So auch unsere moderne Mutter Theresa Angelina Jolie, die ein Selfie mit einem hungernden Kind geschossen hat, das hinter sie geschissen hat. Dann nimmt ein Hochglanzmagazin das Foto als Cover, was Angelina zum Engel auf Erden kürt. Dein Platz ist in Hollywood, Angelina,

إنهم أشخاص أنيقون، سكسي أحيانًا كمبيوتراتهم كلها من ماركة الماكينتوش، ويتكملّون دائمًا عن أطفال السنغال، مع أن طفل السنغال لا يستفيد منهم ولا حتى بقميص.

مع ذلك تحبهم الصحافة وتتكلّم عنهم وعن إنجازاتهم، وهم أيضًا مهتمون بشؤون اللاجئين، في الحقيقة ليس لديهم هذه الأيام سيرة يتحدّثون عنها سوى اللاجئين! لدرجة أنهم كرّسوا هذا الاسم «لاجئين» لاجئون الاسم الأكثر تداولاً ورواجًا.

إذا صار عندي مصاري رح افتح مطعم واسمّيه مطعم اللاجئين

بار اللاجئين ...

شركة لاجئين للاتصالات عرض خاص على الواتس أب وفايبر

صالون حلاقة اللاجئين ...

كلاسين اللاجئين مريحة وحرير ...

بيرة اللاجئين اشتري ٥ علب واربح واحدة مجانًا

فندق اللاجئين أكل شرب نوم ٢٤ ساعة ...

تفتح التلفاز لتجد المذيعة نصرخ في وجهك: لاجئين لاجئين لاجئيييين ...

تزوج أحد اللاجئين من امرأة عادية ليست لاجئة وأحتل

صفحات الأخبار

وجد أحد اللاجئين محفظة في الطريق وفيها ٨ يورو وتيكت مترو منتهي الصلاحية فسلمها للشرطة، فرحت الشرطة كثيرًا، جلبوا التلفاز، وضعوا الكاميرا أمام اللاجئ الأمين وقالوا له، احكي لنا عن

تجربتك النادرة!

لاجئ أحرز هدفًا في مباراة كرة قدم ودّية بين الكامب الذي يقيم فيه وبين أبناء الحي المجاور.

لاجئ تعلم اللغة في غضون سنتين

nicht im Flüchtlingslager. Diese Rolle steht dir nicht.
Doch auch kulturell sind die humanitär Engagierten sehr versiert: Sie füllen Theater- und Kinosäle, Fernsehprogramme und seitenweise Zeitschriften und Tageszeitungen. Keiner kann es mit ihnen aufnehmen. Besonders wenn sie die Parolen der Menschlichkeit und Kultur vor sich hertragen. Wenn dann einer wie ich daherkommt und ihnen sagt: „Scheiß auf euch und eure empfindsamen Herzen!", wird er eiskalt mit Kartoffeln beworfen.
Es sind elegante Menschen, manchmal auch sexy, ihre Computer sind immer Macs und sie sprechen ständig über senegalesische Kinder, wobei gesagt sei, dass noch nie auch nur ein einziges senegalesisches Kind etwas von ihnen bekommen hat. Nicht mal ein T-Shirt.
Dennoch sind sie bei den Medien sehr beliebt; die Medien berichten gerne über sie und ihre großen Verdienste.
Und natürlich interessieren sie sich auch für Flüchtlingsfragen. Genau genommen haben sie dieser Tage gar kein anderes Gesprächsthema mehr. Sie reden ununterbrochen von Flüchtlingen! So viel, dass sie den Begriff „Flüchtling" mittlerweile zu großem Ruhm verholfen haben.
Flüchtlinge: Das beliebteste und meist gebrauchte Wort.
Sollte ich eines Tages Geld haben, mache ich ein Restaurant auf und nenne es „Wirtshaus zum Flüchtling".
„Die Flüchtlingsbar".
„Refugee. Die Mobilfunkfirma" – Sonderangebot für Whatsapp und Viber.
„Friseursalon Flüchtling"

لاجئة تشرب البيرة ...

صار لدينا ختم على جبين كل لاجئ، كل هذا بفضل أخوتنا الإنسانيين ليس الجميع طبعًا هنالك استثناءات ولكن في العموم الجميع يساهم في تضخيم هذه الصفة «لاجئ» التي تتحوّل عبر الوقت إلى صفة مخجلة ...

اللاجئ ليس ملاكًا ولا إنسانًا طيب القلب، وليس شيطانًا أيضًا

اللاجئ يغني، يعمل، يدرس، يسرق، يغتصب ... الخ.

والذي يتكفّل بهذا هو القانون الذي هو فوق الجميع وليس منظمات الإنسانية المزيفة.

„Refugee. Bequeme Satin-Unterwäsche."
„Refugee-Bier". Kauf dir fünf Dosen und krieg eine umsonst!
„Hotel Flüchtling": Essen, Trinken, Schlafen.
Rund um die Uhr.
Schaltest du den Fernseher ein, schreit dir die Moderatorin ins Gesicht: Flüchtlinge, Flüchtlinge, Flüchtlinge, Flüchtlinge!
Ein Flüchtling heiratet eine normale Frau (also eine, die selbst kein Flüchtling ist) und schon prangt sein Gesicht auf allen Nachrichtenwebseiten.
Ein Flüchtling findet auf der Straße eine Brieftasche mit acht Euro und einem abgelaufenen BVG-Ticket und gibt alles bei der Polizei ab. Da freut sich die Polizei sehr und ruft das Fernsehen herbei. Das Fernsehen stellt eine Kamera vor den ehrlichen Flüchtling und fordert ihn auf, von diesem einmaligen Ereignis zu berichten.
Ein Flüchtling hat bei einem Freundschaftsspiel zwischen der Mannschaft des Flüchtlingsheims, in dem er wohnt, und dem Lokalverein des Bezirks ein Tor geschossen.
Ein Flüchtling hat innerhalb von zwei Jahren Deutsch gelernt.
Eine Geflüchtete trinkt Bier.
Auf der Stirn jeden Flüchtlings prangt jetzt ein Stempel, dank unserer lieben humanitär versierten Freunde.
Es sind nicht alle so, natürlich gibt es Ausnahmen, aber die meisten tragen ihren Teil dazu bei, jene Eigenschaft des Geflüchtetseins, die mit der Zeit zum peinlichen Stigma geworden ist, immer größer und größer aufzublasen.
Ein Flüchtling ist weder ein Engel noch ein per se gutherziger Mensch noch ist er ein Teufel.

٦ فبراير ٢٠١٦، الساعة ١٢:٢٤ ص ♥٥٧٥

أشرب البيرة وأترك القناني الفارغة تتجمّع وتتراكم في البيت قدر المستطاع \ لأستمتع في ترجيعها وكسب الأموال ... أقصد ثمن الفوارغ. مع أنها مبالغ زهيدة جداً، لكنها لذيذة \ بنفس لذّة الأموال التي كنت أكسبها من بيع الخبز اليابس وأحذية أهلي البلاستيك القديمة للبائع المتجوّل.

١٥ فبراير ٢٠١٦، الساعة ١٢:٣٠ م ♥١٩٠

دعاني مسرح في مدينة زيورخ للمشاركة في إحدى المهرجانات، كان يجب عليّ أن أِشارك مرتين على المسرح، مرة للقراءة ومرة للحوار، قضيت أربعة أيام في زيورخ وكانت مشاركتي في اليومين الأخيرين.

في الأيام الثلاثة الأولى كنت أبحث عن ماريغوانا لأدخّنها، كنت أوقف السويسريين وأسألهم بلطف مع ابتسامة خجولة بالإنكليزية «أين يمكنني أن أجد الماريغوانا» بعضهم يقول لي «ناين» بغضب ويتابع المسير وبعضهم لا يجيب أبداً، بعد العذاب فهمت أنه يجب عليّ أن أذهب إلى شارع شهير اسمه «لانغ شتراسيه» شارع مليء بالعاهرات والسكارى. أمشي في الشارع والعاهرات يبادرن بالابتسامة وأنا أبتسم وأسئلهن «ماريغوانا؟» فيقلن «نو نو، سكس ... سكس!» تعذّبت كثيراً في هذا الشارع بين السكس والماريغوانا ولم أحصل على شيء ثم ذهبت لإحدى الحدائق فوجدت شباباً من الصومال، سألتهم عن ماريغوانا فقال لي

Ein Flüchtling kann singen, arbeiten, studieren, stehlen, vergewaltigen, et cetera.
Und all das regelt das Gesetz, das über allen steht. Und nicht irgendwelche NGOs mit ihrer Pseudo-Menschlichkeit.

6. Februar 2016 um 00:24 Uhr **575 ♥**

Ich trinke oft Bier und sammle bei mir zu Hause so viele leere Bierflaschen, wie es nur geht / um mich bei der Pfandrückgabe am Geld zu freuen.
Auch wenn es nur mickrige Beträge sind, sind sie köstlich / so köstlich wie das Geld, das ich früher verdiente, wenn ich an fahrende Händler trockenes Brot verkaufte, oder die alten Plastikschuhe meiner Eltern.

15. Februar 2016 um 12:30 Uhr **190 ♥**

Ein Theater in Zürich hatte mich zu einem Festival eingeladen. Zweimal sollte ich auf die Bühne, einmal für eine Lesung, ein zweites Mal für ein Gespräch. So verbrachte ich insgesamt vier Tage in Zürich, wobei meine Auftritte an den letzten beiden stattfanden.
Die ersten drei Tage verbrachte ich damit, Gras zu suchen. Freundlich und mit einem schüchternen Lächeln im Gesicht, hielt ich Schweizer Passanten an und fragte sie auf Englisch: „Wissen Sie vielleicht, wo ich hier Marihuana kaufen kann?“ Manche gaben nur ein wütendes „Nein!“ zur Antwort und marschierten einfach weiter, andere sagten gar nichts, kurz: Ich musste große Mühen investieren, um herauszufinden, dass ich mit meinem Anliegen in die berüchtigte Langstrasse musste; einer Straße voller

أحدهم انتظر قليلاً وسأحضرها لك، قلت له أنني لا أملك فرنك سويسري، أملك فقط عملة اليورو، قال لي «نو بروبليم، نو بروبليم» أحضر لي الماريغوانا وشكرته فسألني من أين أنت، قلت له «سيريا»، ضحك ضحكة كبيرة وقال «نو بروبليم، نو بروبليم، أنا من الصومال»

في فندق خمس نجوم انتظر دوري للمشاركة في المهرجان لأنهي هذه المهمة الشاقة، ذهبت إلى المسرح بثيابي العادية، عندما وصلت، قال لي المخرج أن هذه السنة هنالك أزمة ريفيوجي وتكلّم كثيرًا عن الريفيوجي وانا أقول له نو بروبليم نو بروبليم، شرح لي أنه سيكون هناك ميكروفونان واحد للحرب وواحد للسلام على المسرح وأن كل فنان مشارك في هذا المهرجان يتوجب عليه أن يقف خمس دقائق على المسرح ويختار أحد الميكروفونات ويتكلم عن الحرب أو السلام.

وقفت على المسرح، لم أعرف بم عليّ أن أتحدث، أية حرب وأي سلام،

Sexarbeiterinnen und Alkis.
In der Langstrasse lächelten die Prostituierten mich an und ich lächelte zurück. Ich fragte: „Marihuana?“, doch hier lautete die Antwort immer: „No, no. Sex, Sex!“ Ich mühte mich lange zwischen zwischen diesen beiden Polen, Sex und Marihuana, ab, aber ich bekam nichts. Schließlich ging ich in einen Park. Dort sah ich eine Gruppe junger Leute aus Somalia rumstehen. Als ich sie nach Gras fragte, sagte mir einer der Männer, ich solle ein wenig warten; er würde mir etwas holen gehen. Und auch als ich ihm sagte, dass ich keine Schweizer Franken bei mir habe, nur Euros, erwiderte er nur: „No problem, no problem.“ Schließlich brachte er mir das Gras und ich bedankte mich. Er wollte wissen, woher ich komme. „Aus Syrien“, sagte ich. Da lachte er ein großes Lachen und sagte: „No problem, no problem. Ich komme aus Somalia.“
Wieder in meinem Fünf-Sterne-Hotel, wartete ich auf meinen Einsatz beim Festival. Ich wollte den schwierigsten Teil der Reise endlich hinter mich bringen, und schließlich lief ich in Alltagsklamotten zum Theater. Kaum dort angekommen, sagte mir der Regisseur, dieses Jahr gebe es eine „refugee crisis“. Er redete lang und breit über die refugees, und ich sagte immer nur: „No problem, no problem.“ Dann erklärte er mir, dass es auf der Bühne zwei Mikrofone gebe, eines für den Krieg und eines für den Frieden, und jeder der teilnehmenden Künstler des Festivals müsse sich eines aussuchen und entweder über Krieg oder über Frieden sprechen.
Als ich auf der Bühne stand, wusste ich nicht, worüber

لا أعرف شيئًا عن السلام ولا أعرف عن الحرب سوى أن رقبتي صارت تؤلمني من الجلوس على الكمبيوتر.

اخترت ميكروفون السلام وحكيت لهم عن قصتي في البحث عن الماريغوانا في زيورخ، فضحك الجمهور الأنيق وصفّق واعتبروا أن في كلامي معنى عميق، وأنا أنهيت مهمّتي وجلست في صفوف المتفرجين ورحت أشاهد الفنان التالي الذي اختار السلام أيضاً، ثم مسك الميكروفون وصار يضربه بالأرض بشدة إلى أن حطّمه، حطّمه دون أن ينطق بأي حرف، ثم نزل عن المسرح وجلس بقربي وصفّق له الجمهور الأنيق تصفيقًا حارًّا.

انتهى المهرجان وذهبنا لنقبض أجرتنا على هذه المشاركة، وكانت أربعة آلاف فرنك سويسري، خصموا لصديقي صاحب فكرة تحطيم الميكروفون ثمن الميكروفون وكان غالي جداً، سعره ألف وثمان مئة فرنك، حاول أن يقنعهم أن هذه الحركة كانت من أصل الفكرة والمعنى والحرب والسلام، وأنها أبلغ من الكلام، وعلى المسرح أن يتكفّل بما يوصل أفكارنا من مصاريف، قالوا له جميعهم بصوت واحد «نحن موظفون نفهم أن هناك ميزانية ولكل فنان مستحقات والميكروفون يعتبر عطل فنّي تتحمّل أنت مسؤوليته وليس لنا علاقة بالمعنى»

تعالت أصواتهم وكان المدير يطرحني كمثال حَسَن لمشاركتي التي اقتصرت على الحديث عن الماريغوانا وأعطت معنى عميق دون أضرار مادية والجمهور كان سعيد بها.

وضعت الأربعة آلاف فرنك سويسري في جيبي وعدت إلى برلين، مدينة البيرا والحب.

ich reden sollte. Über welchen Krieg? Über welchen Frieden. Denn über den Frieden weiß ich gar nichts, und vom Krieg kenne ich höchsten die Nackenschmerzen, die ich mittlerweile vom vielen Sitzen vor dem Bildschirm habe.
Am Ende wählte ich das Friedensmikrofon und erzählte meine Geschichte vom Suchen nach Gras in Zürich. Das elegante Publikum lachte und klatschte. Vermutlich dachten sie, meine Geschichte habe eine tiefere Bedeutung.
Für meinen Teil fertig suchte ich mir nun einen Platz im Zuschauersaal. Und von dort aus sah ich zu, wie der Künstler nach mir auf die Bühne ging. Auch er hatte das Friedensmikrofon gewählt. Aber nun nahm er das Mikro und drosch damit so lange auf den Boden, bis es kaputt ging. Er machte einfach das Mikro kaputt, ohne auch nur einen Ton zu sagen. Dann ging er wieder von der Bühne und setzte sich neben mich. Das elegante Publikum klatschte ihm begeistert zu.
Nun war das Festival zu Ende und wir gingen ins Festivalbüro, uns unser Honorar ausgezahlt zu bekommen: 4.000 Schweizer Franken. Von meinem Kollegen, der das Mikrofon zerstört hatte, wollten sie aber einen Schadensersatz einbehalten. Und zwar keinen geringen, ganze 1.800 Schweizer Franken. Er versuchte, sie umzustimmen; für seinen Beitrag habe es die Zerstörung des Mikros eben gebraucht. Er erklärte, was er damit habe über Krieg und Frieden ausdrücken wollen, zumal die Zerstörung des Mikros ja viel ausdrucksstärker gewesen sei, als alle Worte es je hätten sein können. Zudem sei es Aufgabe des Theater, den Künstlern das Material zur

٨ مارس ٢٠١٦، الساعة ١:١٣ ص ❤ ٣٤٨

ذهبت إلى حفلة التكنو \ وصرت أهزّ رأسي كما يفعل السعداء وأحرّك جسمي مثلهم وأسرع منهم أحيانًا ...

ولم أصب بالسعادة.

٢١ مارس ٢٠١٦، الساعة ٢:٠٣ م ❤ ٨١٥

اتصلتْ أمي منذ قليل \ أيقظتني \ وقالت:

— «اليوم عيد الأم، روح عالويسترن يونيون ابعث الهدية قبل ما يسكّر ...»

— «ماشي يمّه ماشي، شقد أبعث؟»

Verfügung zu stellen, um ihre Ideen umzusetzen. Die Festivalverwaltung aber war einstimmig anderer Meinung: „Wir verstehen bloß, dass wir hier ein Budget haben, und in dem ist für jeden Künstler ein Honorar vorgesehen. Das Mikrofon fällt aber unter ‚technische Schäden', und zwar einen Schaden, den Sie zu verantworten haben. Ihre tiefere Bedeutung interessiert uns nicht."
Die Stimmen wurden lauter und der Direktor führte mich und meinen Auftritt, bei dem ich ja nur die Marihuanageschichte erzählte hatte, als vorbildliches Beispiel für einen Beitrag an, dem es gelungen war, eine tiefere Bedeutung zu transportieren und das Publikum zu begeistern, ohne dabei materiellen Schaden anzurichten. Ich steckte mir die 4.000 Schweizer Franken in die Hosentasche und fuhr wieder nach Hause, nach Berlin, die Stadt der Liebe und des Biers.

8. März 2016 um 01:13 Uhr **348 ♥**

Ich war auf einer Technoparty / nickte mit dem Kopf und bewegte meinen Körper, wie es die Glücklichen tun, und manchmal sogar schneller …
Aber das Glücksgefühl blieb aus.

21. März 2016 um 14:03 Uhr **815 ♥**

Eben hat meine Mutter angerufen / sie hat mich geweckt / sie sagte:

— „Heute ist Muttertag. Los, geh zu Western Union und schick ein Geschenk, bevor sie wieder zu machen."
— „Ok, Mama. Wieviel soll ich schicken?"

— «٢٠٠ يورو»

— «ماشي يمّه كل عام وإنتِ بخير»

٢٢ مارس ٢٠١٦، الساعة ٩:٣٨ ص **١٢٠٠♥**

عندما تظنّ نفسك «كاتب» وصاحب قضية

١ أبريل ٢٠١٦، الساعة ١٢:١١ م **٧٦٤♥**

صارت تأتيني الدعوات من كل المدن إلى المسارح والمراكز الثقافية والفعاليات الأخرى التي لا تخلو من عبارات مكتوبة بالخط العريض مثل «كسر الحدود»، «كيف يتخطّى الفنان الحرب»، «ويلكم ريفيوجي» … طبعًا تكيت رحلة القطار أو الطائرة بالإضافة إلى المنامة والأكل والشرب كله على حساب المنظمة الداعية.

ثلاث سنوات وأنا على هذه الحال من مدينة لمدينة ومن مطار لمطار، شربت نبيذًا في هذه المسارح والمراكز بما يعادل مصروف أكبر مخيم للاجئين!

ثلاث سنوات قضيتها مع أصدقائي المثقفين المخنوقين بالمبادئ … أول ما يشتريه المثقف عند خروجه على هذه الدنيا هي المبادئ

— „200 Euro."
— „Alles klar, Mama. Alles Gute zum Muttertag."

22. März 2016 um 21:38 Uhr **1200 ♥**
Wenn du dir selber abnimmst, ein politisch engagierter Autor zu sein.

1. April 2016 um 12:11 Uhr **764 ♥**
Ich werde ständig in alle möglichen Städte eingeladen, von Theatern, Kulturvereinen und Festivals. Festivals, bei denen nie jene großen, fettgedruckten Slogans fehlen dürfen, wie „Grenzen niederreißen", „Kunst überwindet Krieg", „Refjudschies Wellkamm!".
Natürlich bekomme ich zu den Einladungen immer auch ein Zug- oder Flugticket sowie Unterkunft, Essen und Trinken – alles auf Kosten der Institution, die mich einlädt. Und das geht bei mir nun schon seit drei Jahren so. Von Stadt zu Stadt, von Flughafen zu Flughafen.
Der ganze Wein, den ich in diesen Theatern gesoffen habe, kostet zusammengerechnet wahrscheinlich sowas wie die Versorgung des weltweit größten Flüchtlingslagers.
Drei Jahre habe ich mit meinen intellektuellen Freunden verbracht, die an ihren Prinzipien fast ersticken.
Denn das erste, was sich ein Intellektueller zulegt, sobald er in diese Welt hinausläuft, sind Prinzipien. Er ist immer im Bilde, wenn es irgendwo auf der Welt ein Sonderangebot gibt, interessiert sich für Menschenrechte und hat Mitleid mit Afrikanern und Tamilen. Klimawandel und Ozonlöcher hat er dabei immer auf dem Schirm.

ويعرف تفاصيل التنزيلات في كل البلاد، مُهتمّ بحقوق الإنسان، متعاطف مع الأفارقة وهنود التاميل ...

يفهم بالاحتباس الحراري وثقب الأوزون ...

والأهم من كل هذا هو حبه وشغفه لل «الريفيوجيز»

المثقف فنان حُكماً، رسام، شاعر، موسيقار، نحات، ناشط، الناشط فنان أيضاً ...

وعند الغضب يصير كل الفنانين مع بعض، ومصور أيضاً..

يحترم المثقف المثليين والحشاشين والسكارى ويقول: «ما عندي مشكلة معاهم»

ثلاث سنوات وأنا محاط بهؤلاء المؤدّبين المحترمين النظاميين الأنيقين الفهمانين المنفتحين المفتوحين، قبلها كنتُ أبحث عن صديق مُحترم، أكثر واحد مُحترم بينهم كان يصيح: علش متأخر يا أبن الشرموطة، وآخر رسالة وصلتني من شخص مُحترم كانت: رد يا عرصا، أنا أبو عمر.

المثقفون درجات ومبادئ المثقفين على درجات أيضاً

مثلاً، مُثقفون يفتخرون بالآيفونات ... ومثقفون يفتخرون بإنهم لا يملكون آي فون..

الكل مُفتخر، المُثقف فخور بقوميّته ووطنه وانتماءه للثورة، أساساً كل مثقف هو الثورة.

في برلين وحدها التقيت ب ٣٢ ألف مثقف وصاحب مبدأ!

المثقف مخنوق بالمبادئ والقيم والأفكار الثابتة، هُناك مبدأ في حلقه، مبدأ في طيزه، مبدأ بين رجليه، السكس مبادئ، والخيانة وجهة نظر، مبادئ عن التنكيش بالأنف، مبادئ عن السلام العالمي ومحرقة اليهود، مبادئ عن الصداقة، المُثقف يقول عن كل أنثى «صديقتي»، مبادئ عن العلاقة بالأهل والعائلة ...

حتى أن المثقف مبدأي في اختيار أسماء الكتب التي يقرأها والموسيقى

Aber das Wichtigste sind seine Liebe und Leidenschaft für die refugees.
Nun ist der Intellektuelle aber zwangsläufig immer ein Künstler. Ein Maler, ein Dichter, ein Musiker, ein Bildhauer, oder ein Aktivist – Aktivisten kann man ja durchaus auch zu den Künstlern dazu rechnen. Und wenn er wütend wird, dann wird er all das gleichzeitig – und Fotograf dazu!
Der Intellektuelle respektiert Homosexuelle, Kiffer und Alkoholiker. Er sagt: „Habe ich kein Problem mit."
Seit drei Jahren bin ich nun schon von diesen höflichen, anständigen, ordentlichen, eleganten, smarten und offenen Menschen umgeben. Bevor ich sie kennenlernte, hatte ich mir immer gewünscht, auch nur einen einzigen anständigen Freund zu haben. Der anständigste unter meinen Freunden redete nämlich in etwa so mit mir: „Warum kommst'n du schon wieder zu spät, du Hurensohn, hä?!"
Und die letzte Facebook-Nachricht, die mir ein anderer anständiger Freund geschickt hatte, lautete: „Antworte, du Wichser! Ich bin's, Abu Omar!"
Intellektuelle gibt es in verschiedenen Abstufungen. Das Gleiche gilt auch für ihre Prinzipien.
Beispielsweise sind manche Intellektuelle auf bestimmte Statussymbole stolz, andere Intellektuelle wiederum sind stolz darauf, kein iPhone zu besitzen. Alle sind immer auf irgendetwas stolz. Dem Intellektuellen ist seine ethnische Zugehörigkeit wichtig, seine Heimat und seine Bindung zur Revolution. Im Grunde ist ja jeder Intellektuelle an sich schon eine Revolution!
Alleine in Berlin habe ich bereits 32.000 Intellektuelle und

التي يسمعها، مبادئ مبادئ ...

مبادئ على مد النظر ... المُثقف عبارة عن مبدأ، زاروبة مبادئ، نبع، كهريز مبادئ ...

المهم أن يذكّرك المثقف أنه يهتم بك من حيث المبدأ كونك ريفيوجي.

لا أحد يذكّرني أنني ريفيوجي سوا المثقفون!

مساكين المثقفون، الوحدة تنام معهم في السرير، انتقامًا من الوحدة يُكدّسون المبادئ.

هم مخنوقين بالمبادئ وخنقوني أنا أيضًا، لهذا قرّرت أن أخرج من الخناق، وصرت أدور في شوارع برلين، إلى أن وجدت نفسي في بار بولس ميتال إيك، حيث الموسيقى العالية جدا والصاخبة والرجال الذين يلبسون الأسود والنساء الجميلات، الذين كلما سألوني من أين أنت، فأقول:

— أنا من سوريا!

— سيريلانكا؟؟

— نونو سيريا ...

— سقيليا؟

— نونو سيريا سيريا ... ريفيوجي ...

— سوري وي دونت نو ذيس كانتري!

في بولس ميتال أيك نسيت انني ريفيوجي ووجدت نفسي.

Prinzipientreue getroffen!
Der Intellektuelle erstickt an seinen Prinzipien, Werten und Gedankenkonstrukten. Er hat ein Prinzip im Hals, ein Prinzip im Arsch und eines zwischen den Beinen. Sex heißt Prinzipien, Fremdgehen ist Ansichtssache.
Prinzipien regulieren das Nasenbohren, man hat Prinzipien zum Weltfrieden und zum Holocaust. Prinzipien regulieren Freundschaft und das Verhältnis zu Eltern und Familie. Sogar die Wahl der Buchtitel, die der Intellektuelle liest, und die Musik, die er hört, wird von Prinzipien gesteuert. Prinzipien, Prinzipien, Prinzipien. Prinzipien, soweit das Auge reicht.
Der Intellektuelle ist selbst ein Prinzip, ein Auffangbecken für Prinzipien, ein Prinziepienquell, ein Prinzipiengully.
Insofern ist es dem Intellektuellen natürlich wichtig, dich daran zu erinnern, dass er sich aus Prinzip für dich interessiert, weil du ja schließlich ein Refjudschie bist.
Die einzigen Menschen, die mich daran erinnern, dass ich ein Refjudschie bin, sind nämlich die Intellektuellen!
Arme Intellektuelle: Sie müssen sich mit der Einsamkeit das Bett teilen und aus Rache gegen die Einsamkeit schütten sie sich mit Prinzipien zu.
Sie ersticken an Prinzipien und ersticken mich mit. Deshalb habe ich eines Tages beschlossen, aus dieser Zwickmühle auszubrechen. Suchend irrte ich durch die Straßen Berlins.
Plötzlich fand ich mich in einer Bar wieder, namens „Paule's Metal Eck":
lärmende Brüllmusik, in Schwarz gekleidete Männer und hübsche Frauen.

١٤ أبريل ٢٠١٦، الساعة ٨:١٤ م ٥٧٨ ♥

في إحدى الأمسيات الأدبية وأنا أشرح للأجانب مآسينا التي تحرق القلب.

١٩ أبريل ٢٠١٦، الساعة ١١:٤٩م ٣٢٦ ♥

عندما كنت أمشي بحذاء مكسور كنت أشعر بالأمان والشجاعة، وبعد أن نعتوني بالشاعر أصبحت جبانًا.

١٩ أبريل ٢٠١٦، الساعة ١٢:١٧ ص ٢٨٣ ♥

سأركض، حافيًا، دمي ملوث، والدود يأكل قلبي، أنا حاقد ودمي يغلي، وحدي أعرف أنني جبان، أعرف أن الفاتورة كبيرة، ربما أستيقظ غدًا من دون أصدقاء، ولِمَ لا، الأصدقاء جمهور مضحك.

أنا فأر، لا تدعوني أهرب! ابحثوا عني في مزابل العلمانية، في نصوص الشعر المفبركة في ندوات اللاجئين تجدوني بين كلمة إرهاب وركبة الشقراء امسكوا بي!

سأختبئ بين أوراقكم في الصفحات التي لن تخطر على بالكم، على الأرصفة

Jedes Mal, wenn sie mich fragten, woher ich komme, sagte ich:
„I am from Syria!"
„Sri Lanka?"
„No, no, Syria!"
„Sicilia?"
„No, Syria! … Refugee!"
„Oh, sorry. I don't know this country."
In Paule's Metal Eck habe ich vergessen, dass ich ein Refugee bin und zu mir selbst gefunden.

14. April 2016 um 20:14 Uhr **578 ♥**

Bei einer Lesung, als ich den Ausländern gerade von unserem herzzerreißenden Elend erzähle.

19. April 2016 um 11:49 Uhr **326 ♥**

Als ich noch mit kaputtem Schuhwerk durch die Gegend lief, fühlte ich mich sicher und mutig. Seit man mich einen Dichter nennt, bin ich feige geworden.

19. April 2016 um 00:17 Uhr **283 ♥**

Barfuß, während mein unreines Blut brodelt und der Wurm sich in mein Herz frisst, werde ich rennen. Ich allein weiß, dass ich feige bin. Ich weiß, die Rechnung wird teuer.
Und vielleicht wache ich eines Morgens ohne Freunde auf. Warum auch nicht. Freunde sind ein lächerliches Publikum. Ich bin eine Maus. Lasst mich nicht entwischen!
Sucht mich, in den Müllhaufen des Säkularismus und in Möchtegern-Lyrik-Texten. Auf Flüchtlingssymposien

التي تحفرها مشاريع الدولة، سأختبئ في المظاهرة كبائع بوشار.
في المخيمات أختبئ بين علب العصير تحديداً تحت إشارة الـ UN، في الغربة أختبئ خلف الوطن أمسكه من الخلف وأشد عليه بقوة أقوى ... أقوى ... ايه ... وطني ... حبيبي ... ايه أقوى ... إلى أن استمني.
من أنا الآن؟ ربما لا أحد
القسوة التي شربتها في ورشة الحديد روّضتها دردشات النساء، خشونة يدي خسرتها بكريمات الثقافة، يدي التي كنت أخدش بها الحب والوطن، السواد الذي تحت عيوني، سواد قلبي، أكله بياض الصفحات، رائحتي، رائحة الدّود الذي في ذهني، رائحة الحقيقة، تلاشت باسم مزيلات العرق.
أنا لا أحد، أحمق يحاول أن يطبّل مع الحمقى ويقول: أنا شاعر، أنا شاعر والموت ليس شأني، الجوع ليس شأني، البرد ليس شأني، التشرّد ليس شأني، أنا شاعر هههههههه
لو كنت أنا الآخرون لقذفت نفسي بالقنادر والبطاطا، لو كان عندي جنة ونار سأقول إلى جهنم وبئس المصير.
أنا لا أمزح
كان يجب أن أكتب بمنشار الحديد أو بالمثقب، كان عليّ أن أطحن الكلمات بالمطرقة وأن أربط نفسي بواسطة برغي وعزقة بالثورة، لا أن أهرب من الثقوب، وأدّعي أنني شاعر.
أنا لست ملاكًا ولا سكّيرًا يدّعي الحقيقة، أنا حدّاد ضحكوا عليّ قالو أنني كاتب، أنا الذي كنت أنام على ألواح الصاج، أصبحت برقة البالون، نعم بالون وحان وقت ثقبه، ستطربكم فرقعاتي، سيّدتي أتعلمين كلما ازدادت عقدي أصبحت أكثر وقاحة، لهذا أنتِ معجبة بي.
مرة أمي رأت شاعرة جميلة ومثيرة قالت: غريب!
هم يصرخون الموهبة الموهبة وأنا أقول العقد العقد العقد!

findet ihr mich zwischen dem Wort „Terrorismus“ und dem Knie einer Blondine.
Fasst mich!
Ich werde mich zwischen euren Unterlagen verstecken, auf den Seiten, an die ihr nicht gedacht habt, auf den Bürgersteigen, die von staatlichen Unternehmen umgegraben werden. Auf der Demo tarne ich mich als Popcorn-Verkäufer.
In den Flüchtlingslagern verstecke ich mich zwischen den Safttüten, genau genommen unter dem Logo der UN, und in der Fremde verstecke ich mich hinter der Heimat. Ich packe sie von hinten und presse mich fest an sie. Fester ...!
Oh, meine Heimat! Ja, fester! Bis ich komme.
Wer bin ich jetzt? Vermutlich niemand.
Die Härte, die ich in der Metallwerkstatt angenommen hatte, hat Frauengeschwätz aufgeweicht. Die Rauheit meiner Hände, mit der ich alle Regeln von Liebe und Heimat brach, ist den Cremes der Kultur anheimgefallen. Das Weiß des Papiers hat das Schwarz unter meinen Augen – das Schwarz meines Herzens – vertilgt. Der Gestank des Wurmes in meinem Kopf – der Gestank der Wahrheit – ist im Namen der Deos verflogen.
Ich bin ein Niemand, ein Irrer, der versucht, mit den Irren um die Wette zu trommeln und dabei ruft er: „Ich bin ein Dichter! Tod, Hunger, Kälte und Vertriebensein gehen mich nichts an. Ich bin ein Dichter! Hahahahahahahaha!“
Wäre ich die anderen, hätte ich mich längst mit Schuhen und Kartoffeln beworfen.
Hätte ich Himmel und Hölle, würde ich sagen, zur Hölle

كان لي الشرف في أن أفشل ككاتب، كلّي فخرًا واعتزاز بلغتي الركيكة، عزيزتي الشاعرة عدم إعجابكِ بإلقائي وسام على صدري، صدري الذي لم يتسع لأحد، صدري الذي لم يكن عاريًا بوجه أي رصاصة، صدري الخائب الجبان صدري الموارب المختبئ خلف كتاباتي، صدري المسدود من الدخان والعجز، صدري الذي يبحث عن كرامة سهلة، صدري الذي ينقصه قميص، أفتحه وأمشي كمتشرّد كمسكين كلصّ وكبائع دخان، كحداد يطرق الحديد في الحر، لا كشاعر يدعي الحكمة.

أنا الغريب يا أمي ...

أريد ان أعود إلى ورشة الحديد وإلى حياة إخوتي.

mit ihm.
Ich mache keine Witze.
Ich hätte mit der Metallsäge oder dem Bohrer schreiben sollen. Ich hätte die Wörter mit dem Hammer zerstäuben, mich selbst mit Schraube und Mutter an der Revolution festschrauben sollen. Und nicht fliehen vor den Löchern und anschließend behaupten, ich sei ein Dichter.
Ich bin weder ein Engel noch ein Betrunkener, aus dem die Wahrheit sprudelt. Ich bin ein Schmied, den man verarscht hat, indem man ihm eingeredet hat, ein Schriftsteller zu sein. Ich, der auf Blechplatten zu schlafen pflegte, bin heute so fragil wie ein Luftballon. Jawohl, ein Luftballon, und nun ist der Moment gekommen, mit der Nadel hineinzupiksen. Mein Knallen wird euch den Groove geben. Gnädige Dame, wissen Sie eigentlich, dass ich, je mehr Komplexe ich bekomme, immer unverschämter werde? Genau deshalb finden Sie mich ja toll.
Einmal hat meine Mutter eine Dichterin gesehen, die hübsch und sexy war. Da sagte sie: „Wie merkwürdig."
Sie schreien: Talent, Talent, Talent! Und ich sage: Komplexe, Komplexe, Komplexe!
Ich habe die Ehre, als Schriftsteller verkackt zu haben. Meine mittelmäßige Sprache erfüllt mich mit Stolz. Meine liebe Dichterin, die Tatsache, dass Sie mich nicht treffen wollen, ist mir eine Medaille auf der Brust. Meiner Brust, die sich nie jemandem geöffnet hat, meiner Brust, die nie entblößt einer Patrone entgegenstand. Meiner feigen Brust, meiner Trickster-Brust, die sich hinter meinen Texten versteckt. Meiner von Tabakrauch und Ohnmacht

٢١ أبريل ٢٠١٦، الساعة ٤:٠٨ م ١٠٠٠♥

أضع يديَّ في جيوب جاكيتي وأمشي في شوارع برلين \ لا مكان أقصده ولا موعد لأتأخر عليه \ أمشي مع الخسارة \ أمشي على مهل ...

وأنا أمشي اليوم، تدحرجت باتجاهي كرة قدم قادمة من مجموعة شبان ألمان يلعبون في الحديقة.

توقفت الكرة أمامي والشبان ينتظرون منّي أن أعيدها إليهم بركلة منطقية.

ثبّتُ الكرة على الأرض وتراجعت خمس خطوات إلى الخلف \ نظرت إلى الأفق \ تذكرت الكابتن ماجد وضربة النمر وضربة النسر والضربة الصاعقة \ تذكرت طفولتي وأبي \ تذكرت الحارة والجيران \ تذكرت البلد وما حصل للبلد ... ولمعت عيناي

وبأقصى ما استطعت، هجمتُ نحو الكرة وركلتها بكل قواي وآلامي!

فطارت الكرة عاليًا، بين الغيوم، إلى أن تلاشت في السماء

وكان الشبان ينظرون إليّ وإلى السماء مندهشين ...

اقتربوا مني وسألوني: ما اسم هذه الضربة الرائعة؟

قلت لهم: ضربة القهر!

verstopften Brust. Meiner Brust, immer auf der Suche nach einer schnellen Würde. Meiner Brust, der ein Hemd fehlt, das ich aufknöpfen und damit herumlaufen könnte wie ein Obdachloser, wie ein armer Schlucker, wie ein Zigarettenverkäufer, wie ein Schmied, der in brütender Hitze Eisen schlägt. Nicht wie ein Dichter, der behauptet, weise zu sein.
Ich bin fremd, Mama.
Ich will zurück in die Metallwerkstatt, zurück ins Leben meiner Brüder.

21. April 2016 um 16:08 Uhr **1000 ♥**

Die Hände in den Jackentaschen gehe ich durch die Straßen Berlins / plan- und ziellos / laufe ich gemächlich / mit dem Verlust.
Und wie ich so laufe, rollt mir ein Fußball entgegen, der von zwei jungen Deutschen kommt, die im Park spielen.
Der Ball kommt vor mir zum Stehen und die Spieler erwarten jetzt, dass ich ihnen den Ball mit einem vernünftigen Kick zurückschieße.
Ich fixiere den Ball am Boden, gehe fünf Schritte zurück / blicke zum Horizont / denke an Captain Madschid und den Falkenschuss, den Tigerschuss und den Rasiermesserschuss / denke an meine Kindheit und an meinen Vater / an mein Viertel und die Nachbarn / an Syrien und was es heute ist …
Da beginnen meine Augen zu funkeln.
Volle Kanne presche ich auf den Ball zu und kicke ihn mit voller Wucht, mit all meinem Schmerz!
Der Ball fliegt hoch in die Lüfte, bis zu den Wolken, his er im Himmel verschwindet.

٢٧ أبريل ٢٠١٦، الساعة ١:٣٨ ص **٤٢٥ ♥**

أحب الليل \ في الليل تختفي الجدّيّة وتبقى الأوهام والأحلام.

٢٩ أبريل ٢٠١٦، الساعة ٣:٤٣ م **٢٨٢ ♥**

إقامة جهاد

في برلين في مقهى كوتي يجلس شاب على الطاولة وحيداً وهو يشرب البيرا ويدخن دخان لف، ينظر إلى كل الطاولات ويوزع الابتسامات للرايح والجاي، ويطلب الكأس تلو الآخر وكل مرة، يدفع سعر البيرا ٥ يورو، ٢,٥ يورو ثمن البيرا و٢,٥ يورو للنادلة مع ابتسامة بريئة أو ضحكة بلهاء، وهكذا إلى أن أتت عيني بعين الشاب فقلت له:

— «مرحبا! أنا عبود»

قرّب فمه من أذني وهمس لي كأنه يخفي جريمة:

— «أنا اسمي جهاد!»

فضحكنا بصوت مرتفع وجلس على طاولتي يشرب معي البيرا ويحدّثني:

— «يا سيد عبود! أبوي كان لاعب كرة قدم بنادي اسمو نادي الجهاد، ولما ولدت أنا سمّاني أبوي على اسم هذا النادي، وأنا كنت صغير وقتها، عمري يوم يومين وقت سماني أبوي، والله ما بعرف شو يعني جهاد وما جهاد ولا بعرف شو سمّاني!»

المهم، كبرنا والعالم بتناديلي جهاد واسمي بالمدرسة جهاد، وعادي ...

Die zwei Männer blickten erst ungläubig zu mir, dann hoch in den Himmel.
Sie gehen zu mir rüber und fragen: „Wie heißt denn dieser Spezialkick?“
Ich sage: „Das war der Frustkick.“

27. April 2016 um 01:38 Uhr **425 ♥**

Ich liebe die Nacht / In der Nacht verschwindet aller Ernst. Es bleiben nur die Illusionen und die Träume.

29. April 2016 um 15:43 Uhr **282 ♥**

In Berlin, genauer gesagt im Café Kotti, sitzt ein junger Mann alleine an seinem Tisch, trinkt sein Bier, raucht Selbstgedrehte, lässt seinen Blick von Tisch zu Tisch schweifen und lächelt jedem zu, der an ihm vorbeiläuft. Er bestellt sich ein Glas Bier nach dem anderen, und für jedes bezahlt er fünf Euro: 2,50 kostet das Bier und 2,50 gehen mal an die Kellnerin mit dem arglosen Lächeln, mal an die mit dem dämlichen Grinsen. So geht das eine ganze Weile, bis sich schließlich meine Blicke mit seinen kreuzen und ich zu ihm sage:
„Hi. Ich bin Aboud.“
Da kommt er mit seinem Mund ganz nah an mein Ohr und flüstert, als wolle mir er ein Verbrechen gestehen:
„Ich heiße Dschihad!“
Wir lachen laut und Dschihad setzt sich an meinen Tisch, trinkt ein Bier mit mir und erzählt drauflos:
„Also, mein lieber Aboud, es war folgendermaßen: Mein Vater war Fußballspieler. Er spielte in einem Verein, der FC

يعني أنا مو فارقة معي جهاد ولا يوسف، والحياة نورمال ...
صار اللي صار، ثورة ... حرب أهلية ... أو حرب بسوريا ... سمّيها الي بده اياه. أنا مو هي مشكلتي، مشكلتي انو جينا لهون شوفت عينك، تهريب!، متلنا متل كتير عالم بالبلم بالبحر، بس يعني أنا كنت شوفير البلم، المهم عبرنا البحار وجينا على ألمانيا، رحنا عالسوسيال سلمنا حالنا، وعادي ... أخدت الأوراق وحولونا عالكامب، وموظف السوسيال من أحلى ما يكون، رحّب فينا الزلمة، وسألني شو اسمك ونورمال ...
جينا عالكامب خيّو، وبلشولك اللاجئين يزّنوا براسي، ويقولوا: اسمك جهاد؟! بعمرك ما تحلم بالاقامة! رح يرجعوك بكرا بتشوف!
وأنا يا عبود بلشت فكّر بكلامون، واطلع من الكامب وروح عالبار، بشرب بيرا وبتعرّف عالناس بحكي معون، منشان أعطي صورة جيدة عن حالي، أنا جهاد وهذي برلين!
وصرت دائما اشيل معي قنينة بيرا بس ما أسكر يعني، محافظ على توازني وهدوئي واحترامي ونظرة العالم إلي، صرت أروح عالمحكمة ومعي قنينة البيرا منشان إذا حدا قلي جهاد ما جهاد بقلو هاي قنينة البيرا بإيدي.
والأمور تمام، والله جماعة المحكمة من أحسن ما يكون، والمترجم طمني وقلي رح تجيك الإقامة!
برجع عالكامب يا أبو شريك، ويبلشو اخواني اللاجئين يوزّوا براسي، ولك روح غيّر اسمك بعدين تعال احلم بالاقامة!! كل هالإرهاب اللي عم بيصير بالعالم وجاي بدك إقامة!!
ويا صديقي يا عبود، انا اسمع هالحكي وقول لحالي: لازم أعبّر عن انفتاحي وعلمانيتي أكثر وأكثر.
صرت البس شورت قصير وحلقت شعري من الطرفين وخليت من النص شوية شعر وصار شعري متل شعر ارتورو فيدال.
صرت أمشي بالشارع أكثر ثقة، وبطلت أمشي مع جماعة الكامب لانو

Dschihad hieß. Und als ich geboren wurde, benannte er mich nach seinem Fußballverein. Ich war damals ja noch ganz klein. Erst ein, zwei Tage alt. Hatte ja keine Ahnung, was Dschihad noch so alles bedeuten kann.
Na, jedenfalls wurde ich dann größer und hieß natürlich immer noch so, und auch in der Schule hieß ich Dschihad. Alles normal. Mir ist das eh egal, ob jetzt Dschihad oder Youssef. Alles normal.
Und was dann passierte, weißt du ja selbst: Revolution, Bürgerkrieg, Krieg in Syrien, nenn es, wie du willst. Das ist nicht mein Problem. Mein Problem ist, dass wir dann hierhergekommen sind. Illegal. Bitteschön. Wie ganz viele andere Leute auch, auf einem Schlauchboot übers Meer. Nur, dass ich Kapitän war auf dem Schlauchboot. Aber das tut hier nichts zur Sache. Wir fuhren also übers Meer und kamen nach Deutschland. Dann gingen wir zum Lageso und meldeten uns. Alles normal.
Dann hab ich meine Unterlagen bekommen und man hat uns zu einer Flüchtlingsunterkunft geschickt. Ein Supertyp, der Beamte beim Lageso. Hat uns willkommen geheißen und mich nach meinem Namen gefragt. Alles ganz normal. Und dann, mein Freund, ging es ins Heim. Und da fing alles an. Die anderen Geflüchteten fingen an, mich verrückt zu machen. Sie sagten: ‚Wie bitte? Du heißt Dschihad? Träum nicht einmal davon, eine Aufenthaltsgenehmigung zu bekommen! Abschieben werden sie dich! Du wirst schon sehen.'
Und ich, lieber Aboud, hab mir das zu Herzen genommen. Deshalb bin ich immer direkt vom Heim in eine Kneipe, habe Bier getrunken, Leute angequatscht und mich mit ihnen

نكون ماشيين بالشارع وعادي ... ينط واحد يناديني بصوت عالي «جهاد» وأنا صير أتطلع حوالي وبقلو: «وطي صوتك يا أخي وبلا ما تقول اسمي هلق بالشارع، انو ليكنا ماشيين وعادي ضروري تنزعلنا المشية؟»
ومرة كنا ماشيين أنا ورفيقي السوري وهو قلي جهاد من هون وفي واحد فات بلافتة مطعم البيتزا، هي اللافتة اللي يكتبوا عليها البيتزا بـ ٢ يورو وكولا بـ ١,٥ يورو وأنا ما عرفت إذا هاد الزلمة فات بهي الواجهة لانو سمع باسمي ولا انو صار معو حادث ما!
خيّو صرت امشي لحالي، وصار عندي رفقات أجانب، شوية المان، ومن أحسن ما يكون، والأمور ماشية ونورمال وينادولي بعضون «جاد» وعادي ...
ايه بس يا أبو شريك صرلي ٨ شهور ما أخدت الإقامة، وصار كل الكامب يقلي انو صرلك ٨ شهور ما رح تجيك الإقامة، بوجهك على أفغانستان!
قلنالها لموظفة السوسيال انو تأخرت الإقامة، والمخلوقة من أحسن ما يكون استقبلتني، وقالتلي رح ابعتلك رسالة نسأل المحكمة، وعيّن خير يعني انشالله تجيك الإقامة! وما في أي مشكلة وعادي ...
رجعت عالكامب، تعشّينا أنا ورفقاتي وبلّشنا نلعب شدّة، وعادي ...
مشغلين التلفزيون، ولّا نشفلك انو انفجار ببروكسل، وانا عم اتفرج على هالمساكين المدنيين وبقول شو ذنبون هالأبرياء! وبينط رفيقي يقلي:
أكلت هوا يا جهاد! إذا كان في امل واحد بالمية انك تاخد إقامة، هلق بعد هالأحداث طار هالأمل.
كان ضروري أبوك يروح يلعب بفريق الجهاد، انو ما عجبو فريق حطّين أو فريق الحرية، انو ليش الجهاد بالذات، الله يسامحو!
وأنا يا أخوي صرت هلوس بهالقصة، قصة اسمي، جمّعت راتبين من السوسيال ورحت حطّيت حلق، وساويت تاتو وهلق قاعد عم اشرب بيرا، وعم استنى الإقامة، وعادي ...

unterhalten. Ich wollte wenigstens ein möglichst gutes Bild von mir abgeben, wenn ich schon Dschihad heiße. Nach dem Motto: Ich bin Dschihad, und das ist Berlin!

Überhaupt laufe ich seitdem immer nur noch mit Bierflasche herum. Nicht um mich zu besaufen! Ich achte natürlich immer darauf, Haltung, Ruhe und Anstand zu bewahren. Aber wenn ich zum BAMF gehe, dann nur noch mit Bierflasche. Damit ich gleich, falls mir jemand mit Dschihad und so weiter kommt, auf die Bierflasche in meiner Hand verweise.

So weit, so gut. Die Leute beim BAMF sind wirklich die Besten. Und der Dolmetscher hat mir gesagt, dass ich ganz sicher meinen Aufenthaltsstatus kriege.

Aber kaum war ich wieder im Heim, machten die anderen Geflüchteten mich kirre: ‚Ändere erstmal deinen Vornamen, bevor du hier von wegen Aufenthaltsgenehmigung fantasierst! All der Terrorismus in der Welt, und dann kommst du und willst eine Aufenthaltsgenehmigung!‘

Als ich sie so reden hörte, dachte ich mir: ‚Ich muss meine Offenheit und meinen Laizismus so deutlich es geht zum Ausdruck bringen.‘

Also begann ich, nur noch in kurzen Shorts herumzulaufen. Ich rasierte mir die Haare auf beiden Seiten und ließ nur noch in der Mitte ein paar Haare übrig, bis ich aussah wie Arturo Vidal.

Wenn ich auf der Straße lief, bemühte ich mich, selbstbewusster zu wirken. Außerdem vermied ich es, mit den anderen aus dem Heim unterwegs zu sein. Denn manchmal waren wir einfach draußen spazieren, alles normal,

— «بصحتك صديقي جهاد لا تاكل هم! عادي ... نورمال ...!
فنقرع كؤوسنا ونشرب نخب الإقامة.»

und plötzlich springt einer von ihnen los und ruft ganz laut nach mir: ‚Dschihaaaad!' Und ich blicke mich nervös nach allen Seiten um und sage ihm: ‚Pssscht, Bruder, doch nicht so laut! Du kannst doch meinen Namen nicht einfach hier so mitten auf der Straße rufen. Schau mal, wir spazieren doch hier gerade einfach nett durch die Gegend. Alles normal. Muss das sein, dass du uns den Spaziergang versaust?'

Einmal liefen mein syrischer Kumpel und ich gerade herum, als er mich plötzlich rief: ‚Dschihaaad!' In dem Augenblick rannte ein Typ voll gegen das Aushängeschild einer Pizzeria. Du weißt schon, diese Schilder, auf denen steht ‚Pizza für zwei Euro' und ‚Cola für Einsfünfzig'. Natürlich weiß ich nicht, ob er dagegengerannt ist, weil er meinen Namen gehört hat oder ob es einfach ein Unfall war.

Von nun an, Bruder, lief ich nur noch alleine herum. Fand ausländische Freunde, eine Handvoll Deutsche. Ganz tolle Leute. Alles normal. Manche nennen mich einfach ‚Dschad'. Normal.

Aber, weißt du was? Jetzt waren seit meinem Antrag schon acht Monate vergangen und meinen Aufenthaltstitel hatte ich noch immer nicht. Und das ganze Flüchtlingsheim sagte inzwischen: ‚Acht Monate? Du wirst deine Aufenthaltsgenehmigung nie bekommen. Die schicken dich bestimmt nach Afghanistan.'

Dann bin ich zum Lageso gegangen und hab der Beamtin gesagt, dass mein Aufenthaltstitel noch immer nicht da ist. Die Dame war super. Hat mich dort empfangen und mir gesagt: ‚Ich werde einen Brief an das BAMF schicken und nachfragen. Hoffentlich klappt es, und du kriegst deinen

Aufenthaltstitel.' Gar kein Problem. Alles normal.
Dann bin ich zurück ins Camp, wo meine Freunde und ich zu Abend gegessen haben. Dann spielten wir Karten.
Alles normal. Der Fernseher lief. Plötzlich sahen wir auf dem Bildschirm diese Explosion in Brüssel. Als ich die armen Zivilisten sah, sagte ich: ‚Guter Gott, was haben diese armen Menschen denn verbrochen?' Da schnellt mein Kumpel plötzlich hoch und sagt: ‚Weißt du was? Ab heute kannst du's vergessen, Dschihad! Wenn es bis eben noch 1 Prozent Hoffnung auf deine Aufenthaltsgenehmigung gab, dann ist es mit diesem Anschlag ein für allemal flötengegangen … Sag mal, musste dein Vater ausgerechnet beim FC Dschihad spielen? Waren ihm der FC Hittin oder der FC Freiheit denn nicht gut genug? Warum ausgerechnet Dschihad! Möge Gott ihm das verzeihen.'
Und so, mein Freund, ist die Sache mit meinem Namen für mich nach und nach zur Obsession geworden. Da hab ich zwei meiner Monatsgelder vom Lageso zusammengelegt, hab mir davon ein Piercing und ein Tattoo stechen lassen.
Und jetzt sitze ich hier, trinke Bier und warte auf meine Aufenthaltsgenehmigung. Alles normal."
„Auf dich, lieber Dschihad. Mach dir keine Sorgen.
Alles normal!"
Wir stoßen an und trinken auf das Wohl von Dschihads Aufenthaltsgenehmigung.

١١ مايو ٢٠١٦، الساعة ١١:٠٧ م ❤٤٨٩

ويسأل أولاد عمّي، يسألون أمي على الهاتف:

— «وشلون شُغل عبود بألمانيا؟»

— «عبود! الحمدلله مِشتغلْ، وشغلو زين الحمدلله، اشترينا غسالة آلية،
وجابن البنيات انترنيت
وسوّينا عملية فتاق لابن محمد على حسابو، وهلق يريد يدزّلنا مصاري
مشان نركّب برادي ...
الحمدلله مشتغل، شغلو زين ... جعد يكتب.»

١٦ مايو ٢٠١٦، الساعة ٥:٤٢ م ❤٧٢٢

ولاد عمي وابناء عشيرتي في السعودية فخورين

هه

11. Mai 2016 um 23:07 Uhr **489 ♥**

Die Kinder meines Onkels fragen meine Mutter am Telefon:

— „Und wie läuft's bei Aboud so mit Arbeit in Deutschland?"

— „Aboud? Gottseidank, er hat Arbeit. Alles bestens, Gottseidank. Wir haben jetzt eine vollautomatische Waschmaschine, die Mädels haben jetzt Internet, die Kosten für die Leistenbruch-OP von Mohammads Sohn hat er auch übernommen, und jetzt will er Geld für die Gardinen auftreiben. Gottseidank, er hat Arbeit. Alles bestens, Gottseidank. Ist immer am Schreiben."

16. Mai 2016 um 17:42 Uhr **722 ♥**

🖼 Die Kinder meines Onkels und aus der ferneren Verwandtschaft in Saudi-Arabien platzen gleich vor Stolz! Hahahahahahahahahahahahahahahahahahaha

٢٠ مايو ٢٠١٦، الساعة ٣:٤٠ م **٣٢٢♥**

اليوم ستنعقد جلسة طارئة للوجهاء من عشيرتي بخصوص كتاباتي التي وقعت في يد العشيرة مؤخرًا \ ستناقش فيها التطاولات التي تنال من العائلة والعشيرة والتعدّيات على بعض العادات والتقاليد واستخدامها بشكل سافر في ألمانيا.

٨ يونيو ٢٠١٦، الساعة ١١:٢٤ ص **٧٠٠♥**

يأتي السوريون المقيمون في أوروبا إلى برلين سياحة

والسياحة تعني الذهاب إلى شارع العرب وأكل الشاورما.

٢٩ يونيو ٢٠١٦، الساعة ١١:٣٤ م **٥٥١♥**

وحدة ألمانية حلوة \ تدخن وترقص وتشرب بيرة \ أجرجرها بالأحاديث لأسألها: «عندك فيسبوك؟»

تجيبني وهي ترقص: «I dont have Facebook»

أبتسم وأقول لحالي: «المرتاح شلّو بالفيسبوك.»

٢٩ يونيو ٢٠١٦، الساعة ١١:٥٥ م **٣٦٠♥**

الفيسبوك \ بلاد المهزومين.

20. Mai 2016 um 15:40 Uhr **322 ♥**

Heute: Krisensitzung mit den Ältesten meines Stammes betreffend meine Texte, die jüngst in ihre Hände gefallen sind / Es wird darin um einige Unflätigkeiten gegenüber Familie und Sippe gehen und um die Attacken auf gewisse Traditionen und Bräuche und deren dreistes Zurschaustellen in Deutschland.

8. Januar 2016 um 11:24 Uhr **700 ♥**

In Europa lebende Syrer spielen Touristen in Berlin.
Und Tourismus bedeutet in diesem Fall: in die Sonnenallee gehen und Schawarma essen.

29. Juni 2016 um 23:34 Uhr **551 ♥**

Eine hübsche Deutsche / raucht und tanzt und trinkt ein Bier / ich versuche, sie in ein Gespräch zu verwickeln: „Hast du Facebook?"
Darauf sie, tanzend: „I dont have Facebook."
Ich lächele und sage zu mir selbst: „Wer braucht schon Facebook, wenn's einem an nichts fehlt?"

29. Juni 2016 um 23:55 Uhr **360 ♥**

Facebook / Land der Entrechteten.

٣٠ يونيو ٢٠١٦، الساعة ١:٢٣ م ♥٨٥١

— «where are you from؟»

— « ... from Syria»

— «... hmm ... where is it? i never heard about it»

— «it is a small country in Latin America ... we are open minded people and we are all atheists»

٦ يوليو ٢٠١٦، الساعة ١٠:٢٧ م ♥١٢٠٠

\\\ البوليس الألماني \\\

اليوم ذهبت لأشتري سندويشة شاورما من مطعم سوري هنا في برلين.

وعلى اعتبار أنه سوري، طلبت منه سندويشة شاورما بالعربي ورحت أنتظرها.

وأنا أنتظر سندويشتي، توقّفتْ سيارة بوليس ألمانية أمام المطعم وترجّل منها شرطيان ضخمان باللباس الميداني الكامل ...

وأنا ونواياي العاطلة صرت أقول لنفسي: شرطة ... ومطعم سوري! أبصر شو المشكلة!

وكالعادة يبدو أنني شطحت كثيرًا في مخيّلتي ونواياي، فإذ بالشرطيان

30. Juni 2016 um 13:23 Uhr **851 ♥**

— „Where are you from?“
— „From Syria.“
— „Hmmm … where is it? I never heard about it.“
— „It is a small country in Latin America … we are open minded people and we are all atheists.“

6. Juli 2016 um 22:27 Uhr **1200 ♥**

/// Die deutsche Polizei ///
Heute bin ich mir einen Schawarma holen gegangen, von einem syrischen Imbiss hier in Berlin.
Und weil es ein syrischer Imbiss ist, bestellte ich meinen Schawarma auf Arabisch und wartete dann auf meine Bestellung.
Und während ich so auf das Sandwich wartete, hielt ein Polizeiauto vor dem Imbiss an, aus dem zwei mächtige Polizisten in voller Montur ausstiegen.
Und ich mit meiner versauten Fantasie dachte mir gleich: „Polizei – syrischer Imbiss: na, wenn da nicht was im Argen liegt!“
Wie immer malte ich mir schon das Schlimmste aus, während sich die Polizisten zwei Schawarma mit Hummus bestellten.
Der syrische Kollege, dem der Imbiss gehörte, sagte profimäßig auf Deutsch: „Gerne!“
mit einem übertrieben breiten Lächeln.
Dann fing er auch noch an, protzig sein Schawarmamesser zu wetzen, um das Fleisch dann butterweich vom Spieß zu

يطلبان سندويشتي شاورما مع حمّص!

فيجيبهم أخونا السوري صاحب المطعم بالألمانية المتقنة: gerne بمعنى على الرحب والسعة مع ابتسامة متفجرة زائدة عن اللزوم.

وراح أخونا السوري يستعرض خبرته ومعلميّته بسنّ سكين الشاورما وصار يقطع لهم اللحمة برشاقة ويبالغ في كرمه لدرجة أنه وضع لهما جاط الحمّص كله على السندويشتين البوليسيتين، ونسيّ سندويشتي على السخان تحترق.

وأنا أيضًا نسيتها وانشغلت بمراقبة المشهد، إلى أن جاء دور الحساب!

فأخرج الشرطيان جزادينهم بكل بساطة ليدفع كل واحد عن نفسه كما جرت العادة هنا.

وبينما كان أحد الشرطيين يخرج نقوده من محفظته، سقطت منه ٥٠ سنتًا على الأرض! وأنا باللاشعور أو بالشعور بالواجب كدتُ أنحني وأعيدها له، لكنه سبقني إليها وانحنى نحوها.

رحت أتأمّل هذا البوليس العجيب كيف ينحني هو وبدلته المرتبة ومسدسه الأنيق على الخمسين سنت وهو يبتسم!

أتأمّله وأفكر بالبوليس ومعنى البوليس وأتذكر الشرطة في سوريا والمخابرات ومعنى المخابرات ...

وسندويشتي على السخان تحترق، وقلبي أيضًا يحترق.

١٠ يوليو ٢٠١٦، الساعة ٦:٠٠م ♥٣١٠

النسوية \ هي أن لا تجرح قلب امرأة.

schälen. Mit seiner Großzügigkeit übertrieb er es auch, indem er fast den gesamten Inhalt des Hummus-Behälters über die Schawarma-Sandwiches der Polizeibeamten verteilte. Mein Sandwich hingegen hatte er vergessen und ließ es auf dem Grill verkohlen.
Aber ich hatte es ja auch vergessen. War ganz und gar von der Szene eingenommen. Bis der Moment des Zahlens gekommen war, die Polizisten ihre Geldbeutel hervorholten und jeder für sich selbst bezahlte, wie es hierzulande üblich ist.
Während einer der beiden das Geld aus dem Portemonnaie zog, fiel ihm ein Fünfzig-Cent-Stück auf den Boden. Und ich, unbewusst oder besser: pflichtbewusst, setzte schon an, mich zu bücken, um es ihm aufzuheben. Doch er kam mir zuvor, bückte sich und hob es selbst auf.
Und ich beobachtete nur noch gebannt diesen seltsamen Polizisten, der sich, in seiner ordentlichen Uniform mit der glänzenden Waffe, lächelnd nach einem Fünfzig-Cent-Stück bückte.
Ganz versonnen in seinen Anblick dachte ich nach, über die Polizei, und was Polizei bedeutet, und an die Polizei in Syrien, und den Geheimdienst, und was Polizei und Geheimdienst dort bedeuten.
Und währenddessen brannte mein Sandwich auf dem Grill vor sich hin, und mein Herz, das brannte auch.

10. Juli 2016 um 18:00 Uhr **310 ♥**

Feminismus / heißt, das Herz einer Frau nicht zu verletzen.

١٣ يوليو ٢٠١٦، الساعة ١٠:٣٩م ♥٨٠٩

قلت سابقًا: في المطارات أنا متّهم حتى أُثبت العكس.

وياحزركن أنا وين شفت مطارات بحياتي؟ أكيد مو مطار دمشق ولا مطار حلب الدولي أو مطار أبو ظبي، هدول المطارات بس للأكابر.

نحن تشرّدنا وأصبحت مطارات أوروبا كلها تحت تصرّفنا، من فيننّا إلى أمستردام ومن برلين إلى ستوكهلم ...

حقنا الطبيعي، نمارسه طالما لدينا جواز سفر أزرق، مطارات من أفخم ما يكون، أناقة، نظام، خدمة خمس نجوم وأحيانًا إنترنيت ببلاش ...

الحياة جميلة وسهلة لكنها تصبح أكثر بشاعة وتضيق عندما تصل إلى الكونترول ويمسك بيده جواز سفرك!

يكفي أن يقوم الكونترول بتفحصك زيادة عن اللزوم ولو للحظات أو بنظرة تدقيق ولو بتقليب الصفحات عدة مرات مع صفنه خفيفة لكي تتذكر أنك لست أهلاً للثقة ولا تشبه الآخرين، خاصة إذا كان اسمك بهذه «الوقاحة»: المحمد عبود سعيد!

ناهيك عن سمار بشرتي الذي كانت أمي تتباهى به يومًا ما.

كان مطار إستانبول هو أول مطار أدخله، حينها قال لي صديقي لقمان ديركي: «شوف أخوي عبود! اليوم انت رح تروح عالمطار، والمطار كبير، وانت يعني افهم واحد عالفيسبوك وشيخ الكتاب وأكبر معلّم بالمنطقة الصناعية والحدادة، على عيني وراسي بس انت بالمطار جحش! ما تشغل مخك ولا تروح هين وهين، تسأل وتستفسر منشان ما تضيع يا أخوي.»

من إستانبول إلى برلين، وذلك بدعوة لأقوم بقراءات تتعلق بكتابي المنشور في ألمانيا، فأنا الآن كاتب، وكان لا بد من إشارة توحي بذلك، فما كان عليّ سوى أن أقرر أن أطيل ذقني على الأقل، مو هيك يعملوا الكتاب؟!

في برلين كاتب وبذقن طويلة أقدم أوراقي للحصول على إقامة لجوء،

13. Juli 2016 um 22:39 Uhr **809 ♥**

Ich habe es schon einmal gesagt: Auf Flughäfen bin ich solange verdächtig, bis ich das Gegenteil beweise.
Und jetzt ratet mal: Welche Flughäfen habe ich in meinem Leben wohl schon gesehen?
Sicher nicht den Flughafen von Damaskus! Auch nicht den Internationalen Flughafen von Aleppo. Oder den von Abu Dhabi. Diese Flughäfen sind etwas für feine Leute.
Unsereins hingegen hat man vertrieben, und plötzlich standen uns alle Flughäfen Europas zur Verfügung. Wien, Amsterdam, Berlin, Stockholm und was nicht noch alles.
Das ist unser natürliches Recht, von dem wir Gebrauch machen, solange wir einen blauen Reisepass besitzen.
Flughäfen vom Feinsten: Eleganz, Ordnung, Fünf-Sterne-Service und manchmal sogar kostenloses WLAN.
Das Leben ist schön und einfach. Hässlicher und unangenehmer wird es erst an der Passkontrolle, wenn der Polizeibeamte deinen Pass in seinen Händen hält.
Es genügt schon, wenn er dich ein bisschen gründlicher als die anderen kontrolliert, selbst wenn es nur eine Frage von ein paar Augenblicken ist oder dass er ein bisschen grüblerischer dreinblickt, während er mehrmals hintereinander die Seiten deines Passes rauf- und runterblättert, dass du dich daran erinnerst, dass du eben nicht vertrauenserweckend aussiehst und den anderen eben nicht gleichst.
Und zwar besonders, wenn dein Name dann auch noch ganz dreist „Almohammad Aboud Saeed“ lautet.
Und wehe, du hast dann auch noch einen braunen Teint wie

شاءت الأقدار أن تكون الصورة التي التقطتها لتثبّت على جواز سفري في الوقت الذي كانت تنمو فيه ذقني الثقافية.

صار عندي جواز سفر باسمي وذقني وبشرتي، من مطار إلى مطار تتغير المدن والأسباب والمطارات لكن اسمي وذقني وبشرتي والكونترول واحد.

فتلت أوربا كلها تقريباً، بكل ما استطاع إليه جواز سفري الأزرق سبيلاً، لكن لا مفر من أن تتذكَر في كل مطار من أنت!

إلا في البرازيل الأمر مختلف، فلقد تلقيت دعوة لحضور إحدى المهرجانات بعد أن أصبح لي كتاب منشور هناك، وافقت على الفور، من

den, auf den meine Mutter früher immer so stolz war.

Der erste Flughafen, den ich je betreten habe, war der Flughafen Istanbul-Atatürk.

Damals sagte mein Freund Lokman Derky zu mir: „Schau mal, Bruder Aboud. Heute wirst du zum Flughafen gehen. Der Flughafen ist groß. Und du bist der klügste Mensch auf Facebook. Der Scheich der Schriftsteller, der wichtigste Schmiedemeister des Industriegebiets von Manbidsch. Alles schön und gut: Aber im Flughafen bist du ein Depp! Grübele also nicht lange rum und lauf nicht groß hin und her. Frag einfach immer schön blöd, damit du dich nicht verläufst, Bruder."

Von Istanbul nach Berlin, für eine Lesereise zu meinem in Deutschland erschienenen Buch. Jetzt war ich ja Schriftsteller, da musste ich ja auch irgendwie äußerlich darauf hinweisen.

Was war naheliegender, als mir einen Vollbart wachsen zu lassen? Machten das Schriftsteller nicht immer so?

Schließlich geschah es, dass ich, ein vollbärtiger Schriftsteller in Berlin, meine Unterlagen für den Asylantrag einreichte, und wie das Schicksal es wollte, trug ich auch auf dem Foto, das man in den Pass klebte, meinen Hochkultur-Bart.

So kam ich in den Besitz eines Reisepasses, mit meinem Namen, meinem Bart und meiner Hautfarbe. Und dann ging es von Flughafen zu Flughafen. Die Städte, die Anlässe und die Flughäfen variierten. Mein Name aber, mein Bart, meine Hautfarbe und die Passkontrolle blieben gleich.

Ich bin inzwischen fast überall in Europa herumgekommen. Überall, wo mein blauer Reisepass mich hinträgt. Doch

يقول لا للبرازيل؟!

والبرازيليون أغلبهم سمر وأسمر مني كمان، وليس لديهم فوبيا البشرة العربية الإسلامية، ضايعة بين سمارهم! وبعيدون جداً! ومعلوماتهم قليلة عن الأسماء العربية ورعبها.

كل شيء ممكن في البرازيل، وكأنك في سوريا بدون بشار الأسد!

في البرازيل، الجميلة لا تعرف أنها جميلة وأنه يحق لها أن تتعالى، السوبر ماركت في البرازيل عبارة عن دكان، مثل الدكان الذي نذهب إلى صاحبه ونقول: عمو عطينا بخمس ليرات بزر.

حضرت المهرجان، وطبعاً كالعادة، يريدونني أن أتحدث عن الحرب وداعش وحقوق الإنسان وإلى ما هنالك من هذا الكلام، ببساطة رفضت وقلت أنا لا أريد أن أتكلم عن الحرب وداعش، وأفضّل أن أتكلّم عن كتابي وعنّي.

التقط عدداً من الصحفيين هذه الجملة ووضعوها عنوان لمقالاتهم.

مضى يوم يومين، لينتهي المهرجان بخير وسلام ولا أثر له ولا لكتّابه الذين حضروا ولا أثر لمواقفهم ووجهات نظرهم ولا حتى للمقالات التي كتبت عنه.

انتهى المهرجان لكنني ما زلت في البرازيل، أتسكّع في البارات وأشرب الكاشاسا، وأتعرف على البرازيليين ويمكنني أن أصفهم بجملة واحدة: البرازيليون ليسوا أجانب!

شعب تعمّه الفوضى والجمال، لدرجة أنني كنت في مطار ريو دي جانيرو ذاهباً إلى ساو باولو، وقفت لأدخن خارج المطار وكان جواز سفري مع صديقتي على شباك التشيك إن، فسألتها الموظفة البرازيلية أين صاحب الجواز فأشارت صديقتي بيدها بعيدا وقالت: هو يدخّن في الخارج، فقالت الموظفة البرازيلية ما في مشكلة وطجّت الختم وأعطتها الجواز والتكتات.

an der Tatsache, dass ich an jedem Flughafen wieder daran erinnert werde, wer ich wirklich bin, da scheint kein Weg dran vorbeizuführen.

Außer in Brasilien, in Brasilien ist es anders. Man hatte mich zu einem Literaturfestival eingeladen, weil ein Buch von mir dort erschienen ist. Und natürlich sagte ich sofort ja. Wer würde schon nein zu Brasilien sagen?

Die Brasilianer haben fast alle braune Haut, sind teilweise sogar noch dunkler als ich. Sie haben keine Phobie vor dem arabisch-islamischen Teint. In ihrer Bräune gehe ich unter. Und sie wissen so gut wie nichts über arabische Namen und den Horror, der von ihnen ausgeht.

In Brasilien ist alles möglich. Brasilien ist wie Syrien, nur ohne Bashar al-Assad!

In Brasilien weiß eine schöne Frau nicht, dass sie schön ist und es sich leisten könnte, arrogant zu sein. Und der Supermarkt in Brasilien ist eher wie ein kleiner Kiosk, wo man morgens hingeht und sagt: „Hey, Onkel! Gib mal Sonnenblumenkerne für fünf Lira!"

Ich war also, wie gesagt, bei diesem Festival und wie immer wollte man dort natürlich von mir, dass ich vom Krieg erzähle, vom IS und über Menschenrechte und so weiter rede. Um es kurz zu machen, ich habe mich einfach geweigert. „Ich möchte nicht über den Krieg und den IS reden. Lasst mich lieber über mein Buch und mich selbst reden", habe ich einfach gesagt.

Ein Paar Journalisten haben diesen Satz dann aufgeschnappt und als Headline für ihre Artikel verwendet.

Nach ein oder zwei Tagen war das Festival gut und friedlich

بهذه البساطة تجري الأمور في البرازيل، كل شيء ممكن أن يحدث في البرازيل.

أنهيت سيجارتي ووضعت العقب في قنينة بيرا كانت موضوعة على الرصيف، ودخلت إلى المطار أبحث عن طيارتي، فإذ بالموظف البرازيلي الأسمر يوقفني ويطلب جوازي وأوراقي، كان يتكلم كثيراً في اللغة البرتغالية التي لا أفهمها، وأنا أعطيه الأوراق وأقول لنفسي: هل انضم البرازيليون إلى كونترول العالم؟!، لكنهم لم يخيبوا ظني فقد كانت مجرد مخالفة لإطفاء السيجارة على الرصيف وليس في مكانها المحدد.

أي مو مية أهلاً وسهلاً!!! ولك ألف مخالفة سيجارة ولا نظرة كونترول وحدة!

كان الموظف يكتب المخالفة لكن القلم لا يكتب، ودفتر المخالفات يشبه دفاتر الطلاب الكسلانين في الصف الثاني والأول، مجعلك الصفحات وقديم وفوق كل هذا نقل الموظف اسمي ورقم جواز سفري خطأً وكان يضع نظارات سمكية، ولا يرى جيداً، إنه مطار البرازيل، أحلى ناس!

وقّعتُ على المخالفة، ثم رأيت موظفة برازيلية من موظفات المطار جميلة جداً، التقطت صورة معها وذهبت إلى مدخل الطائرة، انتظر أن يفتحوا البوردينغ، وأنا أتأمل الطائرة البرازيلية التي سأركبها، فألاحظ أن طلاء واجهة الطيارة مقشور والطيارة مهرتكة شوي وهنالك بعض الصدأ ويظهر من شباك الطائرة رأس الطيار البرازيلي الذي يتجهز للرحلة، انظر إلى وجهه المتهكم وأقول لنفسي: والله شكلو هالبرازيلي هلق فايق من النوم وجاي عالرحلة، عادي بالبرازيل كل شي بيصير!

أتأمل الطائرة وأتخيل أنها ستهوي بعد قليل في المحيط، لأتفه الأسباب، مثل أن ينفذ الوقود فجأة.

وتعال اقنع السي إن إن أو البي بي سي والجزيرة إنو السالفة سالفة وقود!

über die Bühne gegangen, ohne jegliche Auswirkungen, weder auf die teilnehmenden Schriftsteller, noch auf ihre Einstellungen, nicht einmal auf die Artikel, die über das Festival geschrieben wurden.

Nach Festivalende blieb ich weiter in Brasilien, zog von Bar zu Bar, trank Cachaça und lernte die Brasilianer kennen. Sie lassen sich in einem einzigen Satz beschreiben:

Die Brasilianer sind keine Ausländer!

Ein Volk voll Chaos und Schönheit. Aber wirklich. Als ich am Flughafen von Rio de Janeiro war, um von dort nach Sao Paolo zu fliegen, rauchte ich schnell noch eine Zigarette vor dem Flughafengebäude, während meine Freundin mit unseren Pässen schon am Check-In-Schalter anstand. Als sie an der Reihe war, fragte die brasilianische Angestellte, wo der Inhaber des anderen Passes sei. Meine Freundin zeigte mit ihrer Hand in die Ferne und sagte: „Er raucht gerade da draußen!" „Alles klar", sagte die brasilianische Flughafenangestellte, stempelte unsere beiden Pässe ab und gab sie ihr mitsamt der Tickets zurück.

So einfach geht das in Brasilien! Nichts ist hier unmöglich. Ich rauchte meine Zigarette zu Ende und stupste den Stummel in eine Bierflasche, die auf dem Bordstein stand. Dann ging ich ins Flughafengebäude und suchte nach meinem Flieger. Plötzlich wurde ich von einem braunhäutigen brasilianischen Angestellten angehalten, der meinen Pass und meine Bordkarte sehen wollte. Dann erzählte er viel auf Portugiesisch, was ich ja nicht verstehe, und während ich ihm meine Papiere gab, dachte ich mir: „Haben sich die Brasilianer jetzt doch dem weltweiten

أكيد سبب وقوع الطائرة الأول هو أن تكون تعرضت لعمل إرهابي! خاصة إذا لم يتم العثور على الصندوق الأسود.

بكل الأحوال سيحتاجون إلى عدة أيام ليعثروا على الصندوق الأسود وبهذا الأسبوع بالتأكيد سيرجعون إلى الركاب وجنسياتهم وهنا تذكرت اسمي وذقني على جواز سفري «المحمد عبود سعيد» سوري وأحد ركاب الطائرة التي سقطت.

لطالما حلمت مثل أي مثقف أن أشغل وسائل الإعلام والميديا، فما بالك أن تنشغل بك كل الدنيا، ويتكرر اسمك في كل التلفزيونات والإذاعات

والصحف والمجلات، ومن حق أي وسيلة إعلام، طالما الصندوق الأسود ما زال مفقوداً أن تضيء على هذه النقطة، على الأقل بهذه الطريقة: الطائرة البرازيلية التي سقطت وهي تحمل عدة ركاب مختلفي الجنسيات وبينهم راكب سوري اسمه المحمد عبود سعيد.

أتخيل أن المحطات التلفزيونية ستّتصل عبر الأقمار الصناعية بكبار

Kontrollwahn angeschlossen?!“ Aber die Brasilianer enttäuschten mich nicht.

Der Mann verpasste mir nur einen kleinen Strafzettel, weil ich meine Zigarette einfach so in die Bierflasche gesteckt hatte und nicht in einen der dafür vorgesehenen Aschenbecher. Aber bitte sehr, gnädiger Herr, nur zu! Lieber tausend Strafzettel als ein einziger misstrauischer Blick von der Passkontrolle!

Der Beamte schrieb den Strafbestand in ein Heft. Er schrieb mit einem Stift, der nicht schrieb. Das Heft sah aus wie die Hefte fauler Schüler in der ersten oder zweiten Klasse Grundschule. Die Seiten waren völlig zerknittert und abgegriffen, und zu allem Überfluss schrieb der Beamte meinen Namen dann auch noch falsch von meinem Pass ab. Er trug eine dicke Brille, offenbar konnte er nicht gut sehen. Das war also der Flughafen in Brasilien! Einfach nur großartig.

Ich unterschrieb meinen Strafzettel, und dann sah ich eine unheimlich schöne brasilianische Flughafenangestellte, mit der wollte ich unbedingt noch schnell ein Selfie schießen. Dann ging ich zu meinem Gate und wartete auf das Boarding.

Unterdessen musterte ich das brasilianische Flugzeug, mit dem ich gleich fliegen würde. Da fiel mir auf, dass der Lack an der Vorderseite der Maschine überall abgesprungen war und dass sie auch sonst etwas mitgenommen aussah. An einigen Stellen war sie rostig, und aus einem Fenster des Flugzeugs schaute der Kopf des Piloten, der sich gerade für den Flug fertig machte. Da fiel mir auf, wie zerknautscht

الأساتذة الجامعيين للتحدث عن حوادث الطائرات والإرهاب، انطلاقًا من اسمي، مجرد شكوك طبيعية، حقّهم!

أصحاب المقالات أنفسهم، الذين قالوا أنّني رفضت التكلم عن الحرب وداعش وحقوق الإنسان سيتحمّسون لكتابة مقالات أخرى يوضحون فيها علاقة حادثة سقوط الطائرة بما حدث في المهرجان، فهم أولى من غيرهم، كانوا السباقين في اكتشافي.

الموظف أبو النظارات الذي خالفني، سيشعر بالخصوصية عندما يشاهدني على التلفاز، وستنشهر الموظفة التي التقطت صورة معي.

أما دار النشر التي نشرت كتابي، ستزدهر وتبيع كل النسخ في الأسبوع الذي ما زال فيه الصندوق الأسود ضائعًا.

أتخيّل الفيسبوك وأصدقائي الفيسبوكيين، العاديين منهم والمثقفين الذين لا يتركون عيد شجرة أو موت شخص بحادثة سير في قرية بلجيكية أو ثورة أو مظاهرة في بلد ما، تفلت من بوستاتهم، فما بالك أن يكون لديهم برازيل! وسوري مشتبه به! وطائرة تسقط بين مدن تليق بمستواهم الثقافي، ريو دي جانيرو!، ساو باولو! ... إلخ.

سأكون مقالات يكتبها الكتاب النخبويون، سيفرغون بي كل الكلمات التي حفظوها عن الإسلام السياسي والإرهاب.

سيعودون إلى صفحتي، ويلتقطون صورًا لبوستات كتبتها وأنا أسخر من مراهقي العلمانية، ويربطونها بسقوط الطائرة.

أتخيل صديقي المثقف سيكتب بوستًا ويقول: سلامات لساو باولو من الإرهاب ...

مادة دسمة للمثقفين أينما حلوا وأينما كانوا.

أما أصدقائي الألمان سيحذفونني مباشرة ويحذفون كل الرسائل الخاصة بيني وبينهم ويكتفون بمشاهدة الأخبار بكل حياد إلى أن يتم العثور على الصندوق الأسود.

sein Gesicht war. „Du lieber Himmel, dieser Brasilianer ist wohl gerade erst aus dem Tiefschlaf aufgewacht und will jetzt fliegen … Naja, in Brasilien ist anscheinend alles möglich."

Ich betrachte das Flugzeug und stelle mir vor, wie es bald abstürzen würde, über dem Atlantik, aus irgendeinem völlig bescheuerten Grund, beispielsweise, weil plötzlich das Benzin alle ist.

Und dann versuch mal einer, CNN, BBC und Al Jazeera davon zu überzeugen, dass es wirklich am Benzin gehapert hat!

Die erste Theorie über den Grund des Flugzeugabsturzes wird ganz sicher Terrorismus sein. Besonders, solange man die Blackbox nicht findet.

In jedem Fall wird es mehrere Tage dauern, bis sie die Blackbox finden. Und bis dahin wird man zuerst einmal die Fluggäste unter die Lupe nehmen und schauen, welchen Nationalitäten sie angehört haben. Plötzlich fiel mir wieder mein Bart auf dem Passbild und mein Name ein: Almohammad Aboud Saeed, der syrische Passagier des abgestürzten Flugzeugs.

Wie jeder andere Intellektuelle auch, habe ich immer davon geträumt, dass die Medien sich viel mit mir beschäftigen. So würde sich gleich die ganze Welt mit mir beschäftigen! Mein Name würde ständig aus allen Fernseh- und Radiosendern widerhallen und in allen Magazinen prangen. Solange die Blackbox noch nicht aufgetaucht ist, steht es jedem Medium frei, die Terrorismustheorie immer weiter zu befeuern. Zumindest so: „Die abgestürzte brasilianische

أقربائي وأولاد عمي وأبناء عشيرتي الذين لم يقتنعوا بعد بأنني كاتب وأقيم في ألمانيا، سيفتحون بيت عزاء ويستقبلون المعزّين ويضيفون القهوة المرّة وكل ما سألهم أحدهم: شلون مات قرايبكم عبود السعيد؟ يبدؤون من الفيسبوك وينتهون بالبرازيل، وأحد أولاد عمومة أبي، ضعيف بالجغرافية، وكلما سأله أحد: وين مات قرايبكم عبود السعيد؟ ينادي ابنه الصغير ويقول له:

— «قول لعمامك وين وقعت الطيارة اللي مات بيها ابن عمك»

— «الطيارة وقعت بالبرازيل، كانت الطيارة طايرة من ليوناردو ديكابريو للأب باولو ووقعت بالبحر.»

أتخيل مجلس عزائي هو عبارة عن بيت شَعر كبير يعجّ بالرجال ودخان السجائر، رغم أن عشيرتي عريقة جداً إلا أن بيت الشَعر سيكون مفعماً بأحاديث سخيفة مثل: كاتب، بوستات، فيسبوك، مهرجانات ... إلخ. وقبل أن يتم العثور على الصندوق الأسود تصرخ الموظفة عبر الميكروفون: يرجى من المحمد عبود سعيد الصعود إلى الطائرة قبل إغلاق الباب.

Maschine hatte Fluggäste verschiedener Nationalitäten an Bord, unter denen sich auch ein Syrer namens Almohammad Aboud Saeed befand."

Ich stellte mir vor, wie Fernsehsender die renommiertesten Universitätsprofessoren über Satellit anrufen und sie über Flugzeugabstürze sprechen lassen und über Terror, ausgehend von meinem Namen: ein ganz normaler, absolut berechtigter Verdacht!

Die Journalisten, die über das Literaturfestival berichtet und darüber geschrieben hatten, wie ich mich weigerte, über Krieg, IS und Menschenrechte zu sprechen, werden eifrig weitere Artikel verfassen, schließlich waren sie ja die ersten, die mich entdeckt hatten, und dann würden sie versuchen, eine Verbindung herzustellen zwischen dem Flugzeugabsturz und den Ereignissen beim Literaturfestival.

Der Flughafenangestellte mit der dicken Brille, der mir den Strafzettel verpasst hat, wird sich als jemand Besonderes fühlen, wenn er mich im Fernsehen sieht, und die gutaussehende Angestellte, mit der ich ein Selfie geschossen habe, blitzartig berühmt werden.

Der Verlag, bei dem mein Buch erschienen ist, wird eine Blütezeit erleben. Alle Kopien meines Buches werden innerhalb jener einen Woche, während der nach der Blackbox gesucht wird, ausverkauft sein.

Ich male mir aus, was auf Facebook los wäre: wie meine Facebookfreunde, die Normalos wie die Intellektuellen, deren Posts kein Baumfest entgeht, keine in einem belgischen Dorf bei einem Verkehrsunfall verunglückte Person, kein Protest in einem noch so entlegenen Land.

Und jetzt stelle man sich bitte vor, sie hätten einen terrorverdächtigen Syrer in Brasilien gefunden, den sie auch noch kennen! Noch dazu ein Flugzeug, das auf der Strecke zwischen zwei Städten abstürzt, die ihrem intellektuellen Niveau gebühren: Rio de Janeiro und Sao Paolo! Et cetera.
Die Artikel der renommiertesten Schriftsteller werden mich zum Gegenstand haben. Sie werden sich darin aller Begriffe entleeren, die sie je auswendig gelernt haben, über politischen Islam und Terror.
Sie werden alle mein Profil aufsuchen und um die Wette Screenshots von Posts machen, in denen ich über gewisse Säkularismus-Grünschnäbel hergezogen bin, und sie anschließend mit dem Flugzeugabsturz in Verbindung stellen.
Ich stelle mir meinen intellektuellen Freund vor, wie er folgenden Post tippt: „Grüße an das arme, vom Terror geplagte Sao Paolo."
Ein fetter Fund für alle Intellektuellen, gleich welcher Couleur.
Meine deutschen Freunde hingegen werden mich umgehend aus ihrer Freundesliste löschen und alle Privatnachrichten, die wir einander je geschrieben haben, auch. Dann werden sie sich zurücklehnen und ganz neutral Nachrichten schauen, bis die Blackbox gefunden wird.
Meine Verwandten und Stammesmitglieder, die bis heute noch nicht glauben wollen, dass ich wirklich ein Schriftsteller bin und in Deutschland lebe, werden ein Trauerzelt aufstellen, die Trauernden empfangen und ihnen

٢٩ يوليو ٢٠١٦، الساعة ١١:٢٠ م ♥٣٩١

في برلين أنعم بالحرية، وتدعمني الحكومة، ألعب البلياردو وأرتدي قبعة من نوع «بورك بوي» من النوع الثمين، في الحقيقة لم أشتريها، وجدتها في مدخل العمارة التي أسكن فيها، ارتديتها على الفور من دون أن أغسلها، وهذا تعبيرًا مني على حسن النية واحترام الطبقة الحضارية

bitteren Kaffee servieren. Und immer wenn einer sie fragt: „Wie ist denn euer Verwandter Aboud Saeed gestorben?", werden sie irgendwo bei Facebook anfangen und mit Brasilien aufhören. Und einer meiner Cousins väterlicherseits, eine absolute Niete in Geographie, wird jedes Mal, wenn einer ihn fragt: „Wo ist denn euer Verwandter Aboud Saeed gestorben?", seinen kleinen Sohn zu sich rufen und sagen:
„Los, sag Onkel Soundso, wo das Flugzeug abgestürzt ist, in dem dein Cousin verunglückt ist."
„Das Flugzeug ist in Brasilien abgestürzt. Es war gerade unterwegs von Leonardo di Caprio nach Pater Paolo, aber dann ist es ins Meer gefallen."
Ich stelle mir meine Trauerfeier in einem riesigen Zelt vor, wankend vor Männern, wabernd vor Zigarettenrauch. Und obwohl mein Stamm uralt und hochkonventionell ist, werden im Zelt die ganze Zeit profane Begriffe fallen wie „Schriftsteller", „Posts", „Facebook", „Festivals" und so weiter. Und kurz bevor sie endlich die Blackbox finden, ruft die Flughafenangestellte über die Lautsprecheranlage: „Letzter Aufruf für den Passagier Herr Almohammad Aboud Saeed von Flug B76 nach Sao Paolo! Bitte begeben Sie sich umgehend zum Flugzeug!"

29. Juli 2016 um 23:20 Uhr **391 ♥**

In Berlin lebe ich frei, spiele Billard und trage einen teuren Hut, Modell „Pork Pie". Gekauft habe ich mir den aber nicht. Ich habe ihn im Eingang meines Wohnhauses gefunden und augenblicklich aufgesetzt, ohne ihn vorher zu

بيني وبين الشخص الذي كان يرتديها، وفعلاً رأتها مرّة إحدى النساء الشقراوات التي صادفتها على الدرج، كانت جارتي، قالت لي: قبعة جميلة! كانت لي بالأساس، عندها أحسست براحة الضمير على قراري بعدم غسلها، فمن غير المعقول أن يكون انتقال القبعة من هذا الشعر الأشقر إلى شعري، أمرًا يستدعي القلق أو الشك، ربما يكون انتقالاً تعسفيًا بالنسبة للقبعة، لكن بالنسبة لي أو إلى الرأي العام على الأقل هو انتقال حضاري يشبه قدومي من سوريا إلى هنا.

١ أغسطس ٢٠١٦، الساعة ١٢:٤٥ ص ♥٤٧٢

لا تقسُ على نفسك بالأحلام.

٥ أغسطس ٢٠١٦، الساعة ٣:٠٥ م ♥٣٧٥

ما أثقل العلاقات التي يكون الأكل والطعام موضوعها الرئيسي.

٨ أغسطس ٢٠١٦، الساعة ١١:١٨م ♥٥٥٦

قمتُ بتقديم طلب للفيزا إلى تركيا. وفي السفارة التركية في برلين سألني الموظف التركي وهو يتفحص أوراقي، سألني باللغة الألمانية: ما سبب زيارتك إلى تركيا؟

وبحكم جهلي باللغات وضعفي بالإنكليزية أجبته: تيروريست تيروريست

waschen. Das war einfach Ausdruck meines Respekts vor dem Zivilisationsgrad der Schicht, der sein Vorbesitzer angehören muss.
Und Tatsache, einmal bemerkte den Hut eine jener blonden Damen, wie sie mir dann und wann im Treppenhaus begegnen. Sie ist meine Nachbarin. „Schöner Hut!", sagte sie. „Das war eigentlich mal meiner." In dem Moment wusste ich, dass ich das Richtige getan hatte, ihn nicht zu waschen. Es wäre ja völlig absurd gewesen, wenn ein Hut, der von solchen blonden Haaren auf meine wandert, mir irgendeinen Anlass zu Hygienebedenken gegeben hätte. Dem Hut war dieser Wechsel vielleicht egal, aber sowohl für mich als auch die öffentliche Meinung war es ein Übergang zivilisatorischer Natur, ähnlich wie mein Übergang von Syrien hierher.

1. August 2016 um 00:45 Uhr **472 ♥**
Miss dich nie an deinen Träumen.

5. August 2016 um 15:06 Uhr **375 ♥**
Wie dröge doch die Beziehungen sind, bei denen Essen das Hauptthema ist.

8. August 2016 um 23:18 Uhr **556 ♥**
Ich habe gerade mein Visum für die Türkei beantragt. In der türkischen Botschaft in Berlin fragte mich der türkische Angestellte, der meine Papiere durchsah, auf Deutsch: „Warum möchten Sie in die Türkei reisen?"
Und ich, aus Unwissenheit und weil mein Englisch so

... بدل أن أقول له توريست

وبحكم ضعف أخونا التركي باللغات أيضاً، قال لي: تيروريست! ... تمام ... تمام وطجّ لي ختم الموافقة على الفيزا.

١٧ أغسطس ٢٠١٦، الساعة ٤:٠٠ م ♥٨٥٨

أهلاً وسهلاً بضيوف ألمانيا والله يبعد عنّا ضيوف الوطن.

١ سبتمبر ٢٠١٦، الساعة ٩:٢٩ م ♥٥٩٨

كان باب بيتنا بلا قفل \ قفله تعطل إثر رفسة قديمة حدثت منذ سنين طويلة

حينها كانت أختي تستمع إلى أغاني كاظم الساهر \ وكان صوته أعلى من طرقات أخي \ فرفس أخي الباب رفسةً قوية أطاحت بالقفل وحطمته

رغم أن العائلة كانت ضخمة جداً \ لم تصل الشهامة بأحد لإصلاح القفل

ومنذ ذلك الحين وباب البيت مفتوح ...

كان مفتوحاً للجميع ...

مفتوح للضيوف \ مفتوح للمواعيد الليلية \ مفتوح لأطفال الحارة الذين تسقط كراتهم في بيتنا \ مفتوح لفتيات الجيران اللواتي يتحجّجن بالصحون ...

grottig ist, antwortete ihm: „Terrorist, Terrorist“ anstelle von „Tourist“.
Und weil es mit dem Englisch des türkischen Kollegen auch nicht sonderlich weit her war, sagte er „Terrorist! Tamam, tamam“ und gab mir seinen Stempel auf mein Visum.

17. August 2016 um 16:00 Uhr **858 ♥**
„Willkommen, willkommen an alle Gäste aus Deutschland, möge Gott uns bloß die Gäste aus der Heimat vom Leib halten.“

1. September 2016 um 21:09 Uhr **598 ♥**
Unsere Haustür war nie verschlossen /
Das Schloss war kaputt, seit sie einmal vor vielen Jahren eingetreten worden war.
Wenn meine Schwester Lieder von Kazim al-Sahir hörte /
war seine Stimme lauter zu hören als das Gehämmere meines Bruders /
Da trat mein Bruder eines Tages heftig gegen die Tür, das Schloss flog heraus und war im Eimer.
Und auch wenn unsere Familie riesengroß ist /
war die Einsatzbereitschaft jedes Einzelnen dann doch nie so groß, dass jemand von uns das Schloss repariert hätte, und seit jener Zeit stand die Haustür immer offen.
Offen für alle.
Offen für Gäste /
für nächtliche Dates /
für die Kinder des Viertels, deren Fußball versehentlich im Haus gelandet war /

مفتوح للحياة من دون مواعيد مسبقة.
من يرفسكِ أيتها الأبواب الأوروبيّة التي لا تطرق ولا ترنّ أجراسها.

١ سبتمبر ٢٠١٦، الساعة ٢٣:٠١ م ❤٣٣٨

التأمين الصحي في أوروبا \ لا يشمل الأسنان ولا الوحدة.

٣ سبتمبر ٢٠١٦، الساعة ٥:٥٨ م ❤١٩٠

\\\ رحلة الحرية عبر U8 \\\
وأخيرًا قرننا أنا وصديقتي سانشو أن نذهب إلى kitkat club
اتّخذنا هذا القرار التاريخي بعد أن استسلمنا أمام الأحاديث المغرية التي كنا نسمعها عن الـ kitkat وبعد الكثير من التردد والرغبة في التجربة، ونتيجة لحالة البرود العاطفي والجنسي التي حلت علينا وكأننا زوجان ألمانيان لديهما طفلتين ودارجة هوائية.
اتفقنا على البنود التالية:

– يحقّ لي أنا الرجل الرقص مع النساء ويحق لسانشو الرقص مع النساء أيضًا.
– يحق لي أنا كرجل أن ألاحق سانشو في حال فشلتُ في إغواء أية امرأة
– يحق لسانشو التعري باستثناء القناع الذي يخفي وجهها
– يحق لي أنا الرجل التعري ومضاجعة النساء ويحق لسانشو مضاجعة النساء أيضًا.
– يسمح لسانشو الرقص مع الرجال بشرط ألا يتعدى اللمس والتقبيل من دون لسان.

für die Nachbarstöchter, die immer irgendwelche Tellerrückgaben als Ausreden für Besuche nahmen. Offen für ein Leben, ohne vorherige Verabredung. Nur: Wer tritt euch ein, ihr europäischen Türen, gegen die niemand klopft und deren Klingelknöpfe keiner drückt?

1. September 2016 um 23:01 Uhr **338 ♥**

Die Krankenversicherung in Europa / deckt weder Zähne ab noch Einsamkeit.

3. September 2016 um 17:58 Uhr **190 ♥**

/// Reise mit der U8 ///

Endlich war die Entscheidung gefallen: Meine Freundin Sancho und ich hatten uns nach langem Hin und Her dazu entschlossen, endlich auch einmal in den KitKatClub zu gehen. Die verlockenden Erzählungen über den bekannten Swinger-Club hatten uns weich werden lassen, die Abenteuerlust unsere Bedenken überwogen. Besonders da sich zwischen uns mittlerweile eine emotionale wie auch sexuelle Kälte eingeschlichen hatte; als seien wir ein deutsches Pärchen, mit zwei Töchtern und einem Fahrrad. Für unseren Besuch im KitKatclub einigten wir uns auf folgende Punkte:

— Mir, als Mann, steht es zu, mit Frauen zu tanzen. Sancho steht es ebenfalls zu, mit Frauen zu tanzen.
— Mir, als Mann, steht es zu, mich Sancho an die Fersen zu heften, sollte es mir misslingen, eine andere Frau herumzukriegen.
— Sancho hat das Recht, sich nackt auszuziehen – nur die

— موعد المغادرة وإطلاق صافرة النهاية أحدّدها أنا حصريًا وتصدر مني شخصيًا ويتوجب على سانشو الانصياع لهذا الأمر مهما كانت حالتها حرجة.

تردّدت سانشو قبل أن توقع على هذه البنود وسألت:

— «مانك شايف انو حقوقنا غير متساوية؟ وين العدالة؟»

— «حبيبتي بعرف، بس أنا لسه جديد على الحرية وبغار عليكي شوي، المرة الجاية نعمل تعديل في البنود.»

— «ماني موافقة، بدي حقوقي!»

— «حبيبتي أنا كاتب! هل انت كاتبة؟»

— «وإذا ماني كاتبة بدي حقوقي! شو يعني كل البنات الي بالكيكت كات كاتبات؟!»

— «طيب حبيبتي رح احكيلك بصراحة! انت تعرفي انو هذا المقال رح ينشر، وانا رح انشرو على صفحتي في الفيسبوك، وأخي ابراهيم الي ساكن بالسعودية ممكن يفكر يقراه، خاصة لأنو هذا الحقير الفيسبوك حاطط خاصية الترجمة الفورية، تخيلي مثلا اخوي ابراهيم يعرف انو حقوقي مثل حقوقك؟!!

خلص حبيبتي نحن نترك البنود مثل ما ماهنن وبالكيت كات ناخد راحتنا ومنك ملزمة بتطبيق هي البنود.»

— «اوكي موافقة، بحبك.»

استحمّينا ولبسنا أجمل ثيابنا، وأخذت سانشو معها قناع الـ cat woman انطلقنا إلى محطة المترو U8، أنا أحمل معي ترددي وسانشو معها القناع الذي لا غنى عنه، خشية أن يكون هنالك لاجئين مثلنا يحاولون أيضًا أن يحلوا هذا اللغز! وهو أن يكون هنالك أطفال ودراجة هوائية وزوجين من الجليد.

في الطريق أنظر إلى عيون سانشو التي تحدّق في كل الركاب وكأنها سارقة،

Maske, die ihr Gesicht verbirgt, muss dranbleiben.
— Ich, als Mann, habe das Recht, mich nackt auszuziehen und es mit Frauen zu treiben, wie es auch Sancho zusteht, es mit Frauen zu treiben.
— Sancho darf mit Männern tanzen, vorausgesetzt, dass es nur bei Berührungen bleibt. Küssen ist ihr ebenfalls gestattet, aber ohne Zunge.
— Den genauen Aufbruchtermin bestimme einzig und allein ich. Der Schlusspfiff wird durch meine Person erfolgen. Sancho ihrerseits verpflichtet sich, diesem Befehl augenblicklich Folge zu leisten, in welcher empfindlichen Lage auch immer sie sich zu diesem Zeitpunkt befinden mag.

Sancho schien nicht gerade begeistert und zögerte, die Paragraphen zu unterschreiben. Sie fragte mich: „Sag mal, fällt dir daran gar nichts auf? Findest du das jetzt allen Ernstes gerecht?“

— „Ich weiß schon, was du meinst, Schatz. Aber für mich ist das mit der Freiheit noch Neuland, und ich bin eben ein bisschen eifersüchtig auf dich. Das nächste Mal schreiben wir die Paragraphen um.“
— „Ich bin aber nicht einverstanden! Ich will auch meine Rechte!“
— „Aber Liebling, ich bin immerhin Schriftsteller! Bist du etwa eine Schriftstellerin?“
— „Nein, so what? Ich bin keine Schriftstellerin, und ich fordere meine Rechte! Überhaupt, was soll der Quatsch? Sind die anderen Mädchen im KitKatClub etwa alle Schriftstellerinnen?“

أحضنها وأقول لها: لا تخافي لا أحد سيرانا هناك، ثم إنه يوم الإثنين وكما تعلمين مستحيل أن نصادف أي أحد من أصدقائنا الألمان في مثل هذا اليوم، أما بالنسبة لأصدقائنا اللاجئين فهم يسلكون سلوك الألمان ولا يسهرون إلا في نهاية الأسبوع حتى لو كانوا عاطلين عن العمل.

نزلنا من المترو وبخطوات قلقة توجهنا إلى الكيت كات وأثناء المشي كنا نتبادل الابتسامات الصفراوية وأطراف الحديث:

— «حبيبتي ماعندك مشكلة أنو أبوس بنت وأنام معها؟

— «لا حبيبي مافي مشكلة، أنا بحبك وبدي تكون مبسوط، وانت كمان مارح تزعل إذا حبيت أرقص مع شي شب؟

— «اي عادي بس مثل ماوصيتك ممنوع اللسان وإزالة القناع

— «ولي ماني مصدقة نوصل ونشوف هالكيت كات!

— «لنشوف شو الله بيّسر ...

وصلنا إلى باب الكلوب الذي يحرسه رجلان ضخمان وهنالك طابور ليس بطويل، وقفنا أنا وسانشو في الطابور حتى وصلنا إلى الرجلين، نظر أحدهما إلينا بعد أن أشهر البيل الكهربائي في وجهينا وسألنا بجدية:

— «هل أنتما مع بعضكما؟»

— «نعم ...»

— «أوكي هل جلبتم ثيابًا مناسبة للحفلة؟»

— «ثياب شو؟ هدول أجدد ثيابنا!»

— «أقصد ثياب fetish»

— «قصدك بوكسر؟ اي لابس بوكسر لونو اخضر، بتحب تشوفو؟ وصديقتي سانشو عندها قناع للكات وومان.»

— «no that is not enough, no normal underwear»

— «شو يعني مارح نفوت؟ فيني أنا بشلح كلشي إذا بدك!»

— «no sorry, have a nice night»

— „Ok, Schatz, ich will ehrlich sein. Du weißt doch, dass dieser Text zur Veröffentlichung bestimmt ist, und ich werde ihn auf meinem Facebookprofil posten. Und mein Bruder Ibrahim, der in Saudi-Arabien lebt, könnte eventuell auf die Idee kommen, ihn zu lesen, besonders, seit dieses dumme Facebook die Übersetzungsfunktion eingeführt hat. Jetzt stell dir bitte mal vor, was los wäre, wenn mein Bruder Ibrahim erfahren würde, dass du und ich rechtlich gleichgestellt sind!
Komm schon, Schatz, lass uns die Paragraphen jetzt so belassen, und im KitKatClub macht dann jeder, worauf er Lust hat. Du bist nicht verpflichtet, dich an irgendwas davon zu halten."

— „Na gut, Schatz, einverstanden. Ich liebe dich."

Wir duschten uns und zogen unsere schicksten Kleider an. Sancho packte ihre Catwoman-Maske ein und dann machten wir uns auf den Weg zur U8. Ich mit meinen Bedenken und Sancho mit ihrer unverzichtbaren Maske. Unverzichtbar, denn Sancho befürchtete, dass wir dort anderen Menschen wie unsereiner, will sagen, Flüchtlingen begegnen könnten, die ihrerseits dem Mysterium des KitKatClubs auf der Spur waren. Oder gar Kindern, einem Fahrrad und einem deutschen Pärchen aus Schnee.

In der U-Bahn beobachtete ich Sanchos Augen, die sich besorgt nach jedem Fahrgast umsahen, als hätte sie etwas gestohlen. Ich legte meinen Arm um sie und versuchte sie zu beruhigen: „Keine Angst, Sancho. Niemand wird uns sehen. Außerdem ist heute Montag. Es ist völlig unwahrscheinlich, dass wir einen unserer deutschen

— «أوكي مثل مابدك، سانشو امشي نرجع عالبيت!»

عدنا إلى البيت فرحين وسعداء وكأن همًّا انزاح عن صدرنا واعتبرنا أنفسنا أحرار وأننا فعلنا ما بوسعنا لممارسة الحرية لكن وحده الرجل الضخم كان لنا بالمرصاد.

Freunde im KitKatClub antreffen werden. Und unsere Flüchtlingsfreunde sind alle megaangepasst und versuchen, alles genau wie die Deutschen zu machen. Die gehen doch auch nur noch am Wochenende aus, selbst wenn sie arbeitslos sind."

Wir stiegen aus der U8. Schweren Schrittes bewegten wir uns Richtung KitKatClub. Währenddessen lächelten wir gestelzt und tauschten jämmerliche Gesprächsfetzen aus:

— „Schatz, bist du dir auch wirklich sicher, dass du kein Problem damit hast, wenn ich ein Mädchen küsse und mit ihr schlafe?"

— „Nein, Schatz, das ist gar kein Problem. Ich liebe dich und will nur, dass du glücklich bist. … Aber du bist mir sicher auch nicht böse, wenn ich mit einem Jungen tanze?"

— „Aber nein, ist doch voll in Ordnung. Nur, wie abgemacht: keine Zungenküsse und die Maske bleibt auf!"

— „Oh Gott, ich kann's gar nicht glauben! Endlich werden wir diesen KitKatClub sehen!"

— „Warten wir mal ab, was uns Gott noch beschert."

Wir erreichten die Eingangstür des Clubs, die von zwei breitschultrigen, riesigen Typen bewacht wurde. Die Schlange hielt sich in Grenzen. Sancho und ich stellten uns an, und als wir bei den beiden Schränken angelangt waren, musterte der eine uns prüfend im Schein einer Taschenlampe, die er uns ins Gesicht hielt. Bierernst fragte er uns:

— „Seid ihr zusammen?"

١١ أكتوبر ٢٠١٦، ١:١١ م **٣٩٦ ♥**

صورنا التي نلتقطها في أوروبا \ في الشوارع والساحات والبارات وعلى المراجيح \ كلها فوتوشوب.

— „Ja."
— „Ok, und habt ihr auch die passende Kleidung für die Party dabei?"
— „Was für Kleidung? Was wir anhaben sind unsere neuesten Sachen!"
— „Ja, aber ich meine Fetisch-Klamotten."
— „Oh, meinst du sowas wie Boxershorts? Hab ich an. Grüne. Willst du sie sehen? Und meine Freundin Sancho hat eine Cat-Woman-Maske dabei."
— „No, that's not enough. No normal underwear."
— „Wie, heißt das jetzt, wir kommen so nicht rein? Ich kann mich auch ganz ausziehen, wenn du willst!"
— „No, sorry. Have a nice night."
— „Ok, wie du willst. Komm Sancho, lass uns nach Hause gehen."

Wir fuhren zurück nach Hause. Unsere Stimmung war gelöst und heiter. Wir fühlten uns erleichtert, wir fühlten, dass eine große Last von uns abgefallen war. Nun konnten wir uns als frei betrachten. Wir hatten alles in unserer Macht stehende getan, um frei zu sein. Nur dieser breitschultrige Typ hatte uns dabei im Wege gestanden.

11. Oktober 2016 um 13:11 Uhr **396 ♥**

Die Selfies, die wir in Europa machen / in Straßen, Bars und auf Schaukeln / sind alle nur Photoshop.

١٣ أكتوبر ٢٠١٦، الساعة ١١:٠٤ ص ❤٣٠٦

حياتنا الافتراضية مليئة بالسعادة \ ابتسامات وضحكات وقلوب حب.

١٤ أكتوبر ٢٠١٦، الساعة ٦:٢٢ م ❤٢٨٥

١٠٠ سبب يجعلني أحب برلين:

— الجوب سنتر

— حديقة Görlitzer Park

— مطعم الدجاج التركي مقابل Görlitzer Park

— الناس التي تبيع الماريغوانا داخل Görlitzer Park

— نادي الجاز في Gölitzer Park

— عازف الساكسافون الامريكي الطويل الأصلع الذي يشبه Morpheus في فيلم Matrix الذي يعزف في نادي الجاز في Gölitzer Park ويظن نفسه Louis Armstrong

— خطوط الباصات بعد منتصف الليل N وخصيصا N١

— بار Paule's Metal Eck

— والنادلة التي تعمل في Paule's Metal Eck صاحبة الشعر الخمري

— شريكي مارتين الذي يلعب معي البلياردو في نفس البار

— شارع Revaler Straße يوم الجمعة والسبت

— زجاجات البيرا والمياه الفارغة الكثيرة الثمينة في Revaler Straße يوم الجمعة والسبت

— محلات الكايزر وال ٢٤ ساعة التي يفتح فيها

— ماكينة ترجيع الزجاجات في محلات الكايزر

— كيت كات كلوب بدون الحارس الذي يقف على بابه

— سائق الباص الذي لا ينتبه على التكت إذا كان صالح للاستخدام ام لا

— المرأة التركية التي تبيع في محلات الكايزر يوم الأربعاء والخميس مساءً

13. Oktober 2016 um 11:04 Uhr **306 ♥**

Unser Onlineleben ist voller Glückseligkeit / überall Lach-Smileys, Lächeln und Herzen.

14. Oktober 2016 um 18:22 Uhr **285 ♥**

100 Dinge, die ich an Berlin liebe:
— Das Jobcenter
— Den Görlitzer Park
— Das türkische Hühnerhaus gegenüber dem Görlitzer Park
— Die Grasverkäufer*innen im Görlitzer Park
— Den Jazzclub im Görlitzer Park
— Den amerikanischen Saxophonspieler im Jazzclub im Görlitzer Park, der wie Morpheus aus *Matrix* aussieht und glaubt, er sei Louis Armstrong.
— Die Nachtbusse, besonders den N1
— Paule's Metal Eck
— Die Barfrau in Paule's Metal Eck mit den weinroten Haaren
— Meinen Kumpel Martin, der mit mir dort Billard spielt
— Die Revaler Straße an Frei- und Samstagen
— Die kostbaren Bier- und Wasserflaschen, die an Frei- und Samstagen auf der Revaler Straße herumliegen
— Sämtliche Kaiser's-Filialen inklusive der 24 Stunden, die sie geöffnet haben
— Die Pfandflaschenautomaten im Kaiser's
— Den KitKatClub, aber ohne den Türsteher
— Den Busfahrer, der nicht darauf achtet, ob das Ticket noch gültig ist oder nicht
— Die türkische Frau, die mittwochs und donnerstags

– البرج العالي في ساحة Alexander Platz الذي يدلّني على الطريق حين أضيع
– الابتسامات التي تُوزع في المترو من دون سبب
– البارات التي يسمح التدخين فيها ليلاً نهاراً
– شارع Weser Straße مع فتاة يتطاير شعرها على البسكليت
– مطار Schönefeld ولا وألف لا لمطار Tegel الذي لا يوجد فيه لا خط لليو ولا خط للأس
– سندويشة الشاورما التي اشتريها ب ١,٥ يورو
– الجندي الذي يظل واقفا عند CheckPointCharlie وأحلم بموبايل ذكي لألتقط معه سيلفي والشعب الألماني من خلفي
– شركة Audi التي دعتني الى Event من أجل أن تروج لنفسها والبنات الأنيقات هناك والمشروب المجاني الذي يوزّعونه والكراسي الفخمة والناس الاثرياء المحترمين المدعوين
– كلوب Berghain وأحلم أن أقف مع الحاراسان وأقول للناس أنت تدخل وأنت لا تدخل
– الأجانب المسنّين الذين ألوّح لهم بيدي وأقول لهم «هالو» عندما أكون على جسر Oberbaumbrücke وهم يأكلون على ظهر السفينة المارة في النهر
– كل الشبابيك التي أراها من بيتي، المطفأة مصابيحها من الساعة االتاسعة
– جاري ديفيد وتاريخ المانيا الشرقية والغربية الذي يظل يكرّره لي كلما رآني
– رسومات الغرافيتي على جدار برلين التي لا أفهمها وأحلم بموبايل ذكي فيه كاميرا لألتقط سيلفي وغرافيتي الشعب الالماني والفتاة التي تلتقط سيلفي خلفي

im Kaiser's an der Kasse arbeitet
— Den hohen Turm am Alexanderplatz, der mir jedes Mal den Weg weist, wenn ich mich verlaufe
— All das Lächeln, das in der U-Bahn ohne jeglichen Anlass verteilt wird
— Die Bars, in denen man Tag und Nacht rauchen darf
— Die Weserstraße mitsamt des Mädchens, das darauf Rad fährt, dass ihm die Haare fliegen
— Den Flughafen Schönefeld. Und nein, und nein, und nochmal nein zum Flughafen Tegel, zu dem weder S- noch U-Bahnen fahren!
— Die Schawarma-Sandwiches für 1,50 Euro
— Der Soldat, der die ganze Zeit am Checkpoint Charlie steht (und ich träume von einem Selfie mit ihm und dem ganzen deutschen Volk im Hintergrund)
— Die Firma Audi, die mich zu einem Event eingeladen hat, um sich mit mir zu profilieren, und die schicken Mädchen, der kostenlose Alkohol, der dort verteilt wird, die edlen Sessel und die respektablen steinreichen Gäste
— Das Berghain. Ich träume davon, einmal bei den Türstehern zu stehen und den Leuten auch sagen zu dürfen: Du darfst rein, nein, du nicht.
— Die älteren Touristen, denen ich winke und „Hallo!" zurufe, während ich auf der Oberbaumbrücke stehe und sie auf einem Schiffsdeck, das gerade unter mir durchährt, zu Mittag essen
— All die Fenster, auf die ich von meiner Wohnung aus blicke, wo die Lichter immer schon ab einundzwanzig Uhr aus sind

— الذين يرتدون القبعات الحمراء في محطات القطارات ويعرفون كل الرحلات ومواعيدها

— فصل الشتاء، الجو والظلام والوجوه الشقراء المشعة

— سلسلة محلات McDonalds والعدالة التي أشعر بها داخله

— مجلة Vice ورئيسة التحرير، التي لا أعرف اسمها، المسؤولة عني وعن أخطائي

يتبع ...

٢٠ أكتوبر ٢٠١٦، الساعة ٥:٠٦ م **٣٩١ ♥**

قلت لصديقتي سانشو: أنا أحبك بقدر ما أحب شوربة العدس
مع أنها تذمّرت في البداية
إلا أنني أقنعتها بهذه المكانة الخاصة \ حين أخبرتها أنه لا يبدد ضجر شاب مثلي في الغربة والشتاء والبرد والوحدة إلا شوربة العدس.

— Meinen Nachbar David und die Geschichte der BRD und der DDR, die er mir, jedes Mal wenn ich ihn treffe, von Neuem erzählt
— Die Graffitis auf der Berliner Mauer, die ich nicht kapiere (und ich wünschte, ich hätte ein Smartphone mit Kamera, und dann mach ich ein Selfie, mit den Graffitis des deutschen Volkes im Hintergrund, und ganz vorne ich und das Mädchen, das den Auslöser drückt.)
— Die Menschen mit den roten Mützen, die an allen Bahnhöfen stehen und alle Abfahrtszeiten kennen
— Den Winter, mit seinem Wetter, seiner Dunkelheit und den leuchtend weißen Gesichtern
— Die Fastfoodkette McDonald's, und das Gefühl von Gerechtigkeit, das ich im Inneren ihrer Filialen verspüre
— Das VICE Magazine und die Chefredakteurin, deren Namen ich zwar nicht kenne, die aber für mich und all meine Fehler die Verantwortung trägt.
... es folgen weitere.

20. Oktober 2016 um 17:06 Uhr **391 ♥**

Ich sagte meiner Freundin Sancho:
„Ich liebe dich wie Linsensuppe."
Nach anfänglichem Protest
gelang es mir doch, sie von ihrer Sonderposition zu überzeugen / indem ich ihr sagte, nichts habe die Macht, die triste Lage eines jungen Mannes wie mir in der Fremde, in Winterskälte und Einsamkeit aufzuheitern, wie eine Linsensuppe.

٢١ أكتوبر ٢٠١٦، الساعة ٥:٣٩ م **٣٥٩♥**

كلما تذكّرت أنني مهزوم \ أذهب إلى اليوتيوب \ أختار أبطل الأبطال مثل أرنولد شوارزنيجر وأقعد أحضر الفيلم \ حضرت كل أفلام ميل غيبسون ولطالما صرخت معه «فرييدوم!»

وحين تحدث مجزرة \ أشاهد مسلسل الزير سالم \ وفي لحظات قاسية جدًا ألجأ إلى فيلم الرسالة \ وكلما سمعت خبرًا من أهلي \ أشاهد سوبر مان \ ومن كثرة أخبارهم

شاهدت سبايدر مان وباتمان وآيرون مان ...

وكلما عيّرني أحدهم بالإرهاب \ أشاهد بروسلي وجاكي شان \ صرت خبير بكل فنون القتال السلمي الذي يحبونه أصدقائي \ أعرف الكونغ فو والجودو وأتقن حركة الأفعى والتنين والقط

ومرات أقف على المرآة: أقلّد صوت جاكي شان عندما يحرك يديه مثل مخالب القط

أنا بطل سلمي أمشي في شوارع برلين \ لا أحد يزورني ولا أحد يتحرش بي

أنا بطل مهزوم يلتهم اليوتيوب.

٢١ أكتوبر ٢٠١٦، الساعة ٧:٥٦ م **٢٦٢♥**

نمضي بدافع الخوف \ نلعب ونحب ونأكل ونشبع ونضحك على الآخرين \ ونحن نمضي بدافع الخوف.

21. Oktober 2016 um 17:39 Uhr **359 ♥**

Jedes Mal, wenn mir wieder einfällt, wie machtlos ich bin / gehe ich auf Youtube / suche mir den heldenhaftesten aller Helden aus, Arnold Schwarzenegger oder so, und dann setze mich hin und sehe mir einen Film an / Ich habe bereits jeden Film von Mel Gibson gesehen und habe jedes Mal in sein „Freeeeeedom!" eingestimmt. Und wenn ein Massaker geschieht / ziehe ich mir die Historienserie *Al-Zier Salem* rein / in besonders schweren Momenten versuche ich es mit dem Film *Mohammed – Der Gesandte Gottes* / und immer, wenn ich etwas Neues von meiner Familie höre / sehe ich mir *Superman* an / und weil bei ihnen ständig etwas Neues geschieht, habe ich auch *Spiderman*, *Batman* und andere Mans gesehen. Und immer, wenn mir einer Terrorismus vorwirft / gucke ich Bruce Lee und Jackie Chan / Mittlerweile bin ich Experte in allen friedlichen Kampfkünsten, wie sie meine Freunde lieben / Ich kann Kung Fu und Judo, kann die Schlangentechnik, den Drachen und die Katze. Manchmal stehe ich vor dem Spiegel: Dann ahme ich Jackie Chans Stimme nach, die er immer dann bekommt, wenn er seine Hände zu Katzenklauen formt. Ich bin ein friedlicher Held, ich laufe durch die Straßen Berlins / keiner schaut mich böse an, keiner macht mich an. Ich bin ein machtloser Held, der Youtube verschlingt.

21. Oktober 2016 um 19:56 Uhr **262 ♥**

Wir gehen durchs Leben, von Angst getrieben / Wir spielen, wir lieben, wir essen uns satt, wir lügen / und gehen dabei durchs Leben, von Angst getrieben.

٢١ أكتوبر ٢٠١٦، الساعة ٩:١٦ م **٥٤٢♥**

قلت لأمي على السكايب: يمّه ما ضل قصف على منبج \ ويمكن صار عليها حظر جوي \ شو رأيك ترجعين على بيتك وعلى جيرانك وآني ارجع أشتغل بالورشة ... قاطعتني وقالت: نحنا نرجع معليش! بس انت تضل بألمانيا تكتب وتدربلنا مصاري.

٢٥ أكتوبر ٢٠١٦، الساعة ٩:١٦ م **٥٥٠♥**

Me and Sancho … we still can dream

٢٦ أكتوبر ٢٠١٦، الساعة ١١:٥٦ص **١٧٠٠♥**

محاولة مني للاندماج \ خرجت مع «صديقي» الألماني وزوجته الشقراء إلى البار

شربنا البيرة \ دفعت عنهم الحساب مثل الأبله \ تبادلنا أطراف الحديث وقلت للسيدة: «شعرك جميل!». قالت لي: «أريد أن أقصّه لأنني مصابة بالقمل!». فجّرتُ عيوني وأنا أضحك ضحكة اندماج مبالغ بها. كان زوجها يشرح لي بالإنكليزية عن القمل والدواء الذي يستخدمونه! فلقد أخبرني

21. Oktober 2016 um 21:16 Uhr **542 ♥**

Ich sagte meiner Mutter auf Skype:

— „Manbidsch wird jetzt nicht mehr bombardiert, Mama / Wahrscheinlich gibt es jetzt sogar eine Flugverbotszone. Was hältst du davon: Du gehst zurück in dein Haus und zu deinen Nachbarn, und ich komm zurück in die Werkstatt und arbeite."

Sie unterbricht mich und sagt:

— „Wir gehen zurück, kein Problem. Aber du, du bleibst schön in Deutschland und schreibst und verdienst weiter Geld für uns."

25. Oktober 2016 um 21:16 Uhr **550 ♥**

Me and Sancho … we still can dream.

26. Oktober 2016 um 11:56 Uhr **1700 ♥**

Im Versuch, mich zu integrieren / war ich mit meinem „Freund" und seiner blonden Frau in einer Bar.
Wir tranken Bier / und ich Depp übernahm die Rechnung / Wir sprachen über dies und das.
Ich sagte zu der Frau: „Schöne Haare!"
Darauf sie: „Hmm, muss ich mir aber leider abschneiden. Ich habe Läuse."
Mir fielen fast die Augen heraus, während ich ein schrilles Integrationslachen erklingen ließ.
Unterdessen erklärte mir ihr Mann auf Englisch, wie das mit den Läusen sei, welches Läusemittel sie verwendeten, um dann noch ganz nebenbei zu erwähnen, dass auch er Läuse habe! / Den ganzen Abend redeten wir über nichts als

أن هو أيضًا مصاب بالقمل \ بقينا نتكلم عن القمل والشعر ونشرب البيرة وهما يضحكان وكأن شيئًا لم يكن! أذكر مرة لما صابني القمل \ كل منبج بطلت تحكي معاي \ لا معاي ولا مع أهلي.

٢٧ أكتوبر ٢٠١٦، الساعة ١٢:٠٥ م **٢١٨ ♥**

أشرب البيرة فتحمرُّ عيوني \ وسماري يزداد اسمرارًا
وهكذا تنتهي سهراتنا بأنني شرير \ والأصدقاء يفرّون.

٢٦ ديسمبر ٢٠١٦، الساعة ١:٤٠ م **٥٦٨ ♥**

في ألمانيا \ كل يوم \ أبتسم مليون ابتسامة ...
أحاديث لطالما أكلت الزورات عليها من إخوتي \ أسمعها هنا بإصغاء وأبتسم
أبتسم للمارة الذين أعرفهم والذين لا أعرفهم \ وما أكثر الذين لا أعرفهم!
أبتسم إذا أخبرني أحدهم بحرارة الطقس
في البار \ عندما يجلس كلب بقربي أخاف وأبتسم \ أبتسم له ولصاحبه
أبتسم للنظرات التي طالما حسبتها لي \وأصحابها شاردون
وشو ما يقولون الأجانب أبتسم
ماتفوتني فايتة بدون ما أفجر بوجهي ابتسامة
أبتسم لأي موسيقا \ أبتسم للأكل الطيب واللي مو طيب \
أبتسم للي يسوى واللي مايسوى
...
ابتسم فأنت غريب ووحيد
ابتسم فأنت مهزوم وضعيف
استسلم وابتسم.

Läuse und Haare, tranken Bier und die beiden lachten, als sei das die normalste Sache der Welt!
Ich weiß noch genau, wie es war, als ich einmal Läuse hatte / Ganz Manbidsch redete nicht mehr mit mir / Weder mit mir noch mit meiner Familie.

27. Oktober 2016 um 12:05 Uhr **218 ♥**
Immer, wenn ich Bier trinke, kriege ich rote Augen / und das Braun meiner Haut färbt sich dunkler.
Deshalb enden unsere Abende immer so, dass ich der Böse bin / und meine Freunde vor mir davonlaufen.

26. Dezember 2016 um 13:40 Uhr **568 ♥**
In Deutschland / lächele ich / eine Million mal am Tag.
Bei Unterhaltungen, bei denen ich grimmige Blicke von meinen Brüdern kassiere / höre ich aufmerksam zu und lächle.
Den Passanten, die ich kenne, lächle ich zu und denen, die ich nicht kenne, auch / und das sind nun wirklich viele!
Ich lächle, wenn jemand mir sagt, wie warm es doch ist.
In der Bar / wenn sich ein Hund neben mich setzt, bekomme ich Angst und lächle / lächle Hund und Besitzer an.
Ich lächle all die Blicke an, die ich jedes Mal wieder auf mich beziehe / und ihre geistesabwesenden Besitzer.
Ganz egal, was die Ausländer sagen: Ich lächle.
Mir kommt nichts unter, ohne dass es mir nicht ein Lächeln im Gesicht explodieren lassen würde.
Ich lächle zu jeder Musik / Und zu jedem Essen – das

٢٨ ديسمبر ٢٠١٦، الساعة ٨:٥٥ م ١٣٠٠♥

اتصلت بي أمي عبر السكايب \ فأغلقتُ الخط في وجهها وكتبتُ لها: أحكي معاكي بعدين يمّه! طالع مع رفقاتي على سهرة تكنو، بكرا نحكي ...
انزعجت أمي وأرسلت لي هذه الصورة للتذكير!

٣٠ ديسمبر ٢٠١٦، الساعة ١٢:٢٩ م ٨٠٧♥

البارحة في البار جلست معي فتاة ألمانية وهذا حدث جلل! لا يحدث كل يوم.
وطبعًا كالعادة وكالأبله دفعت ثمن البيرة \ حاولتُ أن أكون مقدامًا ومبادرًا \ بحثت عن حديث أفتحه وسألتها:
ماذا تتمنّين في بداية العام الجديد؟
قالت: بتمنى صير ما أتأخر عن شغلي ومواعيدي! ماني دقيقة! بتأخر

Leckere und das gar nicht Leckere / Ich lächle über Gewichtiges, ich lächle über Nichtiges …
Ich lächle, also bist du komisch und einsam.
Ich lächle, also bist du machtlos und schwach.
Ich gebe auf und lächle.

28. Dezember 2016 um 20:55 Uhr **1300 ♥**

🖼 Meine Mutter rief mich über Skype an / Ich drückte den Anruf weg und schrieb ihr: „Mama, ich rufe dich später zurück. Ich geh' jetzt mit meinen Kumpels auf eine Techno-Party. Wir reden morgen, ok?"
Das ärgerte meine Mutter und zur Ermahnung schickte sie mir dieses Foto.

30. Dezember 2016 um 12:29 Uhr **807 ♥**

Gestern in der Bar setzte sich ein deutsches Mädchen neben mich, was an sich ein großes Ereignis ist. Das geschieht nicht alle Tage!
Und natürlich habe ich Depp ihr wie immer das Bier bezahlt / Habe versucht, zuvorkommend und gesellig zu sein / Habe ein Gesprächsthema gesucht, und schließlich fragte ich sie:
„Was wünscht du dir für das neue Jahr?"
Sie sagte: „Ich wünsche mir, dass ich nicht mehr zu spät in die Arbeit und zu meinen Terminen komme. Ich bin so furchtbar unpünktlich! Manchmal komme ich sogar ganze fünf Minuten zu spät!"
Und während ich noch vor Staunen über ihre Blondheit und ihre Wünsche in meine Zigarette biss, fragte sie mich:

مرات ٥ دقائق عن الموعد!

وبينما كنت أعضّ على السيجارة مندهشاً من شقارها وأمانيها، سألتني:

وأنت ماذا تتمنّى؟

جلّستُ قعدتي \ طلبت بيرة جديدة وصرت أتمنى:

بدأتُ من الكوارث الكبرى، بشار الأسد وأمثاله

وصرت أتمنى وأقول:

أريد وطن وأريد أهلي وأريد أضل بألمانيا

أريد آكل كباب

وأريد أحب كل بنات الدنيا في العام الجديد.

وأتعلم اللغة ألماني

و ...

بقيتُ أتمنى إلى أن جاء الرجل وقال لي: نحنا بدنا نسكّر ...

وجدت نفسي وحيداً والبنت كانت قد غادرت من أول أمنية.

٣١ ديسمبر ٢٠١٦، الساعة ١٢:٥٣ م ♥ ٨٣٨

اتصلتْ بي أمي وذكرتني بنهاية الشهر وإرسال الحوالة الشهرية المعتادة، وطلبتْ زيادة ٢٠٠ يورو كعيديّة بمناسبة رأس السنة وعيد الميلاد ...
قالت: ابعثلنا زيادة ٢٠٠ يورو ما دامك عايش بألمانيا ومسوي حالك منفتح وعلماني وتحتفل بكل المناسبات.

١٤ مارس ٢٠١٧، الساعة ١٢:١٣م ♥ ٥٧٤

لطالما حاولت البحث عن أناس يفهمونني وأفهمهم، أشاركهم أفكاري،

„Und du? Was wünschst du dir?"
Ich rückte mich auf dem Stuhl zurecht / bestellte mir ein neues Bier und wünschte drauflos:
Ich fing bei den größeren Katastrophen an, Bashar al-Assad und Konsorten.
Dann wünschte ich weiter:
Ich will eine Heimat, ich will meine Familie und ich will in Deutschland bleiben
Ich will Kebab essen
Ich will im neuen Jahr alle Mädchen der Welt lieben
und Deutsch lernen
und …
Ich wünschte weiter und weiter, als schließlich der Barmann kam und sagte: „Wir würden dann mal langsam zumachen" und ich feststellte, dass ich allein war.
Das Mädchen hatte bereits nach dem ersten Wunsch das Weite gesucht.

31. Dezember 2016 um 12:53 Uhr **838 ♥**

Meine Mutter rief mich an, um mich zum Monatsende daran zu erinnern, ihr meine gewohnte Überweisung zu machen, und sie verlangte 200 Euro zusätzlich, als Weihnachts- und Neujahrsgeschenk in einem.
Sie sagte: „Wenn du schon in Deutschland lebst, dort einen auf offen und säkular machst und alle Feste mitfeierst, dann kannst du uns ruhig auch 200 Euro extra schicken."

14. März 2017 um 12:13 Uhr **574 ♥**

Seit ich denken kann, bin ich auf der Suche nach Menschen,

أتناغم معهم ويتناغمون معي

في أول طلعتي على الدنيا، أعجبتني صورة غيفارا واليسار وشرب البيرا، أخذت فرصتي الكاملة معهم، أقصد مع اليسار، ولم أشعر أنهم الذين كنت أبحث عنهم، وكما يقول العشاق «لا يوجد كيميا بيننا»

ذهبت إلى الجامع، حضرت خطبة الجمعة، صلّيت وتركت الصلاة وصار عندي أصدقاء متديّنون، ملّوا مني ومللت منهم، وذهب كلّ منّا في حال سبيله

ثم أصبحت كاتباً وصار عندي أصدقاء مثقفون من مختلف الموديلات، لكنني مرفوض تماماً، لا كيميا ولا فيزيا ولاحتى رياضيات بيننا

كثرت التجارب وتعدّد الأصدقاء والأفكار أشكال ألوان، أجلس مع صديق مؤمن بالروحانيات، يقول لي أن الشمس روح عظيمة وكلّنا سنصبح شمساً يوماً ما!

وصديق تركي يعيش هنا في برلين، يحب أردوغان ويشجع فريق فنربخشه، يطعمني البيتزا ويقول لي نحنا المسلمين والسنة مظلومين وفي مؤامرة علينا من كل الدنيا!

وصديق آخر علماني يجرجرني معه على أفكاره الحرة في العدالة والمساواة وحرية التعبير والإنسانية وأننا أخوة وإلى ما هنالك من هذا الكلام!

ثم أصبحت من محبّي كرة القدم وصرت أشجع فريق برشلونة، وقلت لنفسي «أكيد جماهير برشلونة يفهمون عليّ وأفهم عليهم» لكن عبثاً، صديقي الذي يشجع معي برشلونة نصب عليّ بـ ١٠٠يورو ولم أعد أؤمن بكل الرياضة

كل تلك الأفكار لم تغريني ولم أجد من أتناغم معه ويتناغم معي، ولم أشعر بالجاذبية إلا لهؤلاء القلة القليلة الذين مازالوا يحملون موبايلات غبية، تلك الموبايلات التي تستخدم للاتصال والرسائل، فقط لا غير، وبعض هذه الموبايلات لازال بالأبيض والأسود مثل موبايلي

mit denen ich mich verstehe. Menschen, mit denen ich mich austauschen kann, mit denen ich etwas gemeinsam habe.
Als ich zur Welt kam, mochte ich Che Guevaras Konterfei, die Linke und das Biertrinken. Ich habe es lange mit ihnen versucht. Zu lang. Ich meine mit der Linken. Das Gefühl, dort das zu finden, was ich suchte, stellte sich nie wirklich ein. Oder, um es romantisch zu auszudrücken: Es gab keine Chemie zwischen uns.
Dann ging ich in die Moschee. Hörte mir Freitagspredigten an, betete und ließ es wieder bleiben. Hatte aber mittlerweile religiöse Freunde, die irgendwann genervt von mir waren und ich von ihnen, worauf wieder jeder seinen Weg ging.
Dann wurde ich Schriftsteller und bekam intellektuelle Freunde, in allen Schattierungen. Das klappte allerdings gar nicht. Da stimmte weder die Chemie noch die Physik, ja, nicht mal mit der Mathematik haute es einigermaßen hin.
Der Erfahrungsschatz wuchs und gedeihte, die Freunde und Ideen wurden immer vielfältiger.
Mal sitze ich mit einem Freund zusammen, der Esoteriker ist und mir erzählt, die Sonne sei ein mächtiger Geist. „ … Und eines Tages werden wir alle Sonnen sein!"
Ein andermal ist es ein türkischer Freund, der hier in Berlin lebt, Erdogan liebt, Fenerbahçe-Fan ist und mich mit Pizza füttert. Er erzählt mir irgendwas von wegen: „Wir Muslime, wir Sunniten, wir werden unterdrückt. Es gibt eine globale Verschwörung gegen uns."
Oder dieser andere Freund von mir, ein Säkularist, der mich mit seinen liberalen Vorstellungen von Gerechtigkeit,

صرت عندما أرى شخصاً يحمل موبايلاً غبياً، ينفتح قلبي له وأشعر بالانتماء، فالمسألة ليست مسألة موبايل، أسرق عيني لبنطاله فأجده مثل بنطالي، فمن غير المعقول واللائق والمنطقي أن يرتدي شخص بنطالاً بـ٢٠٠ يورو وموبايله غبي، طالما موبايله غبي فبالضرورة بنطاله غبي وجاكيته غبي وكنزته غبية وحذائه غبي، هذا هو صديقي الغبي الذي أبحث عنه

فنحن أصحاب الموبايلات الغبية لدينا أفكار مشتركة، أفكار عميقة وكبيرة تتجاوز الأذواق والاختلاف واحترام الرأي الآخر، نحن مثلاً لا نبالغ بتلك اللحظات السعيدة والمناظر الخلابة التي نصادفها في يومياتنا، بدليل أنه ليس لدينا أجهزة ذكية تلتقط الصور والفيديوهات لتوثق تلك اللحظات، نحن نلتقط المناظر الجميلة بعيوننا وليس بعدسات هواتفنا لأنها غبية كما تعلمون

لا يوجد لدينا لا انستغرام ولا واتس أب ولا فايبر ولا ألعاب ولا تسالي نتسلى بها في قطارات المسافات الطويلة. لذلك لدينا الوقت الكافي لنتبادل النظرات مع الآخرين ونقع في قصص الحب، نجلس قرب الأصدقاء والأحباء بكل احترام واهتمام كبير ولا نضع رؤوسنا في شاشات موبايلاتنا لأنها موبايلات غبية كما تعلمون

يوم عن يوم يزداد انتمائي إلى أصحاب الموبايلات الغبية، صرت أبحث عنهم في المحطات والبارات، حتى في دروس اللغة، نادرون نحن ويجب أن يكون لنا صوت في هذه الحياة، أنا أدعو إلى تأسيس جمعية عالمية اسمها «أصحاب الموبايلات الغبية»، نحن دعاة سلام، وليست لدينا مشاكل مع أصحاب الموبايلات الذكية، ولسنا ضد التكنولوجيا، على العكس نحن نستفاد من أخوتنا أصحاب الموبايلات الذكية، في جلب المعلومات وإرشادنا حين نضل الطريق، نحترم الرأي الآخر ونحترم العلم والتكنولوجيا والتطور، ونحترم أهل الموبايلات الذكية ونحترم خياراتهم

Gleichberechtigung, Meinungsfreiheit und Menschlichkeit einlullt. Wir alle seien Brüder und so weiter.
Irgendwann bin ich auch noch Fußballfan geworden, genauer gesagt für den FC Barcelona. Ich sagte mir: „Bestimmt werde ich mich mit den Barcelona-Fans gut verstehen!“ Denkste! Der Kumpel, mit dem ich zusammen Barcelona anfeuerte, hat mich um hundert Euro betrogen. Weswegen ich dem Sport an sich abgeschworen habe. Keine dieser Sachen hat es geschafft, mich zu überzeugen. Zu niemandem scheine ich zu passen, und niemand zu mir. Es zieht mich nirgendwo mehr hin – außer zu einer klitzekleinen Minderheit: Es ist die Minderheit derer, die noch immer Telefone mit sich herumtragen, die nicht smart sind. Dumme Handys. Dumbphones. Telefone, mit denen man nur telefonieren und SMS schreiben kann. Manche davon sind sogar noch in Schwarz-Weiß, so wie meines!
Das geht so weit, dass mir immer, wenn ich jemanden mit einem Dumbphone sehe, das Herz aufgeht und ich eine Seelenverwandtschaft zu fühlen meine.
Es ist bei weitem nicht einfach eine Sache von Handys.
Ich werfe einen verstohlenen Blick auf die Hose – und siehe da: Auch die ist wie meine! Wäre ja auch völlig unwahrscheinlich, inkonsequent und unpassend, in einer Zweihundert-Euro-Hose rumzulaufen und ein Dumbphone zu haben. Wenn das Handy schon dumm ist, muss auch die Hose dumm sein. Genau wie Jacke, Pulli und Schuhe. Da ist er, der dumme Freund, den ich immer haben wollte.
Wir Dumbphone-Besitzer denken ähnlich. Wir denken groß und tief. Unser Denken geht über bloße

ويتزوجون منّا ونتزوّج منهم.

مرة رأيت فتاة جميلة في المترو موبايلها غبي، تمنيت لو أستطيع أن أعانقها وأهمس في أذنها «أنتِ أختي بالرضاعة»

أحبكِ أيتها الغبية، أنتِ فتاة أحلامي.

فتاة أحلامي امرأة بموبايل غبي، لا تعرف السيلفي ولا مهووسة بالأنا، ترى وجهها كل يوم مرة واحدة في المرآة، تنشغل بي وليس بالشاشة

Geschmacksfragen, Differenzen und Respekt vor der Meinung des anderen hinaus. Beispielsweise halten wir uns bedeckt im Umgang mit glücklichen Momenten und schönen Anblicken. Dafür zeugt, dass wir über keinerlei smarte Geräte verfügen, um solche Momente mit Fotos und Videos festzuhalten. Doch fangen auch wir sie ein, aber mit bloßem Auge statt mit den Fotolinsen unserer Telefone. Denn die sind ja, wie ihr wisst, dumm.

Wir haben weder Instagram noch WhatsApp noch Viber noch irgendwelche Spiele oder sonstigen Hobbys, mit denen wir uns auf langen Zugfahrten die Zeit vertreiben könnten. Dafür haben wir Zeit. Genug, um mit anderen Blicke auszutauschen und Liebesgeschichten zu spinnen. Neben unseren Freunden oder Liebsten sitzen wir voller Respekt und Aufmerksamkeit und versenken unsere Köpfe nicht in die Displays unserer Handys – denn diese sind, wie ihr ja wisst, dumm.

Tag für Tag wächst mein Verbundenheitsgefühl zur Gruppe der Dumbphone-Besitzer. Gierig suchen meine Augen sie in Bahnhöfen und Bars, ja, sogar im Sprachkurs.

Wir sind selten. Wir brauchen eine Stimme auf dieser Welt. Hiermit rufe ich auf zur Gründung einer weltweiten Vereinigung der Dumbphone-Besitzer. Wir sind für den Weltfrieden. Wir haben kein Problem mit Smartphone-Besitzern. Wir haben nichts gegen Technologie.

Im Gegenteil, wir profitieren von unseren Smartphone-bestückten Brüdern, wenn wir einmal eine Information brauchen oder uns verirrt haben. Wir respektieren die Ansichten anderer. Wir respektieren Wissenschaft,

٢٠ مارس ٢٠١٧، ٣:٤٤ م ♥٦٤١

تركت سوريا وألف سمّان يطالبني بثمن الدخان الذي دخنتهُ بالدين ... ومنذ أربع سنوات في ألمانيا وأنا أشتري الدخان نقداً \ نفس السمّان الألماني \ كل يوم أشتري منه باكيت مالبورو وأدفع له اليوروهات كاش ...

اليوم قلت له: ديّنا باكيت لآخر الشهر!

قال لي: ناين، امبوسيبل!

يا حيف عالعشرة بس!

١٣ أبريل ٢٠١٧، الساعة ٥:٠١ م ♥٣٨٥

أريد أن أنام وأغرق في النوم!

Technik und Fortschritt. Wir respektieren Smartphone-Besitzer und ihre Entscheidungen. Manchmal heiraten wir sogar jemanden aus ihren Reihen und sie aus unseren. Einmal sah ich ein schönes Mädchen in der U-Bahn und sie hatte ein Dumbphone. Ich hätte sie am liebsten umarmt und ihr ins Ohr geflüstert: „Du bist meine Ziehschwester!" Ich liebe dich, du Dumme. Oh, du. Mädchen meiner Träume.
Das Mädchen meiner Träume hat ein Dumbphone. Sie kennt weder Selfies, noch ist sie self-vernarrt. Sie sieht ihr Gesicht jeden Tag ein einziges Mal im Spiegel, und ansonsten interessiert sie sich für mich – und nicht für ihr Display.

20. März 2017 um 15:44 Uhr **641 ♥**

Ich habe Syrien hinter mir gelassen und mit ihm an die tausend Kioskbesitzer, die noch immer Geld von mir wollen, für all die Zigaretten, die ich auf Pump geraucht habe.
Seit vier Jahren lebe ich nun schon in Deutschland und kaufe meine Zigaretten ordnungsgemäß / immer beim selben deutschen Kioskbetreiber / Jeden Tag kaufe ich ihm eine Packung Marlboro ab und zahle mit Euro in Cash.
Heute sagte ich zu ihm: „Kannst du mir vielleicht eine Schachtel bis zum Monatsende auslegen?"
Und er: „Nein, impossible!"
… zu schade aber auch um diese langjährige Freundschaft!

13. April 2017 um 17:01 Uhr **385 ♥**

Ich will einschlafen und im Tiefschlaf versinken!

جرّبت كل الطرق التي تساعد على النوم \ أطفئ الضوء \ أغمض عيوني \ أتقلّب يمينًا شمالاً
لكن عبثًا!
نصحتني صديقتي أن أشغّل موسيقى كلاسيكية عند النوم \ موزارت يهدّئ الأعصاب.
أشغّل موزارت وأضع رأسي على الوسادة \ سمعت كل مقطوعات موزارت وقفز اليوتيوب إلى بتهوفن وسمعت كل مقطوعات بتهوفن \ وظل اليوتيوب يقفز من واحد لواحد حتى وصل إلى مادونا وما قدرت أنام!
صديقي من منبج شكيت له حالي فقال لي: «يا أخي نحنا ما يمشي معانا الكلاسيك، لا يضحكون عليك ويقولولك بتهوفن وما بتهوفن، نحنا مخنا ما يرتاح إلا يسمع أخبار الموت والقصف وداعش وبشار الأسد واللجوء والإقامات والفيز ... شغّل أخبار وخلّي الصوت هادي وحط راسك ونام!
أفتح على قناة الجزيرة وأطفئ الضوء وأخفض الصوت وأندسّ في الفراش.»
بقيت أستمع إلى الأخبار طوال الليل، إلى أن حفظت الموجز والنشرة وصرت أدندن الخبر مع المذيعة وأنا في فراشي، حفظت أخبار اليمن وأخبار ليبيا والعراق وقصف ترامب المطار وما قدرت أنام!
لجأت إلى صديقي راجي الخبير في التأمل واليوغا والاسترخاء \ طلب منّي أن أجرّب العدّ من الواحد إلى الخمسين ببطئ وتركيز حين أنام، قال لي: تفضّي مخك وما تفكر بشي إلا بالرقم اللي عم تعدّو، جرّب هالطريقة ورح تدعيلي.
أطفئ الضوء وأغمض عيوني وأبدأ بالعدّ: واحد، اثنان، ثلاثة ... ما أن أصل إلى الرقم عشرة حتى أتذكر أمي والمصاري وراس الشهر وثمن البرادي المطلوب ... فأفزّ من الفراش ويطير النوم من عيوني!
رفاق السوء قالوا لي: دواك عنّا، ثقّل السيجارة واشربلك بيرايتين، تنام وتنطرح طرح.

Ich habe schon alles ausprobiert, was beim Einschlafen helfen soll / Licht ausschalten / Augen schließen / mich hin- und herwälzen
– vergebens!
Meine Freundin riet mir, es mit klassischer Musik vor dem Einschlafen zu versuchen / Mozart soll angeblich die Nerven beruhigen.
Ich machte also Mozart an und legte mich ins Bett / hörte die komplette Playlist durch, dann sprang Youtube zu Beethoven über und ich hörte auch seine Playlist bis zum Ende / Youtube sprang immer weiter von einem Komponisten zum nächsten, bis es irgendwann bei Madonna angelangt war – und ich war immer noch nicht eingeschlafen!
Ich klagte einem Freund aus Manbidsch mein Leid. Der sagte zu mir: „Das mit der Klassik funktioniert bei uns nicht, Bruder. Lass dir nichts einreden. Von wegen Beethoven! Unsere Gehirne entspannen nur bei Nachrichten über Tod, Bombardement, IS, Bashar al-Assad, Fluchtbewegung, Aufenthaltsgenehmigungen und Visa. Schalte die Nachrichten ein, dreh den Sound runter, und dann leg dich schlafen."
Ich schaltete also Al Jazeera ein, löschte das Licht, drehte den Sound runter und schlüpfte in mein Bett.
Ich hörte die ganze Nacht Nachrichten, bis ich schließlich den Newsticker auswendig konnte und die Nachrichten mit der Moderatorin im Bett liegend mitsprechen konnte. Ich wusste die Nachrichten aus dem Jemen, aus Libyen, dem Irak und von Trumps Luftangriff auf den Militärflugplatz auswendig, aber eingeschlafen war ich noch immer nicht!

أشرب البيرا وأدخّن الماريغوانا، أنا أدخن وبراعم الحب تتفتّح في قلبي،
فأدخل إلى الفيسبوك وأغرق في الدردشات وقصص الحب وما أنام!
نسيت النوم وأحلامو كما تقول أم كلثوم ولم أعد أهتم
الضوء شغّال طوال الليل وأنا مستيقظ أنتظر الصباح لأقول لأصدقائي
«صباح الخير» كأنني نمت وغرقت في النوم.

١٣ أبريل ٢٠١٧، الساعة ٢:٣٠ م ♥٩٦٨

أمي على السكايب تسأل عن الشغل والكتابة وتذكّرني بثمن البرادي
لغرفة الضيوف

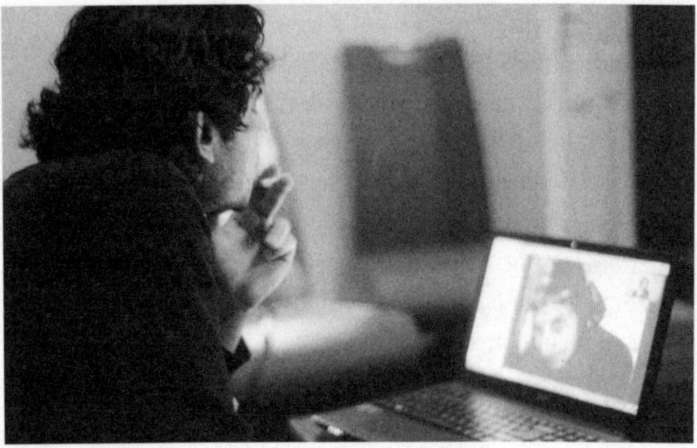

Ich wandte mich an meinen Freund Raji, ein Experte in Sachen Yoga, Meditation und Entspannung / Er forderte mich auf, langsam und konzentriert von eins bis fünfzig zu zählen. Er sagte: „Mach deinen Kopf leer und denk an gar nichts, nur an die Zahl, bei der du gerade bist. Probier's aus, und du wirst es mir danken." Ich machte also das Licht aus, schloss die Augen und begann zu zählen: eins, zwei, drei … Noch nicht einmal bei zehn angekommen, fielen mir meine Mutter und das Geld zum Monatsende ein und die Kosten für die Gardinen, die sie kaufen wollte … Ich sprang sofort aus dem Bett und war hellwach.
Kifferkollegen sagten mir: Wir wüssten was für dich. Pack ein bisschen mehr in deinen Joint, trink zwei Bierchen hinterher und du wirst geplättet sein und schlafen wie ein Betonblock. Ich also trank mein Bier und rauchte mein Gras, und während ich so rauchte, traf mich Amors Pfeil. Ich ging auf Facebook, versank in Chats und Liebesgeschichten und schlief schon wieder nicht ein.
Wie heißt es doch so schön bei Umm Kulthum? Ich vergaß den Schlaf und seine Träume und hatte andere Sorgen.
Das Licht brannte die ganze Nacht und ich blieb wach und wartete auf den Morgen, um meinen Freunden auf Facebook zu schreiben „Guten Morgen" – als hätte ich tief und fest geschlafen.

13. April 2017 um 14:30 Uhr **968 ♥**

🖼 Meine Mutter erkundigt sich auf Skype über meine Arbeit und übers Schreiben und erinnert mich an die Kosten für die Gardinen fürs Gästezimmer.

٢٣ أبريل ٢٠١٧، الساعة ١:٣٧ م **٥٨٤♥**

دائما أستلم طرود البريد من موظفين الـ DHL
أستلم الطرود ثم أقوم بتسليمها للجيران الغائبين حين عودتهم.
البارحة سألت الموظف: لماذا دائمًا تودع الطرود عندي أنا بالذات؟
قال لي الموظف: نحن نضغط على كل الأجراس، أنتَ الوحيد الذي يفتح لنا الباب بلهفة

٢٨ مايو ٢٠١٧، الساعة ٤:٣٦ م **٤٦٦♥**

البارحة فضّيتُ عراكًا بين شابين أجنبيين \ كانا يتعاركان بهمجيّة مثل الثيران ونالتني رفسة وأنا أحجّز بينهما \ لكننّي أصريّت على هذا الدور النبيل المسالم فأنا االآن الأوعى والأفهم والأرقى بين هذين الهمجيّين.
انتهى العراك وعاد كلّ منا إلى طاولته وبعد دقائق اقتربا منّي وسألاني «من أين أنت؟»، قلت لهما بكل فخر ومن دون تردّد «اي ام فرم سيريا!»

٥ يونيو ٢٠١٧، الساعة ٢:٥١ م **٦٩٩♥**

اختلف الجيران مع أهلي في تركيا على شطف الدرج ...
اشتدّ الخلاف وتعالت الأصوات والتمّت البناية كلها وصار الجيران يهدّدون أهلي وقالت إحدى الجارات: «والله بدنا نخليكم تدفعون الثمن غالي ورح أخلي ولادي يطفشونكم من البناية!»

23. April 2017 um 13:37 Uhr **583 ♥**

Ich nehme DHL-Pakete immer an.
Ich nehme sie an, und wenn die Nachbarn wieder da sind, bringe ich sie ihnen vorbei.
Gestern fragte ich den DHL-Boten: „Wieso gebt ihr eigentlich alle Pakete immer nur bei mir ab?"
Der DHL-Mensch sagte: „Wir drücken jeden Klingelknopf, aber du bist einfach der Einzige, der uns immer erwartungsvoll die Tür aufmacht!"

28. Mai 2017 um 16:36 Uhr **466 ♥**

Gestern wurde ich Zeuge einer Schlägerei zwischen zwei Ausländern / sie prügelten sich bestialisch, wie zwei wilde Stiere, und während ich versuchte, zwischen ihnen zu schlichten, bekam auch ich einen Tritt ab / doch ich bestand auf meine noble, friedbringende Rolle. Denn neben diesen zwei Barbaren war ich nun der Reifere, der Klügere und Edlere.
Die Schlägerei war vorüber, und jeder von uns kehrte an seinen Tisch zurück. Ein paar Minuten später kamen sie zu mir und fragten: „Woher kommst du?" und ich sagte ihnen, voll Stolz und ohne zu zögern: „I am from Syria!"

5. Juni 2017 um 14:51 Uhr **699 ♥**

Zwischen meiner Familie und ihren Nachbarn in der Türkei gab es jüngst einen Streit. Es ging ums Treppenputzen.
Der Streit wurde heftiger, die Stimmen lauter, bis sich das ganze Wohnhaus zusammentat und meiner Familie drohte. Eine Nachbarin sagte: „Das wird euch noch teuer zu

انتفضت أمي وردّت عليها: «يطفشونا؟!!!! نحن ورانا عالم وناس، أصغر واحد بولدي وراه عشرين ألف متابع! يطفشون بلد!»

١٢ يونيو ٢٠١٧، الساعة ٣:٣١ م ٦٨١♥

أقطع الشارع والإشارة حمراء \ والشوفير الألماني يصرخ في وجهي كلاماً أفهم منه أنني همجي ولا تليق بي الحضارة ولا النظام.

لو يعلم هذا الشوفير أن أولاد عمي في السعودية فخورون بي ويسمونني: عبود الألماني!

٢١ يونيو ٢٠١٧، الساعة ١١:٥٧ ص ٩٤٤♥

بعد أن كذبتُ على فتاة ألمانية وأخبرتها أنني برازيلي \ عزمتني على البيرة ودعتني للرقص معها على أنغام موسيقى التيكنو \ موسيقى تيكنو وجسد ثقيل قادم من منبج محمّل بآلاف المصائب والعقد \ أتخبط يميناً شمالاً وأقلدُ الذين يرقصون من حولي وأخلطُ مابين الدبكة واللّبكة \ وهي سعيدة جداً، تقلدُ حركاتي على أنها إحدى رقصات السامبا \ ويحتكّ جسدي بجسدها ولا مشكلة والحياة سعيدة. انتهت السهرة وعند الوداع سألتني: ما اسمك؟ قلت لها: باولو.

stehen kommen! Ich werde dafür sorgen, dass meine Söhne euch aus dem Gebäude jagen!"
Da baute meine Mutter sich vor ihr auf und sagte: „Uns aus dem Gebäude jagen?! Wir haben ein ganzes Heer hinter uns! Mein Jüngster hat 20.000 Follower! Ein ganzes Land, das euch davonjagt!

12. Juni 2017 um 15:31 Uhr **681 ♥**

Ich gehe bei Rot über die Straße / der deutsche Taxifahrer schreit mir irgendwas ins Gesicht, von dem ich nur verstehe, dass ich primitiv sei und keine Kultur und Ordnung kenne. Wenn dieser Taxifahrer nur wüsste, wie stolz meine Cousins in Saudi-Arabien auf mich sind. Sie nennen mich sogar „Aboud, der Deutsche"!

21. Juni 2017 um 11:57 Uhr **944 ♥**

Nachdem ich einem deutschen Mädchen vorgeschwindelt hatte, dass ich Brasilianer sei / lud sie mich auf ein Bier ein und forderte mich zu Techno zum Tanzen auf / Techno und ein schwerer Körper aus Manbidsch, beladen mit tausend Katastrophen und Komplexen / Ich polterte nach links und rechts, ahmte die anderen nach, die um mich tanzten, kombinierte Dabkeh mit Cringe / und sie war happy und machte meine Moves nach, sie glaubte wohl, es sei eine Art Samba / Unsere Körper rieben sich, alles kein Problem, das Leben war schön.
Dann war die Party zu Ende, und beim Abschied fragte sie mich: „Wie heißt du?"
„Paolo", sagte ich.

٢٩ يونيو ٢٠١٧، الساعة ٤:٣٠ م ♥ ٢٣٨

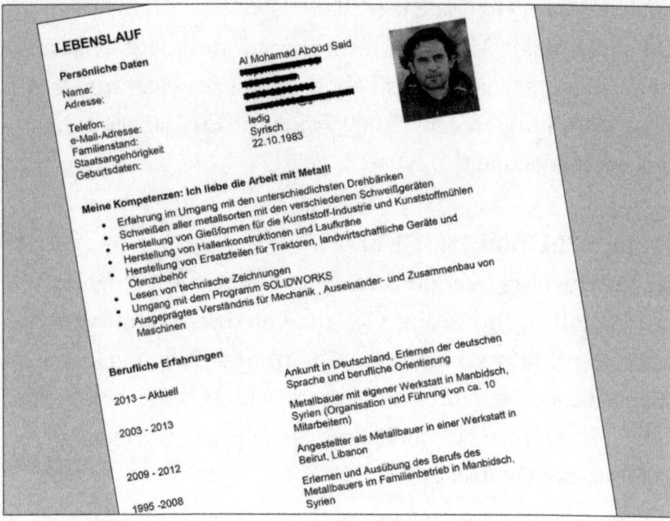

LEBENSLAUF

Persönliche Daten

Name: Al Mohamad Aboud Said
Adresse: [redacted]
Telefon:
e-Mail-Adresse:
Familienstand: ledig
Staatsangehörigkeit Syrisch
Geburtsdaten: 22.10.1983

Meine Kompetenzen: Ich liebe die Arbeit mit Metall!

- Erfahrung im Umgang mit den unterschiedlichsten Drehbänken
- Schweißen aller metallsorten mit den verschiedenen Schweißgeräten
- Herstellung von Gießformen für die Kunststoff-Industrie und Kunststoffmühlen
- Herstellung von Hallenkonstruktionen und Laufkräne
- Herstellung von Ersatzteilen für Traktoren, landwirtschaftliche Geräte und Ofenzubehör
- Lesen von technische Zeichnungen
- Umgang mit dem Programm SOLIDWORKS
- Ausgeprägtes Verständnis für Mechanik , Auseinander- und Zusammenbau von Maschinen

Berufliche Erfahrungen

2013 – Aktuell — Ankunft in Deutschland, Erlernen der deutschen Sprache und berufliche Orientierung

2003 - 2013 — Metallbauer mit eigener Werkstatt in Manbidsch, Syrien (Organisation und Führung von ca. 10 Mitarbeitern)

2009 - 2012 — Angestellter als Metallbauer in einer Werkstatt in Beirut, Libanon

1995 -2008 — Erlernen und Ausübung des Berufs des Metallbauers im Familienbetrieb in Manbidsch, Syrien

Endlich habe ich ein Lebenslauf \ سي في نفر، معلم حدادة وطورنو.

٣٠ يونيو ٢٠١٧، الساعة ١١:٣٢ م ♥ ٥٣٦

بينما كنت عائداً إلى البيت \ وحيداً كالعادة \ فأرى جارتي الألمانية عائدة إلى البيت تحمل أكياس من السوبر ماركت \ خضار وحليب وأشياء أخرى لا أفهمها \ ركضتُ نحوها وعرضتُ عليها المساعدة في حمل الأكياس \ شكرتني وقالت «ما في مشكلة» لكنني لم أهتم لكلامها \ أخذتُ من يدها الأكياس ومشينا \ فتحنا الأحاديث على الطريق \ تحدّثنا عن الطقس وعن موعد الشتاء القادم \ تحدثنا عن الزحام وعن عطلة المدارس ...

أخبرتني عن اسمها وأخبرتها عن اسمي

تسكن في الطابق الرابع!

29. Juni 2017 um 16:30 Uhr **238 ♥**

🖼 Endlich habe ich einen Lebenslauf /
Einen Flüchtlings-, Schmiede-
und Drehbankmeister-CV.

30. Juni 2017 um 23:22 Uhr **536 ♥**

Als ich gerade auf dem Nachhauseweg war / allein, wie immer / sah ich meine Nachbarin, die auf dem Weg nach Hause schwere Supermarkttüten schleppte. Gemüse und Milch und andere Dinge, die mir nichts sagten / Ich rannte auf sie zu und bot ihr an, beim Tütentragen zu helfen /
Sie bedankte sich und sagte: „Ach, das geht schon", aber ich hörte nicht auf sie / ich nahm ihr die Tüten aus der Hand und wir gingen weiter / quatschten ein wenig im Gehen / über das Wetter, und wann es wieder regnen soll / über das Gedränge und die Schulferien …
Sie verriet mir ihren Namen und ich ihr meinen.
Im vierten Stock wohnte sie also!
Und während wir die Treppe hochstiegen, fragte sie mich, was ich denn so mache und woher ich komme.
„Aus Syrien!", sagte ich.
Da lächelte sie und sagte: „Ich mag Syrer!"
Und gerade in dem Moment, als sie sagte, sie mag Syrer, blieb ich mit dem Fuß irgendwo hängen und fiel die Treppe hinunter.
Tomaten kullerten die Treppe herab, Orangen rollten in den Hausflur, die Weinflasche zersprang, die Milchtüte zerplatzte und Wein und Milch flossen ineinander.
Bis das Treppenhaus voller Gemüse, Obst und Flüssigkeiten

ونحن نصعد الدرج سألتني: ماذا تعمل، ومن أي بلد أنت؟
قلتُ لها: أنا سوريا!
ابتسمت وقالت لي: أنا معجبة بالسوريين ...
هي قالت أنا معجبة بالسوريين وأنا تعثّرت قدمي ووقعت من الدرج!
تناثرت حبّات البندورة على الدرج، وتدحرج البرتقال إلى الأسفل،
وانكسرت زجاجة النبيذ وتمزق كيس الحليب واختلط النبيذ بالحليب ...
انطمر الدرج بالخضار والفواكه والمشروبات، والتم الجيران
وجارتي تركت الأغراض وكل شيء وصعدتْ إلى بيتها وأغلقتْ الباب.

٢ يوليو ٢٠١٧، الساعة ٤:٤١م ♥٨٥٠

— «... and where are you from?»

— «here, from Berlin.»

— «really?»

— «yes, from Berlin. but my mother is from Syria.»

war und die Nachbarschaft sich versammelt hatte.
Meine Nachbarin aber ließ ihren Einkauf liegen, stieg die Treppe hinauf und verriegelte hinter sich die Tür.

2. Juli 2017 um 16:41 Uhr **850 ♥**

— „ … and where are you from?“
— „Here, from Berlin.“
— „Really?“
– „Yes, from Berlin. But my mother is from Syria.“

٨ أغسطس ٢٠١٧، الساعة ٥:٣٧ م **١٥٠٠♥**

لطالما حلمت أن أعيش في أوروبا، ولم أكن أهتم في أي بلد، فرنسا أم ألمانيا أم هولندا أم استراليا أو أمريكا ... لا فرق! كلها بالنسبة لي أوروبا! أوروبا حيث السعادة والإثارة والمرح ...

وصار هذا الحلم يكبر معي ويتضخم خاصة بعدما قام أبي بتركيب ستالايت يسحب أكثر من ٤٠٠ محطة أجنبية وعربية.

ورحت أشاهد حياة الأجانب على التلفاز وأتحسّر، أقلّب من محطة أجنبية لمحطة أجنبية وأتفرّج، أشاهد الشبان والشابات الذين يرقصون في حفلة مايكل جاكسون وأقول: أنا يجب أن أكون هناك، في أوروبا مع هؤلاء السعداء! لا أدري لماذا كان قدري أن أكون هنا في هذه المنطقة التعيسة، بل في أحزن بلد، وأحزن عائلة، عائلة تسمع الياس خضر ليلاً نهاراً.

أقلب في المحطات الأجنبية، وأتابع الأفلام وأشاهد أن البطلة الشقراء الجميلة أحبت شاباً أفريقياً وحاربت كل الدنيا من أجله، أتحسّر وأقول لنفسي: هذا هو الشعب الذي يفهم بالجمال، أنا يجب أن أكون هناك في أوروبا، أنا النادر! وخاصة بعد أن سمعت من الكثيرين أننا نحن السمر مرغوبون في أوروبا، صرت أحلم بالبطلة الشقراء التي تحارب الدنيا من أجلي.

صار عمري ٢٥ سنة ولازال أخي يأمرني أن أذهب لأشتري له علبة سجائر، أذهب لأشتري له الباكيت وأنا أتحسّر وأقول لنفسي: لو كنت في أوروبا لكنت مستقلاً منذ عشرة سنوات، ولا أجلب الدخان لأحد، كنت سأفجّر فرديتي واستقلاليتي ومواهبي والأجانب سيقدّرون هذه المواهب.

لطالما حلمت أن أكون في أوروبا، لكني لم أسعى لهذا الحلم يوماً، كان يحدث أمام التلفاز فقط.

إلى أن جاء البوعزيزي وحقق لي هذا الحلم.

8. August 2017 um 17:37 Uhr **1500 ❤**

Es war schon immer mein Traum gewesen, in Europa zu leben. Welches Land, war mir egal: Frankreich, Deutschland, Holland, Australien, Amerika … alles das Gleiche.
Das alles war für mich Europa.
Europa war da, wo die Freude war, die Action und der Spaß.
Und wie ich größer wurde, wurde auch der Traum immer größer und größer. Besonders nachdem mein Vater eine Satellitenschüssel installiert hatte, die über vierhundert arabische und internationale Sender empfing.
Ich sah das Leben der Ausländer im Fernsehen und wurde wehmütig. Ich zappte von einem ausländischen Sender zum nächsten und schaute zu, wie junge Männer und Frauen auf einem Michael-Jackson-Konzert miteinander tanzten.
„Dort muss ich hin, zu diesen Seligen, nach Europa!", sagte ich mir. „Was hat sich das Schicksal nur dabei gedacht, mich zum Leben in diese düstere Region zu verdonnern, noch dazu ins tristeste Land überhaupt und in die tristeste Familie, eine Familie, die Tag und Nacht Iyas Khidr hört!"
Ich zappte mich weiter durch ausländische Sender, guckte Filme. Sah, wie sich die blonde schöne Protagonistin in einen afrikanischen jungen Mann verliebte, für den sie die ganze Welt in Bewegung setzte. Und ich wurde wehmütig und dachte mir: „Das ist ein Volk, das was von Schönheit versteht!
Dort muss ich hin, nach Europa. Gerade jemand wie ich!"
Vor allem, nachdem ich mir mehrmals hatte sagen lassen, dass wir Braunhäutigen in Europa begehrt sind, träumte ich von jener blonden Protagonisten, die für mich die ganze Welt in Bewegung setzen würde.

الآن أنا في برلين، بلاد الأحلام! اشتريت ستالايت يسحب أكثر من ٤٠٠ محطة عربية، أقلب بين المحطات العربية، أتحسّر وأسمع الياس خضر ليلاً نهاراً وهو يغني: مجروحين وجرح البينا ... يا دنيا والله يكفينا ...

١٣ أغسطس، الساعة ١٢:٤٨م **٢٧٣ ♥**

.man in a bar: «Markhaba, markhaba … Salamo alaikom»

.Me: «Sorry, I don’t speak Arabic»

١٦ أغسطس ٢٠١٧، الساعة ١:٣٤ م **٥٠٢ ♥**

أذهب إلى الحديقة \ حيث يقف الأفارقة ويبيعون الماريغوانا \ أقف متنظراً أن أتصيّد عيون أحد البائعين لأغمز له فيفهم أنني أريد أن أشتري \ فيشير لي أن أتبعه فتتم الصفقة في مكان بعيد عن الأنظار.
وأنا أنتظر أن أرى أحد الباعة الأفارقة، يقترب مني شاب ألماني ويغمز لي ويسألني عن سعر الغرام!

Irgendwann war ich dann fünfundzwanzig und mein großer Bruder kommandierte mich noch immer herum und befahl mir, ihm Zigaretten holen zu gehen. Ich kaufte ihm seine Packungen, war wehmütig und sagte mir: „Wäre ich doch nur in Europa. Dann wäre ich schon seit zehn Jahren unabhängig und müsste niemandem Zigaretten holen! Dann würde ich meinem Individualismus freien Lauf lassen, meiner Unabhängigeit und meinen Talenten, die die Ausländer sicher auch zu schätzen wüssten."
Ich träumte von Europa, folgte meinem Traum aber nie. Er stellte sich auch immer nur vor dem Fernseher ein.
Bis eines Tages Bouazizi kam und mir diesen Traum erfüllte. Und jetzt bin ich in Berlin, dem Land der Träume. Habe mir eine Satellitenschüssel gekauft, die über vierhundert arabische Kanäle empfängt, zappe mich von einem arabischen Sender zum nächsten, werde wehmütig und höre Tag und Nacht Iyas Khidr, der singt: „Verwundet sind wir, so voller Wunden. O Welt, wir hatten wirklich genug."

13. August 2017 um 12:48 Uhr **273 ♥**

🖼 A man in a bar: „Markhaba, markhaba … Salamo alaikom." Me: „Sorry, I don't speak Arabic."

16. August 2017 um 13:34 Uhr **502 ♥**

Ich gehe ich den Park / wo die Afrikaner stehen und Gras verkaufen / stelle mich hin und warte, bis mein Blick sich mit dem eines Verkäufers kreuzt, dieser versteht, dass ich etwas kaufen will / und mir ein Zeichen gibt, ihm zu folgen; die Transaktion selbst geschieht an einem blickgeschützten Ort.

١٨ أغسطس ٢٠١٧، الساعة ٢:١٢ م ٢٠٧♥

أجلس قرب النهر \ لا أشعر بالنهر.

١٨ أغسطس ٢٠١٧، الساعة ٢:٢٨ م ٣٧٣♥

احتفلت بصديقي الألماني الذي استضفته في بيتي،
فطبخت له الملوخية \
وحاولت أن أضحكه فأخبرته عن عدد أفراد عائلتي \
ولكي يستمتع بأكل الملوخية، حكيت له لماذا صديقتي الدرزية لا تأكل الملوخية.
ثم جلسنا نشرب البيرة على أغاني صباح فخري، ولكي لا يشعر ضيفي بالملل حكيت له عن صباح فخري والقدود الحلبية، ثم أخبرته عن حلب وماذا يعني حلب، وقبل أن تنتهي السهرة، قدمت له القهوة وقلت له: هذه اسمها قهوة مع السلامة.
شربنا القهوة وكان سعيداً جداً.
وهو يغادر، على الباب، وهو يرتدي حذاءَه سألته إذا كانت قد أعجبته الملوخية والسهرة؟
قال لي: يس ... نايس اكسبيرينس!
نحن اكسبيرينس؟!!
ياحيف هههههههههه.

Während ich so warte, kommt ein deutscher Typ daher, zwinkert mir zu und fragt mich, wieviel das Gramm bei mir kostet.

18. August 2017 um 14:12 Uhr **207 ♥**

Ich sitze am Fluss / und fühle keinen Fluss.

18. August 2017 um 14:28 Uhr **373 ♥**

Zur Feier des Tages, weil mein deutscher Freund mich zu Hause besuchte, kochte ich ihm Muluchiya / und weil ich ihn zum Lachen bringen wollte, nannte ich ihm die Zahl meiner Familienmitglieder / und weil ich wollte, dass er weiß, was er an der Muluchiya hat, erklärte ich ihm, warum meine drusische Freundin keine Muluchiya isst.
Dann setzten wir uns, tranken Bier und hörten Lieder von Sabah Fakhri, und damit mein Gast sich nicht langweilen würde, erzählte ich ihm von Sabah Fakhri und den Qudud al-Halabiya. Dann erzählte ich ihm von Aleppo und erklärte ihm, was Halab bedeutet, und als sich der Abend seinem Ende zuneigte, servierte ich ihm noch einen Kaffee mit den Worten: „Den nennt man den Abschiedskaffee."
Den tranken wir, und er war zufrieden.
Schon im Gehen, bei der Tür, während er sich gerade die Schuhe anzog, fragte ich ihn, ob ihm die Muluchiya denn geschmeckt und der Abend denn gefallen habe.
Er sagte: „Yes! Nice experience!"
Wir, eine Experience? Ach, du Scheiße, hahahahahahahaha.

٢٩ أغسطس ٢٠١٧، الساعة ٩:٠٤ م **١٢٠٠♥**

هذا الشهر لم أستطع أن أرسل لأمي المبلغ المعتاد وهو ٣٠٠ يورو تقريباً \ وذلك لضيق الحال وتراكم الضيوف ...

أرسلتْ لي أمي رسالة هذا الصباح تقول: خيّو إذا ماتريد تبعثلنا مصاري، لا عاد تكتب عنّا وتجيب سيرتنا.

٢١ سبتمبر ٢٠١٧، الساعة ١٠:٢٥ ص **٧٣٩♥**

أستيقظ صباحًا \ أغسل وجهي وأمسح الطاولة التي سهرت عليها البارحة منفضة نظيفة

وفنجان قهوة مع مكعبين من السكر نكاية بالعالم المتحضر

وبعد الرشفة الأولى أشعل سيجارة

رواء ...

وما يزيد الرواء رواءً أن حبيبتي مازالت نائمة

وأمي لم تتصل بي بعد

وعلى ما يبدو أنه لا توجد مجزرة اليوم

سوى شهداء عاديون من هؤلاء الذين لا تشعر بالواجب بذكرهم

والقصف عادي لا كيماوي ولا نابالم ولا سارين

يعني رواء ...

أشعل السيجارة الثانية وأنطلق إلى اليويتوب

فالموسيقى الآن من أقل حقوقي في هذا اليوم العادي الرايق

بوب مارلي يغني «نو وومان نو كراي»

وأنا أفتح الفيسبوك مع رشفة قهوة طويلة وهمجية

عدد الأصدقاء على حاله ولم يحذفني أحد

ورسائل بائتة من سهرة البارحة

29. August 2017 um 21:04 Uhr **1200 ♥**

Diesen Monat habe ich es nicht geschafft, meiner Mutter den gewohnten Betrag von etwa 300 Euro zu schicken / Bin knapp bei Kasse und hatte viel Besuch da.
Heute Morgen schickte meine Mutter mir eine Nachricht mit folgendem Wortlaut: „Junge, wenn du uns kein Geld schicken willst, dann hör gefälligst auf, über uns zu schreiben."

21. September 2017 um 10:25 Uhr **739 ♥**

Es ist Morgen, ich wache auf / wasche mir das Gesicht und wische den Tisch sauber, an dem ich den gestrigen Abend verbracht habe.
Ein sauberer Aschenbecher
und eine Tasse Kaffee mit zwei Würfeln Zucker, aus Trotz gegen die zivilisierte Welt.
Und nach dem ersten Schluck zünde ich mir eine
Zigarette an
und chille …
Und was das Chillen noch gechillter macht, ist die Tatsache, dass meine Freundin noch schläft,
meine Mutter noch nicht angerufen hat
und dass es, so wie es aussieht, heute noch kein Massaker gegeben hat.
Nur die üblichen Todesopfer, bei denen man sich nicht verpflichtet fühlt, sie zu erwähnen und stinknormales Bombardement. Weder Chemiewaffen, noch Napalm, noch Sarin.
Alles gechillt.
Ich zünde mir eine zweite Zigarette an und begebe mich auf Youtube.

وبعض الإعجابات بالكتابات مالتي
رواء ...
أشعل سيجارة ثالثة وأذهب إلى قائمة الأصدقاء
أبحث عن فتاة أحبها
قبل أن تتصل أمي
قبل أن تحدث مجزرة
قبل أن تستيقظ سانشو.

٢١ أكتوبر ٢٠١٧، الساعة ٥:٢٧ م ٥٨٠ ♥

قبل أن تسافر جارتي الختيارة كاتيا إلى تايلاند جاءت إليّ واعطتني مفاتيح بيتها لأعتني بالزهور التي في منزلها في فترة غيابها، قلت لها على الرحب والسعة لا تقلقي سأهتم بالزهور ...
أعطتني المفاتيح وسافرت وأنا نسيت الزهور وبعد أسبوعين عادت كاتيا من تايلاند واتصلت بي لتأخذ المفاتيح، أعطيتها المفاتيح فأخرجت من حقيبتها ملعقة طبخ خشبية مصنوعة من السنديان التايلاندي وقدمتها لي كهدية، شكرت كاتيا على هذه الهدية الرائعة، ثم ذهبت إلى بيتها لتجد أن الزهور قد ماتت من العطش! حردت كاتيا وصرت أنا في نظرها إرهابي يقتل الأزهار.

Musik ist wohl das Mindeste, das steht mir zu, an einem
gewöhnlichen, chilligen Tag wie diesem.
Bob Marley singt „No woman, no cry"
und bei einem langen und hemmungslosen Schluck Kaffee
lade ich mein Facebookprofil.
Die Zahl der Facebookfreunde ist noch immer wie gehabt.
Niemand hat mich gelöscht.
Abgestandene Nachrichten von der gestrigen Nacht
und ein paar Likes für meine Posts sind meine Bilanz.
Alles gechillt …
Ich zünde mir meine dritte Zigarette an, gehe auf die
Freundesliste
und suche eine Frau, die ich liebe,
bevor meine Mutter anruft,
bevor ein Massaker geschieht,
bevor Sancho erwacht.

21. Oktober 2017 um 17:27 Uhr **580 ❤**

Bevor meine greise Nachbarin Katja nach Thailand flog, übergab sie mir noch ihre Wohnungsschlüssel. Denn sie hatte mich gebeten, während ihrer Abwesenheit die Blumen zu gießen. Ich sagte „Aber selbstverständlich doch, keine Sorge, ich kümmere mich. Bei mir sind deine Blumen in besten Händen."
Sie drückte mir den Schlüssel in die Hand, reiste ab und ich vergaß die Blumen. Nach zwei Wochen kam Katja aus Thailand zurück. Als sie bei mir vorbeikam, um ihre Schlüssel abzuholen, nahm sie einen aus thailändischem Eichenholz geschnitzten Kochlöffel aus ihrem Reisekoffer und schenkte

ثم طبخت الملوخيّة وعزمتها، فأعجبت كاتيا بمذاقها وطمأنتها أكثر عندما فتحت لها ألبوم لصور العائلة بجانب تنك الريحان المزروع في بيتنا في منبج، فأحستْ بالراحة ومسحت رأسي بلطف وسامحتني.

٢٩ أكتوبر ٢٠١٧، الساعة ١٢:٥٤ م ♥٤١٧

كل مرة أستيقظ صباحًا \ وقبل أن تتّضح الرؤية في عيني \ يخيّل إليّ أن كل ما حدث كان مجرد حلم! فأكاد أصاب بالسعادة!
صباح الخير \ صباح الواقع.

٩ نوفمبر ٢٠١٧، الساعة ٦:٠٨ ص

أجلس في البار \ رجل ألماني ضخم يضع كأسه على طاولتي ويجلس بقربي \ ومن دون أن يتعرف عليّ، يبدأ حديثه معي وهو يشرب البيرا:

— «بلد تعبان، ماي فريند! ما بي ديمقراطية ولا حريّة والأغنياء أكلوا الفقراء والحكومة كذابة والإعلام كلو كذب بكذب ... بلد ما عاد يطاق ولا عاد ينعاش فيه ...»

أطبطب على كتفه وأقول له:

— «طول بالك يا أخي، طول بالك! take it easy!»

ihn mir. Ich dankte Katja für das wundervolle Geschenk, dann ging sie in ihre Wohnung, um ihre Blumen vorzufinden, verdurstet und tot. Katja war zutiefst gekränkt. In ihren Augen war ich nun ein Terrorist, der Blumen ermordet. Dann kochte ich eine Muluchiya und lud Katja zum Essen ein. Das Essen schmeckte ihr gut, und als ich ihr ein Familienalbum mit Fotos von den basilikumbepflanzten Kanistern vor unserem Haus in Manbidsch zeigte, wurde sie versöhnlich und sie fasste wieder Vertrauen. Sie streichelte mir lieb über den Kopf und hatte mir verziehen.

29. Oktober 2017 um 12:54 Uhr **417 ♥**

Jeden Morgen, wenn ich aufwache / bevor die Konturen vor meinen Augen scharf werden / bilde ich mir ein, alles, was passiert ist, war nur ein Traum. Dann möchte ich mich fast schon freuen.
Guten Morgen / Morgen der Realität.

9. November 2017 um 6:08 Uhr **376 ♥**

In einer Bar / stellt ein riesiger deutscher Mann sein Glas auf meinen Tisch und setzt sich neben mich / und, ohne sich vorzustellen, fängt er an, mit mir zu reden, während er sein Bier trinkt:
„Mit Deutschland geht es den Bach runter, my friend. Keine Demokratie mehr, keine Freiheit, die Reichen fressen die Armen auf, die Regierung lügt, die Medien verbreiten nichts als Lügen …“ / Ich tätschele ihm die Schulter und sage: „Nimm's nicht zu schwer Bruder, nur Geduld. Take it easy!“

٢٥ نوفمبر ٢٠١٧، الساعة ٣:٠٨ م ❤٢٦٣

أفتح السير والأحاديث مع الأجنبيّات اللواتي أصادفهن في يومياتي بهذه الطريقة:

أقول للأرجنتينية:

آي لوف ميسي
I love Messi

أقول للإيطالية:

آي لوف مونيكا بيلوتشي
I love Monica bellucci

أقول للدنماركية:

آي لوف لورباك منذ نعومة أظافري
I love Lurpak for a long time

للألمانية أقول:

نحن في برلين الشرقية أم الغربية؟
we are in east or west berlin

وأقول للتركية:

هوليا آفشار كانت فتاة أحلامي ...

أقول للفرنسية:

أوه باريس ... شانزليزيه
oh Paris ... shanzelize

أقول للعراقية:

أحب فؤاد سالم وسعدون جابر وياس خضر ورياض أحمد
وكل الأغاني العراقية

أقول للسنغالية:

آي لوف أفريكا آي لوف بوب مارلي
I love Africa I love pop marley

25. November 2017 um 15:08 Uhr **263 ♥**

Wenn ich Berlinerinnen anquatschen will, die mir im Alltag über den Weg laufen, dann mache ich das so:

Zu einer Argentinierin sage ich:
I love Messi.
Zu einer Italienerin sage ich:
I love Monica Bellucci.
Zu einer Dänin sage ich:
I love Lurpak, seit ich denken kann.
I love Lurpak for a long time
Zu einer Deutschen sage ich:
Sind wir hier gerade in Ost- oder in Westberlin?
We are in East or West Berlin?
Zu einer Türkin sage ich:
Hülya Avşar war früher meine Traumfrau.
Zu einer Französin sage ich:
O Paris … Shanzelizé.
Zu einer Irakerin sage ich:
Ich liebe Fouad Salem, Saadoun Jaber,
Iyas Khidr, Ryad Ahmed
und alle irakischen Lieder.
Zu einer Senegalesin sage ich:
I love Africa, I love Bob Marley.
Zu einer Spanierin sage ich:
I love Messi.
Zu einer Amerikanerin sage ich:
America … America … freedom, freedom.
Zu einer Russin sage ich:
Sorry, I have girlfriend … no Russia.

أقول للإسبانية:

آي لوف ميسي
I love Messi

أقول للأمريكية:

أميركا ... أميركا ... فريدم فريدم
America ... America ... freedom freedom

أقول للروسية:

sorry I have girlfriend ... no Russia

وللسورية أقول:

أنا مع الثورة

٢٨ نوفمبر ٢٠١٧، الساعة ١:١٦ م **٧١٩ ♥**

كالعادة! جالسٌ وحدي أشرب القهوة، يرنّ جرس البيت فأهمُّ متحمّسًا لأفتح الباب وأنا أقول لنفسي: ها هو الفرج قادم، لقد جاء من يقضي عليك أيها الروتين.

أفتح الباب فإذ بفتاتين جميلتين، الابتسامة تشرشر منهما شرشرة.

وبالإنكليزية أفهم منهما أنهما من حملة تبشيريّة مسيحيّة، فأدخل الديانة المسيحية، ليس فقط دخلت الديانة المسيحيّة بل دفعتُ أيضًا ١٠ يورو وأعطوني الكتب والمنشورات ورحلتا بسعادة.

عدت إلى غرفتي مسيحيًا أشرب القهوة وحيدًا كالعادة!

المسيح قام حقًا قام ...

...

ما أسهلنا نحن السوريون وفوق كل هذا يتّهموننا بالطائفيّة.

Zu einer Syrerin sage ich:
Ich bin für die Revolution.

28. November 2017 um 13:16 Uhr **719 ♥**

Wie immer, wenn ich alleine dasitze, meinen Kaffee trinke, und es plötzlich an der Tür klingelt, springe ich erwartungsvoll auf und denke: „Endlich passiert mal was, endlich kommt jemand und setzt der Routine ein Ende!“
Ich reiße die Tür auf, und vor mir stehen zwei schöne Mädchen, denen das Lächeln nur so aus den Gesichtern sprudelt. Auf Englisch verstehe ich, dass die beiden christliche Missionarinnen sind. Also trete ich dem Christentum bei, und das ist längst nicht alles, ich gebe ihnen auch noch zehn Euro und lasse mir von ihnen Bücher und Broschüren geben. Schließlich ziehen sie glücklich wieder ab. Ich gehe als Christ zurück ins Zimmer und trinke meinen Kaffee, alleine, wie immer.
Christus ist auferstanden, er ist wahrhaftig auferstanden.
Was sind wir Syrer aber auch einfach zu handhaben.
Und dann sag mal einer, wir seien sektiererisch.

١٢ ديسمبر ٢٠١٧، الساعة ٤:٣٩ م ♥٧٥٨

خرجت لأشتري ماريغوانا من الباعة الذين يقفون في الشارع وغالبًا ما يبيعون البضاعة المغشوشة، لكنني مقطوع ولا حول ولا قوة.

ظهر في وجهي شباب أفارقة فطلبت منهم ماريغوانا بقيمة ٢٠ يورو، وصاروا يتناقشون فيما بينهم بلغة أفريقية لا أفهمها، وكانت تتسرّب من قلب الجدل الأفريقي يمينات إسلامية مثل «والله والله»، ففهمت أن الإخوة مسلمون.

أحضر لي أحدهم كيسًا من الماريغوانا

وطلب مني أن أفتح يدي ليضع لي بقيمة ٢٠ يورو.

قلت له قبل أن يبدأ:« أنا أخوك في الإسلام،

أعطني من النوعية الكويسة بليز!

وبيع النوعية السيئة للكفار الأجانب.

I am muslim! we are brothers,

so please give me Marijuana from

the good quality and sell

«the bad kind for the foreigners

ابتسم الشاب الأفريقي ومدّ يده إلى جيبه

وأخرج كيسًا من النوعية المحترمة وملأ يدي

بالماريغوانا الجيدة وهو يقول: توكلنا على الله!

وأنا أفتح يديّ الاثنتين للماريغوانا وأقول: ما شاء الله، ما شاء الله!

٢ يناير ٢٠١٨، الساعة ٢:٥٢ م ♥٢٨٩

I always say to the German ladies:

Do not ask me where are you from!

and i will not ask you how old are you

12. Dezember 2017 um 16:39 Uhr **758 ♥**

Ich ging hinaus, um Gras zu kaufen, von den Dealern auf dem Bürgersteig. Deren Ware ist zwar meistens gestreckt, aber ich hatte gar nichts mehr im Haus und anders ging es gerade nicht. Da tauchten afrikanische Jungs vor mir auf, und ich fragte sie nach Gras für zwanzig Euro. Sie begannen untereinander zu diskutieren in einer afrikanischen Sprache, die ich zwar nicht verstehe, aber durch das afrikanische Wortgemenge drangen islamische Wortfetzen zu mir hindurch wie „wallah, wallah". So begriff ich, dass die Brüder Muslime waren.

Einer kam mit einem Tütchen an und hieß mich, die Hände zu einer Schale zu öffnen, damit er mir die zwanzig Euro Gras hineingeben würde.

Bevor er anfing, sagte ich: „Du, ich bin dein Bruder im Islam! Gib mir von der guten Qualität, please! Die schlechte Ware verkauf lieber an diese ungläubigen Ausländer."

„I am muslim! We are brothers, so please give me Marijuana from the good quality and sell the bad kind for the foreigners." Da schmunzelte der Afrikaner und zog eine zweite Tüte mit anständiger Ware aus der Hosentasche. Während er mir die Hände mit dem gutem Gras füllte, sagte er: „Vertrauen wir auf Allah." Und ich, die Hände zum Kelch geformt, sagte nur: „Mashallah, mashallah!"

2. Januar 2018 um 14:52 Uhr **279 ♥**

I always say to the German ladies:
Do not ask me: Where are you from!
And I will not ask you: How old are you.

٢١ يناير ٢٠١٨، الساعة ١٠:٢٧م ♥٦٧١

منذ يومين بدأتُ العمل في ورشة حدادة وخراطة في برلين.
أوقات العمل من الساعة ٧:٣٠ صباحًا حتى ٤:٣٠ مساءً ويتخلّل هذه الفترة استراحة غداء ساعة واحدة.
أجرة الساعة ١٧ يورو
ولأنني لا أملك هاتفًا ذكيًا، سأغيب عن الفيسبوك في الفترة الصباحية.
لكن أمي تقول: «إذا ربعك ومتابعينك عالفيسبوك يدفعولك عالساعة ٢٠ يورو، اترك الشغل وخليك بالفيسبوك.»

٢٢ يناير ٢٠١٨، الساعة ٩:٠٢ م ♥٥١٦

تشاجرت مع البائع الفيتنامي \ اشتريت منه لمبة وكانت محروقة \ ولا يريد تبديلها ويتهمني بأني من أحرقها ...
قال لي بانزعاج: «go back to Syria!»
قلت له: «you go back to Vietnam!»

21. Januar 2018 um 22:27 Uhr **671 ♥**

Vor zwei Tagen habe ich meinen Job in einer Metallwerkstatt in Berlin angefangen.
Die Arbeitszeiten gehen von morgens 7:30 Uhr bis nachmittags 16:30 Uhr, mit einer Stunde Mittagspause dazwischen.
Der Stundenlohn ist siebzehn Euro.
Und weil ich kein smartes Telefon habe, bedeutet das, dass ich vormittags nicht mehr auf Facebook sein werde.
Aber meine Mutter sagt: „Wenn deine Freunde und Follower auf Facebook dir zwanzig Euro die Stunde zahlen, dann lass die Arbeit sein und kehr zurück zu Facebook."

22. Januar 2018 um 21.02 Uhr **516 ♥**

Ich hatte einen Streit mit dem vietnamesischen Verkäufer / Ich hatte eine Glühbirne bei ihm gekauft und sie war durchgebrannt / Er wollte sie mir nicht umtauschen und beschuldigte mich, ich hätte sie durchbrennen lassen.
Wütend keifte er mich an: „Go back to Syria!"
Und ich keifte zurück: „You go back to Vietnam!"

٢٣ يناير ٢٠١٨، الساعة ٦:٣٧ م **٤٤٤ ❤**

أثناء العمل وأنا أمسك الجلخ لأقطع قطعة معدن صغيرة \
يصرخ بي المعلم الألماني: ستوووب! ... ستوب!
يقول: يجب أن أضع النظارات وأنا أعمل على الجلخ حرصًا على عيوني.
فلا أهتم، أكمل عملي وأنا أجيبه: نو بروبليم ... نو بروبليم..
فيعود ويصرخ: ستوب بلييز! ستووووب!
فيعطيني درسًا عن أصول العمل والوسائل الوقائيّة ...
وينهي حديثه بـ: «We are in Germany!»

٢٤ يناير ٢٠١٨، الساعة ١١:٣٩ ص **٨٦٨ ❤**

\\\ مترو برلين \\\
أنزل من المترو فأصطدم بفتاة جميلة تريد أن تصعد، فتتساقط الأوراق والكتب التي تحملها على الأرض، ألملم الأوراق وأنا أتأمّلها وأقول لنفسي لعلها قصة حب تبدأ بهذه الطريقة كما يحدث في الأفلام والروايات، تصادم ... أوراق مبعثرة ... تأمّل ... ابتسامة ... وحبّ ...
ترنّ صافرة المترو وأنا أعطيها الأوراق، فيغلق الباب وينطلق المترو وتبتعد من دون أن تنظر إليّ، وأنا أبقى في المحطة وحيدًا أشتم الأفلام والروايات التي لا تحدث قصصها مع عامة الشعب.
\
في المترو، أعطيتُ عازف الغيتار ٥٠ سنتًا، وجلست أنظر في عيون الركّاب.
\

23. Januar 2018 um 18:37 Uhr **444 ♥**

Auf der Arbeit, als ich nach dem Winkelschleifer griff, um ein kleines Metallstück zu zerschneiden / schrie der deutsche Meister: „Stoooopp! Stopp!“
Er sagte, ich müsse schon die Schutzbrille aufsetzen, wenn ich an der Flex arbeite, damit meinen Augen nichts passiere.
Ich hörte nicht auf ihn, machte weiter mit meiner Arbeit und sagte nur: „No problem, no problem.“
Da schrie er wieder: „Stopp, please! Stopp!“
Und dann hielt er mir eine Predigt über Arbeitsregeln und Arbeitsschutzmittel.
Er beendigte seine Ansprache mit dem Satz: „We are in Germany.“

24. Januar 2018 um 11:39 Uhr **868 ♥**

/// Die Berliner U-Bahn ///
Ich steige aus der U-Bahn und stoße mit einem schönen Mädchen zusammen, das gerade einsteigen will. Sämtliche Unterlagen und Bücher, die sie trägt, fallen zu Boden.
Während ich ihre Sachen aufsammle, blicke ich sie verstohlen an. Wer weiß, denke ich mir, vielleicht wird das ja der Beginn einer Liebesgeschichte, wie es sie in Filmen und Romanen oft gibt: ein Zusammenstoß – herumfliegendes Papier – Blicke – ein Lächeln …
und dann: Liebe.
Als ich ihr die Blätter überreiche, tutet die U-Bahn und die Türen schließen sich. Der Zug fährt ab und sie mit dazu, ohne sich nach mir umzudrehen. Ich bleibe allein am Bahnhof zurück und verfluche alle Filme und Romane,

في المترو \ على المقعد المقابل، تجلس فتاة على كتفها تاتو وعلى يدها تاتو وعلى ساقها تاتو، أتأمّل وجهها المزيّن بالحديد أو البيرسينغ ... وأخفي بين رجليّ أكياسًا مطبوعًا عليها بالعربي «سوبر ماركت عزام» و»سوبر ماركت البركة» محمّلة بالخضار والمعلّبات والخبز العربي.

\

في المترو، أختار دائمًا مقعدين فارغين، أجلس على أحدهما وأضع يدي على الآخر، أحجزه وأنتظر أن تأتي وتجلس بقربي.

\

في المترو، امرأة شقراء في الأربعين من عمرها، تجلس بقربي وتتصفح جريدة ألمانية، على الصفحة الرئيسية صورة دمار، وعنوان عريض فيه كلمة «منبج»

نكشتُ المرأة بإصبعي وقلت لها بفرح: it is my city

تنظر المرأة إليَ، ثم تنظر إلى الصورة وتعود لتحدّق في وجهي!

هي تحدّق في وجهي وأنا أصفف شعري وأمسده بيدي مبتسمًا.

\

في المترو، أتحركش بفتاة تتكلم الروسية ولا تعرني اهتمامًا وأقول في سري: بالناقص منك شبيحة!

\

في المترو أعطيتُ مقعدي لامرأة مسنّة ووقفت مكانها، شكرتني المرأة وابتسمتْ لي، فبادلتها الابتسامة ... بقينا نتبادل ابتسامات الامتنان إلى أن فاتتني المحطة.

\

في المترو، أختار المقعد الفارغ بجانب امرأة محجّبة، أجلس باسترخاء وأنا بكامل الطمأنينة.

\

deren Handlungen dem Pöbel nie passieren.
/
In der U-Bahn gebe ich dem Gitarristen fünfzig Cent, setze mich hin und blicke den Passagieren in die Augen.
/
Mir gegenüber sitzt ein Mädchen. Sie hat ein Tattoo auf der Schulter, eines auf dem Arm und eines auf dem Bein. Ich blicke ihr in das metallverzierte, gepiercte Gesicht und verberge die Einkaufstüten mit den arabischen Aufdrucken „Azzam Supermarkt" und „Al-Baraka-Supermarkt" und dem Gemüse, den Konservendosen und dem arabischen Fladenbrot zwischen meinen Beinen.
/
In der U-Bahn suche ich mir immer zwei freie Plätze nebeneinander aus. Auf den einen setze ich mich und auf den anderen lege ich meine Hand. Den halte ich mir frei.
Ich warte, dass das Mädchen meiner Träume kommt und sich zu mir setzt.
/
In der U-Bahn setzt sich eine vierzigjährige Frau neben mich und blättert in einer deutschen Zeitung. Auf dem Titelblatt ein Bild von Verwüstung mit einer fetten Überschrift, die das Wort „Manbidsch" enthält.
Ich tippte die Frau mit dem Finger an und sagte ihr enthusiastisch: „It is my city!!"
Und sie blickt erst mich an, dann das Foto, dann starrt sie mir wieder ins Gesicht.
Während sie mich anstarrt, rücke ich mir die Frisur zurecht, streiche mir die Haare mit der Hand glatt
und lächele.

وفي المترو أيضًا، صادفت صديقاً مثقفًا يعرفني كمثقف مثله، سألني:

— «وين رايح؟»

— «رايح عالشغل»

— «شو عم تشتغل؟»

— «حدّاد ... مصلحتي الأساسية»

طبطب المثقف على كتفي وقال لي: «برافو عليك!»

قالها بتأثّر وهو يريد أن يبكي على حالتي، لدرجة إني حسيت حالي فعلاً من عامة الشعب.

/

In der U-Bahn flirte ich ein russischsprechendes Mädchen an, das mich keines Blickes würdigt, und sage mir im Stillen: „Wer möchte dich schon kennenlernen, Assad-Schergin!"

/

In der U-Bahn überlasse ich meinen Sitzplatz einer alten Dame und stelle mich dorthin, wo sie gestanden hatte / Die Frau dankt mir und lächelt mich an, also lächele ich zurück / Die Fahrt über lächeln wir einander so lange abwechselnd dankbar an, bis ich meine Station verpasst habe.

/

In der U-Bahn wähle ich den freien Platz neben der Frau mit dem Kopftuch. Seelenruhig sitze ich da und fühle mich geborgen.

/

Ebenfalls in der U-Bahn läuft mir zufällig ein intellektueller Freund über den Weg, der mich für genauso intellektuell hält, wie sich selbst. Er fragt:

„Wo fährst du hin?"

„In die Arbeit."

„Was arbeitest du denn?"

„Metallarbeiter. Das ist mein eigentlicher Beruf."

Da klopft mir der Intellektuelle auf die Schulter und sagt:

„Das machst du ganz toll."

Er klingt gerührt, als wolle er gleich weinen über meine Lage, so sehr, dass ich mich umgehend wirklich wie jemand aus dem Pöbel fühle.

٢٥ يناير ٢٠١٨، الساعة ٧:٤٤ م ♥ ٣١٥

العمل على الطريقة الألمانية

٢٦ يناير ٢٠١٨، الساعة ١١:٣٨ص ♥ ٧٨٧

يمدحني أخي الذي يعيش في السعودية في إحدى سهرات الأقارب وأبناء العشيرة ويقول:

«أخوي عبود الصغير يشتغل بألمانيا ويتعب ويتعذّب ويحط معلميتو وخبرتو وكل اللّي علمتو اياه بأصول المصلحة!

وآخر شي يطبعون على القطعة

MADE IN GERMANY»

25. Januar 2018 um 19:44 Uhr **315 ♥**

🖼 Arbeiten, auf die deutsche Art

26. Januar 2018 um 23:38 Uhr **787 ♥**

An einem Familienabend mit vielen Verwandten und Stammesmitgliedern lobt mich mein in Saudi-Arabien lebender Bruder:

„Mein kleiner Bruder Aboud arbeitet in Deutschland und tut und macht und müht sich ab und lässt sein ganzes Meistergeschick und all seine Arbeitserfahrung, die ich ihm vermittelt habe, in die Arbeit fließen, und am Ende drucken sie auf das fertige Ding:
MADE IN GERMANY“

٢٧ يناير ٢٠١٨، الساعة ١١:٠٣ ص ٢٢٦ ♥

منذ زمن وأنا أتجنّب مشاهدة الأخبار، لم أعد أعرف من ربح ومن خسر ومن يموت ومن يحتفل.

وكل مرة أتصل بأمي لأسلّم عليها، تقول لي»ما دريت اش صار بالبلد؟؟»

ودائمًا أجيبها ببرادة قلب «لا والله ما دريت»

فتحرد مني وتعتبرني خاين! تقول «والله شكلهم الأجانب خذوك منّا»

٢٨ يناير ٢٠١٨، الساعة ٨:٣٥ م ٣٥٢ ♥

أثناء الاستراحة في الورشة التي أعمل فيها \ أحدثُ زميلي البولوني:

«لا تشوفني هيك!! أنا كان عندي ورشة ويشتغلو عندي عشر عمال وأنا المعلّم، أروح وأجي عالورشة ايمتى مابدي ...»

فيسألني البولوني بكل براءة: «لكن ليش جيت لهون؟!»

«so why did you come here»

٢٨ يناير ٢٠١٨، الساعة ١٠:٥٢ م ٤٥٨ ♥

ذهبتُ من أجل تجديد الإقامة الألمانية \ أعطيتُ الموظفة الأوراق المطلوبة \ وبشكل روتيني قامتْ الموظفة الجميلة بتجديد إقامتي.

وعندما انتهينا سألتها بالإنكليزية:

«ايمتى أقدر أقدّم على الجنسية الألمانية؟»

«When i can apply to German nationality؟»

نظرتْ إليّ بامتعاض واستغراب وجاوبتني بالإنكليزية أيضًا: «لمّا تتعلم

27. Januar 2018 um 11:03 Uhr **226 ♥**

Seit langem vermeide ich es, Nachrichten zu gucken. Ich habe keine Ahnung mehr, wer gewonnen oder wer verloren hat, wer gestorben ist oder wer was zu feiern hat.
Und jedes Mal, wenn ich meine Mutter anrufe, um mich bei ihr zu melden, sagt sie: „Weißt du denn noch gar nicht, was im Land passiert ist?"
Und immer sage ich ihr eiskalt: „Nö, keine Ahnung."
Dann ist sie jedes Mal beleidigt und ich in ihren Augen ein Verräter.
Sie sagt: „Die Ausländer haben dich uns offenbar schon weggeschnappt."

28. Januar 2018 um 20:35 Uhr **352 ♥**

Während der Pause in der Werkstatt, wo ich arbeite / sage ich meinem polnischen Kollegen: „Du siehst mich jetzt zwar so, aber in Syrien hatte ich eine Werkstatt mit sieben Angestellten, und ich war der Meister! Durfte kommen und gehen, wann immer ich wollte …"
Da fragt mich der Pole völlig unbedarft: „Und warum bist du dann hierhergekommen?" „So why did you come here?"

28. Januar 2018 um 22:52 Uhr **458 ♥**

Ich ging meine deutsche Aufenthaltsgenehmigung verlängern / reichte die geforderten Unterlagen ein / und routiniert verlängerte die schöne Beamtin mir den Aufenthalt.
Als wir fertig waren, fragte ich sie auf Englisch: „Wann kann ich eigentlich die deutsche Staatsbürgerschaft beantragen?"

تحكي شوية ألماني على الأقل ...»
«.When you can speak a little German at least»

٣٠ يناير ٢٠١٨، الساعة ٦:٠٢ م ❤٤٢٥

من لا يعمل لا يأكل.
* مثل صيني معروف.

٥ فبراير ٢٠١٨، الساعة ٨:٤١ م ❤٤٢١

قمت بتقليد جيراني الأجانب وزرعت الورود على البلكون.

٧ فبراير ٢٠١٨، الساعة ١٠:٣٨م ❤١٧٠٠

دخل عليّ جاري الألماني وأنا أتحدّث مع أهلي على السكايب.
صوت وصورة.
رحّبتُ به وطلبت منه أن يجلس ريثما أنهي المكالمة المفتوحة.
جلس جاري الألماني بقربي والكاميرا مفتوحة، رفع يده ملقيًا التحية على العائلة أمامه في الشاشة وقال لهم: هالوووو
فردت العائلة كلها عليه بالعربي: أهلييييين
وراحت أختي تنادي بقية أفراد العائلة في الغرف الأخرى والمطبخ وهي

„When I can apply to German nationality?"
Irritiert und etwas missgelaunt blickte sie mich an, dann sagte sie, ebenfalls auf Englisch: „Wenn du irgendwann vielleicht wenigstens ein bisschen Deutsch gelernt hast."
„When you can speak a little German at least."

30. Januar 2018 um 18:02 Uhr **425 ♥**

🖼 Wer nicht arbeitet, isst nichts.*
*beliebtes chinesisches Sprichwort

5. Februar 2018 um 20:41 Uhr **421 ♥**

Ich habe es meinen ausländischen Nachbarn gleichgetan und meinen Balkon mit Blumen bepflanzt.

7. Februar 2018 um 10:38 Uhr **1700 ♥**

Als mein deutscher Nachbar zu mir kam, unterhielt ich mich gerade mit meiner Familie über Skype, in Ton und Bild. Ich bat ihn, hereinzukommen, hieß ihn aber erstmal neben mir Platz nehmen, solange der Anruf noch lief.
Mein Nachbar setzte sich also neben mich vor die laufende Webcam und hob seine Hand, um die Familie, die er vor sich auf dem Bildschirm sah, zu begrüßen. Dann sagte er ihnen: „Hallooooo!"
Und meine komplette Familie antwortete einstimmig auf Arabisch: „Ahleeeeeeeen!"
Dann lief meine Schwester aus dem Bild, um die restliche Familie aus den weiteren Zimmern und auf der Küche herbeizuholen. Sie rief: „Kommt alle her und schaut euch Abouds deutschen Freund an!"

تصرخ وتقول: تعالوا شوفوا رفيق عبود الألماني ...
فالتمّت العائلة في الشاشة، أخواتي وإخوتي وأمي وأولاد أخي الصغار وصاروا يتحادثون بالعربية ويتضاحكون وأحيانا تصدر من قلب الضجة محاولات بالانكليزية مثل: هاو آر يو ونايس تو ميت يو ...
والأولاد يتقافزون وينطوطون أمام الشاشة ويلصقون خدودهم على الكاميرا
وأمهم تنهيهم بصوتٍ عالٍ وهم لا يردّون! فأكلوا قتلة على الهواء مباشرة على مرأى من جاري الألماني.
اختلطت الضحكات مع بكاء الأطفال وعمّت الفوضى، فودّعتُ أهلي وأغلقت الشاشة.
عدت إلى جاري الألماني وسألته: «ماذا تحب أن تشرب؟»
فقال لي: «أريد فقط كأس ماء.»
أحضرت له الماء، فشرب الكأس دفعة واحدة وسألني: «هل ستقدم على طلب لم شمل لعائلتك؟»

١٢ فبراير ٢٠١٨، الساعة ١١:٠٥م **٢٥٤♥**

أثناء العمل في الورشة \ أشعلت سيجارة وسحبتُ منها سحبة طويلة ونظرتُ نحو الأفق وشردت
تذكرت ابراهيم! وينك يا ابراهيم تسويلي كاسة شاي مع هالسيجارة
تذكرت ورشتي في منبج والمنطقة الصناعية وسندويشة الكباب الساخنة

Die komplette Familie quetschte sich also vor den Bildschirm: meine Schwestern und Brüder, meine Mutter und die kleinen Kinder meines Bruders. Alles quasselte durcheinander auf Arabisch, sie lachten und manchmal drangen durch den Lärm Versuche hindurch, etwas auf Englisch zu sagen: „How are you nice to meet you …"
Die Kinder hopsten vor dem Bildschirm auf und ab und klebten ihre Wangen an die Webcam.
Die Mutter ermahnte sie erst laut, als sie aber keinerlei Reaktion zeigten, gab sie ihnen eine Ohrfeige, live, vor laufender Kamera und den Augen meines deutschen Nachbarn.
Unter das Lachen mischten sich Kindertränen, das Chaos wurde immer wilder.
Ich verabschiedete ich mich von meiner Familie und klappte den Bildschirm zu.
Dann wandte ich mich wieder meinem deutschen Nachbarn zu: „Was möchtest du denn trinken?"
„Nur ein Glas Wasser", sagte er.
Ich brachte ihm sein Wasser und mit einem Schluck trank er es aus. Dann fragte er mich: „Sag mal … hast du eigentlich vor, Familienzusammenführung zu beantragen?"

12. Februar 2018 um 23:05 Uhr **254 ♥**

Bei der Arbeit in der Werkstatt / zündete ich mir eine Zigarette an, nahm einen tiefen Zug, und blickte abwesend in die Ferne.
Ich erinnerte mich an Ibrahim. Wo bist du jetzt nur, Ibrahim? Du hättest mir jetzt ein Glas Tee zu meiner

سحبتُ سحبة أخرى من السيجارة وأغمضتُ عينيّ وسرحتُ مع الذكريات، منبج وشوارعها وبيتنا وأهلي والجيران
تذكرت الثورة وكيف حدث ما حدث
تذكرت تركيا وأمي وآخر الشهر وثمن البرادي المطلوب
ثم خطر على بالي الفيسبوك والأصدقاء وقصص الحب والرسائل واللايكات ...
أفتح عينيّ على صوت المعلم الألماني الخشن يقول لي:
«Aboud, time is money here! We are in Germany»

٣ مارس ٢٠١٨، الساعة ١٢:٣٤ م **٤٣٢♥**

يعرض عليّ طبيب الأسنان أن أختار حشوة لسنّي المنخور، واحدة سوداء يشملها التأمين الصحّي وأخرى بيضاء لا يشملها التأمين الصحّي، لكن الطبيب ينصح بالحشوة البيضاء! يقول: بتكلفك أكثر بس تجعل ابتسامتك وضحكتك أجمل ...
قلت له: معليش ركبلّي من الحشوة السودا! من زمان ماعاد ضحكنا يا دكتور، ولا شكلنا رح نضحك، ركّب من الحشوة السودا تبع التأمين الصحّي يا دكتور، ركّب ولا تاكل هم عالخالص.

Zigarette gebracht.
Ich dachte an meine Werkstatt in Manbidsch, an das Industrieviertel, an die heißen Kebab-Brote.
Abermals zog ich an meiner Zigarette, schloss die Augen und versank in Erinnerungen. Manbidsch, die Straßen dort, unser Haus, meine Familie, die Nachbarn.
Ich dachte an die Revolution, daran, wie alles so kam, wie es gekommen ist.
Ich dachte an die Türkei, an meine Mutter, an das Monatsende und die Kosten für die Gardinen.
Dann fiel mir Facebook ein, meine Freunde, meine Liebesgeschichten, all die Messages und Likes.
Als ich die raue Stimme meines deutschen Meisters hörte, klappte ich die Lider wieder auf:
„Aboud, time is money here! We are in Germany."

3. März 2018 um 12:34 Uhr **432 ♥**

Der Zahnarzt bietet mir an, mir die Füllung für mein Loch im Zahn selbst auszusuchen: Ich habe die Wahl zwischen einer schwarzen, die von der Krankenkasse übernommen wird, und einer weißen, die von der Krankenkasse nicht übernommen wird. Er rät mir aber zu der weißen, er sagt: „Die kostet zwar mehr, aber Ihr Lächeln wirkt dann viel schöner!" Ich sagte ihm: „Ach, machen Sie mir einfach die schwarze Füllung rein. Ich hab schon ewig nicht mehr gelacht, Herr Doktor, und wie's aussieht, werd' ich auch nicht mehr viel lachen. Machen Sie mir die Füllung von der Krankenversicherung rein. Einfach rein damit, und gut ist's."

٧ مارس ٢٠١٨، الساعة ٣٥:٧م ♥٢٩٥

اوجد الفوارق العشرة بين الصورتين!

2018,GERMANY 2008,SYRIA

١١ مارس ٢٠١٨، الساعة ١١:٢١ ص ♥٥٣٣

في الورشة التي أعمل بها يوجد راديو، يستمع إليه زملائي الألمان بشكل دائم.

اسم المحطة المثبت عليها الراديو «راديو آينز برلين» والبثّ باللغة الألمانية طبعًا.

أحيانًا وبعد كل ٣٠٠٠ أغنية، تمر أغنية واحدة أعرفها

مثل careless whisper

لكن بقية الأغاني والبرامج الترفيهية والمقابلات والسير المفتوحة والأحوال الجوية وأحوال الطرقات ... لا أفهم منها شيئًا، بينما يتفاعل زملائي الألمان مع كل ما يبثّ بالضحكات والابتسامات والتعليقات أحيانًا. وأنا أنظر إليهم وبودّي أن أشارك، أحاول أن ألتقط كلمة أفهمها لأشارك بالضحكات والابتسامات على أنني شخص مثلي مثلهم، منفتح ويفهم بالتهكم والكوميديا ويعيش الحياة بكل تفاصيلها بشكل طبيعي، لكن عبثًا، ولا كلمة أفهمها.

7. März 2018 um 19:35 Uhr **295 ♥**

🖼 Finde zehn Unterschiede!

11. März 2018 um 11:21 Uhr **533 ♥**

In der Werkstatt, in der ich arbeite, steht ein Radio, und das lassen meine deutschen Kollegen die ganze Zeit laufen. Sie hören immer Radio Eins und die Sendungen sind selbstverständlich alle auf Deutsch.

Manchmal, so ungefähr alle dreitausend Lieder, kommt mal ein Lied, das ich auch kenne, beispielsweise „Careless Whisper", aber von den restlichen Liedern, Unterhaltungsprogrammen, Interviews, Talkshows, dem Wetterbericht und dem Verkehrsservice verstehe ich kein Wort.

Meine deutschen Kollegen hingegen reagieren auf jede Sendung, lachen mit, schmunzeln oder manchmal kommentieren sie auch etwas. Und ich sehe zu ihnen hinüber und würde so gerne auch mitmachen.

Versuche, ein Wort aufzuschnappen, das ich verstehe, und mitzulachen oder -schmunzeln. Als Zeichen, dass ich einer von ihnen bin. Ein offener Mensch, der Ironie versteht und ganz normal am Leben teilhat, in all seinen Einzelheiten … aber vergebens, ich verstehe kein Wort.

Und so vergeht jeder Vormittag, bis es elf Uhr schlägt und die Nachrichten kommen.

Dass es die Nachrichten sind, erkenne ich am dramatischen Intro, dann kommt die Stimme des deutschen Radiomoderators, der ernst zu Thrillertönen die Schlagzeilen herunterrattert.

وهكذا تمر الفترة الصباحية إلى أن تصبح الساعة ١١، وتأتي نشرة الأخبار. أعرف أنها نشرة أخبار من مقدمتها الموسيقية الخطيرة، ثم أسمع صوت المذيع الألماني يرشّ العناوين الرئيسية بكل جدّية مع الموسيقا التشويقية.

بعد أول عنوان، وأحياناً في العنوان الأول نفسه، تبدأ الكلمات التي أفهمها تتدفق من الراديو: سوريان ... غوتا ... أفرين ... مع الخلفية الموسيقية الخطيرة.

في هذه اللحظة، أشعر بنظرات أصدقائي إليّ، ولا أفهم هل هي تعاطفات أم تساؤلات أم اندهاشات أم تذمّرات، فأدّعي أنني مشغول بالقطعة التي بين يدي وأنني لا أعير ما يبثّ على الراديو أي اهتمام، أصلاً أنا ما أفهم ألماني!!!

وكل يوم عند الساعة الحادية عشرة، نفس الموسيقا الخطيرة، ونفس المذيع الجدّي، والكلمات التي أفهمها تتدفق: سوريان.. أسد ... إسلاميش ... بوتين ... أفرين ... غوتا ...

ونظرات زملائي أيضاً تتدفق، والإرباك منّي يتدفق أيضاً.

وصرت أراقب الوقت، وعندما تصبح الساعة ١١ إلا خمس دقائق، أذهب إلى المرحاض، ليس لقضاء الحاجة، إنما لتجنّب نشرة الأخبار.

أجلس في المرحاض، لا أفعل شيئاً سوى انتظار المذيع أن ينهي أخباره وكلماته التي أفهمها: سوريان.. أسد.. بوتين.. إسلاميك ... مع الموسيقا التشويقية الخطيرة.

أخرج من المرحاض الساعة ١١ وربع، أغاني طبيعية على الراديو، لا نظرات ولا إرباكات، وأنا مثلي مثلهم، منفتح وأعيش الحياة ببساطة وبالشكل الطبيعي، لكنني فقط لا أفهم اللغة الألمانية.

لكن اللجوء إلى المرحاض ليس متاحاً دائماً، أحياناً أكون مشغولاً بقطعة بين يديّ ولا يمكنني تركها، فأقول لنفسي: بلكي اليوم ما بتجي سيرتنا

Und nach der ersten Schlagzeile, manchmal sogar in der ersten selbst, beginnen endlich Wörter, die auch ich kenne, aus dem Radio zu strömen: Syrien … Ghouta … Afrin … immer mit derselben Thrillermusik im Hintergrund.
In diesen Momenten spüre ich, wie die Blicke meiner Freunde zu mir wandern. Ich kann nie deuten, ob es Blicke voller Mitleid oder voller Fragen sind oder ob sie erstaunt sind oder anklagend. Also tue ich meist so, als sei ich einfach viel zu vertieft in meine Arbeit an dem Teil, das ich gerade in den Händen halte, als dass ich dem Radio irgendeine Aufmerksamkeit schenken könnte – außerdem verstehe ich ja eh kein Deutsch!
Jeden Tag um elf ertönt wieder dieselbe Thrillermusik, derselbe todernste Moderator beginnt zu sprechen und die Wörter, die ich verstehe, strömen aus dem Radio: Syrien … Assad … islamisch … Putin … Afrin … Ghouta …
Und die Blicke meiner Kollegen strömen zu mir und ich verströme Peinlichberührtsein.
Irgendwann habe ich angefangen, die Zeit im Auge zu behalten. Um fünf vor elf verziehe ich mich aufs Klo, nicht, weil ich ein Geschäft zu erledigen hätte, sondern um der Nachrichtensendung zu entgehen.
Dann sitze ich auf dem Klo und tue gar nichts. Außer darauf warten, bis der Nachrichtenmoderator mit der Sendung und der gruseligen Thrillermusik durch ist und vor allem mit den Wörtern, die ich verstehe: Syrien … Assad … Putin … islamisch …
Um Viertel nach elf komme ich wieder vom Klo: normale Lieder, keine Blicke, kein Peinlichberührtsein – ich bin

بالأخبار!!

تبدأ الموسيقا التشويقية، فيعود المذيع الجدّي أخو الحفيانة لرشّ الكلمات ... سوريان.. أسد ... روسيان ... إسلاميك ... إدلب ...

ونظرات الزملاء مستمرة.

ومنذ أشهر وأنا على هذه الحالة.

البارحة، وفي الساعة الحادية عشرة، المرحاض مشغول، وأنا على المكنة لا يمكنني التملّص، نفس السيناريو، المذيع الجدّي والموسيقا الخطيرة، وأخبار بلدي، ونظرات الزملاء وصبري الذي نفذ ... فتوقفت عن العمل، ونظرت إلى الجميع وثبّت عيوني في عيونهم لأول مرّة وقلت لهم: خير انشالله!! بحياتكم مو سمعانين أخبار ولّا بحياتكم مو شايفين ثورة؟؟!!!!

!!What ?you never heard News before

?!!!!! or you never saw a revoluation before

٢٠ مارس ٢٠١٨، الساعة ٧:٢١ م ٦٧٥♥

على اليمين هوليود وعلى اليسار بوليود ...

wieder einer von ihnen. Ein offener Mensch, der einfach ganz normal sein Leben lebt, nur, dass ich halt kein Deutsch verstehe.
Die Flucht aufs Klo ist nicht immer eine Option. Manchmal bin ich wirklich zu beschäftigt mit dem Ding, an dem ich gerade arbeite, manchmal kann ich es gerade nicht aus der Hand lassen. Dann sage ich mir: „Können wir nicht einmal einen Tag nicht im Radio sein?"
Die spannende Musik setzt ein und dieser ernste Hurensohn von einem Moderator fängt wieder an, jene Worte herauszuschießen: Syrien … Assad … russisch … islamisch … Idlib … und dann wieder die Blicke meiner Kollegen.
Das geht nun schon monatelang so.
Gestern Vormittag um elf war das Klo besetzt und ich hing an der Drehbank und konnte nicht weg. Und wieder dieselbe Szene: der ernste Moderator, die Thrillermusik, die Nachrichten über meine Heimat, die Blicke der Kollegen, und da war's mit einem Mal vorbei mit meiner Geduld. Ich hielt abrupt mit meiner Arbeit inne, blickte ihnen allen fest in die Augen und zum ersten Mal hielt ich ihren Blicken stand. Ich sagte: „Alles ok bei euch? Habt ihr noch nie in eurem Leben Nachrichten gehört? Oder habt ihr noch nie eine Revolution gesehen?" „You never heard news before? Or you never saw a revolution before!!!!!?"

20. März 2018 um 19:21 Uhr **675 ♥**

🖼 Hollywood (r.) und Bollywood (l.)

٣١ مارس ٢٠١٨، الساعة ١:٠٧م ♥ ٣٦٨

كالعادة ذهبت إلى الشارع \ إلى بائع المارغوانا الأفريقي \ أريد مارغوانا بـ ١٠ يورو فقط.

أفاوض الأفريقي، فيعطيني القليل، فأذبل عينيّ وأقول له:

«please give me a little bit more!»

فيمتعض الأفريقي ويضع لي حبة صغيرة بحجم حبّة العدس ...

لم أقتنع! ذبّلت عينيّ أكثر وأكثر وقلت له:

«please a little bit more! you know I am from Syria!

War … revolution … freedom … freedom»

ينتفض الأفريقي في وجهي ويقول:

«you wanna freedom Habibi!! go to Syria!

no more Mariguana.»

٢ أبريل ٢٠١٨، الساعة ١١:٤١ ص ♥ ٣١٤

تعيش العناكب في زوايا بيتي حياة آمنة مستقرة.

٢ أبريل ٢٠١٨، الساعة ٩:٥٨ م ♥ ٨٥٤

اليوم أشرقت الشمس قليلاً هنا في برلين، في عزّ البرد والظلام، انسلّت من بين الغيوم وظهرت.

وراح زملائي يصرخون بالألمانيّة «Sonne … Sonne!»

بما معناه انو طلعت الشمس ...

فتركوا العمل وركضوا إلى الخارج يحتفلون ويرحّبون بها، منهم من أغمض عينيه وفتح ذراعيه وكأنه يشحن نفسه بالطاقة، وآخر أشعل سيجارة وبدأ يحتسي قهوته تحت أشعة الشمس الجميلة، وآخرون راحوا

31. März 2018 um 13:07 Uhr **368 ♥**

Ich gehe wie immer auf die Straße / zum afrikanischen Grasdealer / Gras kaufen für zehn Euro.
Ich verhandele mit ihm, er gibt mir zu wenig. Ich verziehe wehleidig die Augen und sage:
„Please give me a little bit more!"
Der Afrikaner wirkt entnervt und legt mir einen Krümel von der Größe einer Linse dazu:
Er glaubt mir nicht. Ich also verziehe die Augen noch wehleidiger und sagte:
„Please, a little bit more! You know I am from Syria
War … revolution … freedom … freedom!"
Da baut sich der Afrikaner vor mir auf und sagt:
„You wanna freedom, Habibi!! Go to Syria!
No more Marijuana."

2. April 2018 um 11:41 Uhr **314 ♥**

Die Spinnen in den Ecken meiner Wohnung führen ein Leben in Frieden und Sicherheit.

2. April 2018 um 21:58 Uhr **854 ♥**

Heute schien in Berlin ein wenig die Sonne. In der tiefsten Kälte und Dunkelheit lugte sie ein bisschen zwischen den Wolkenmassen hervor.
Meine Kollegen jubelten laut: „Sonne! Sonne!"
Sie ließen alle Arbeit stehen und liegen und rannten nach draußen, um die Sonne zu feiern und zu begrüßen.
Einer schloss die Augen und breitete die Arme aus, als wolle er sich mit Sonnenenergie aufladen, ein anderer zündete

يتمشّون ويتشمّسون.

وأنا بقيت في الورشة، لم أركض إلى الخارج، رغم أنني مثلهم مشتاق للشمس ولأشعة الشمس، نشفت روحنا من الغيوم والبرد والكآبة.

لكنني تردّدت ...

أعرف نفسي وأتذكر أنني قضيت ٣٠ سنة بالوطن وأنا أشتم الشمس وألعن الساعة اللي تطلع بيها الشمس! لأسباب متعدّدة أشكال وألوان ... عندما كان يصفّ تراكتور خربان أمام الورشة ويحتاج إلى تصليح، أقعد أصلّح وأبلبش بالتراكتور ٤ أو ٥ ساعات تحت أشعة الشمس والعرق يتصبّب مني لحد ما الشمس تثقب راسي، فألعن التراكتور والصناعة والشغل والشمس.

وعندما تنقطع الكهرباء في ظهيرة أي يوم من أيام الصيف ولمدّة ساعة أو ساعتين، كانت كافية لأن تلعن الكهرباء والنظام والدولة والشوب والصيف والشمس.

وياما قضّيت سفرات داخلية بقلب الوطن من مدينة لمدينة، وقاعد من طرف الشباك والشمس ترقع بيّ طول الرحلة، وياما كفرت بالباص والشوفير والشمس.

كل هذا وأكثر ...

علاقتي مع الشمس متدهورة إلى أبعد حد، وصوفتي حمرا عندها.

وما أظن الأمور ممكن تتصلح بيناتنا بمجرد ركضة غير عفوية!

لذلك بقيت في الورشة، في الفيّ والبرد

خجلت من نفسي، خجلت من الشمس.

sich eine Zigarette an und trank genüsslich seinen Kaffee unter den schönen Strahlen, andere zogen los, um spazieren zu gehen und sich zu sonnen.
Und ich? Blieb drinnen, in der Werkstatt. Rannte nicht nach draußen. Obwohl ich die Sonnenstrahlen genau wie alle anderen vermisste und schon ganz verschrumpelt war, vor lauter Wolken, Kälte und Düsternis.
Doch ich brachte es nicht übers Herz.
Ich kenne mich doch. Ich weiß doch genau, dass ich dreißig Jahre lang in Syrien jeden Tag nur auf die Sonne geschimpft und die Stunde verflucht habe, in der sie aufgegangen ist. Die Gründe dafür sind etliche.
Wenn ein kaputter Traktor zur Reparatur vor unserer Werkstatt parkte, saß ich da und fummelte vier, fünf Stunden unter der brütendheißen Sonne am Traktor herum. Der Schweiß rann in Strömen an mir herab, die Sonne brannte mir ein Loch in den Kopf und ich fluchte über den Traktor, das Handwerk, die Arbeit und die Sonne.
Und wenn an Sommertagen um die Mittagszeit der Strom für ein, zwei Stunden ausfiel, reichte das für mich aus, um den Strom zu verfluchen, das Regime, den Staat, die Hitze, den Sommer – und die Sonne.
Und was bin ich in Bussen von Stadt zu Stadt gefahren, immer am Fensterplatz, während die Sonne mir die ganze Fahrt über ins Gesicht knallte, und was hab ich geflucht, über den Bus, den Fahrer – und die Sonne.
Das alles, und noch viel mehr.
Meine Beziehung zur Sonne ist denkbar schlecht, und ich habe keinen guten Ruf bei ihr.

٢١ أبريل ٢٠١٨، الساعة ١١:٣٠ م **٤٥٠ ♥**

\\\ في خطوة كبيرة مني للاندماج ... \\\

ذهبتُ اليوم إلى دائرة الضرائب، دخلت إلى مكتب الموظفة الألمانية،
أعطيتها أوراقي وسألتها بفخر: «شقد يطلع علينا ضريبة ياحلوة؟»
«How much should I pay taxes؟»
فسألتني الموظفة: «هل أنت عازب أم متزوج؟»
ومع ابتسامة حميمة وعيون ذبلانة أجبتها: «طبعًا عازب.»
وأضفت: «عمري ٣٥ سنة ...»
لكنها لم تكترث! أجرتْ عمليات حسابية على الكمبيوتر وأخبرتني بالمبلغ المتوجّب عليّ دفعه، وقالت لي: «لو كنت متزوجًا لدفعت تقريبًا نصف هذا المبلغ!»
وأنا رحت آكل أصابعي ولساني ندمًا على كلمة عازب!
وصرت أحاول أن أقنع الموظفة الألمانية وأقول لها: «عندي غيرل فريند ... أوبن ريليشن ... أوبن مايندد ... حبيبات على الفيسبوك ...»
«I have a girlfriend ... open relation ... open minded and a lot of love on facebook ...»
على أمل أن تخفّف لي من قيمة الضريبة، لكن الموظفة لم تقبل ولم تعترف بكل هذا الحب.

Insofern denke ich einfach nicht, dass sich die Lage zwischen uns mit so einem pseudospontanem Rausrennen wieder in Ordnung bringen lässt!
Deshalb bin ich in der Werkstatt geblieben, im Schatten und in der Kälte.
Und habe mich vor mir selbst geschämt – und vor der Sonne.

21. April 2018 um 23:20 Uhr **450 ♥**
/// Ein großer Schritt in Richtung Integration ///
Heute war ich beim Finanzamt. Die deutsche Beamtin betrat den Raum, ich überreichte ihr meine Unterlagen und fragte sie stolz: „Na, Süße? Wieviel Steuern werden es wohl bei mir?" „How much should I pay taxes?" Die Beamtin fragte zurück: „Ledig oder verheiratet?" Mit vertrauensseligem Lächeln und Hundeblick antwortete ich: „Natürlich ledig", und ich fügte hinzu: „Ich bin übrigens fünfunddreißig Jahre alt." Das interessierte sie gar nicht. Sie führte irgendwelche Rechnungen am Computer aus und teilte mir dann den Betrag mit, den ich zu zahlen hatte. Dann sagte sie: „Wären Sie verheiratet gewesen, wäre es ungefähr die Hälfte gewesen." Ich biss mir auf die Zunge und bereute sofort, dass ich das Wort „ledig" gesagt hatte! Ich versuchte, die deutsche Beamtin nochmal umzustimmen. In der Hoffnung, sie würde mir die Steuern nochmal senken, sagte ich: „Aber ich habe eine Freundin! Open relation, open minded! Liebhaberinnen auf Facebook!" „I have a girlfriend … open relation … open minded and a lot of love on facebook"
Aber die Beamtin wollte nicht. All diese Formen der Liebe erkannte sie nicht an.

٢٦ أبريل ٢٠١٨، الساعة ١١:٣٠ م ♥٤٤٢

عدم الوقوف كثيرًا أمام المرآة \ هو نوع من أنواع الحرية.

٢٧ أبريل ٢٠١٨، الساعة ٩:٠٤ ص ♥٥٥٧

لبستُ جواربي بالمقلوب من دون أن أنتبه \ وعلى عتبة الباب عندما أتيت لأرتدي حذائي \ لاحظتُ أن جواربي بالمقلوب! وللحظة أردتُ أن أصحح المشهد، أن أنحني مجدداً وأعيد جواربي لوضعها الصحيح \ لكنني تساءلت: لماذا عليّ أن أقلبها؟ من سيراها؟ لا صديق أزوره وأخلع حذائي على باب بيته، ولا أحد سيرفعني فلقة ويلاحظ أنّ جواربي مقلوبة.

صباح الخير على الأصدقاء الذين لم تعد تفرق معهم أشياء كثيرة في هذه الحياة.

٢٩ أبريل ٢٠١٨، الساعة ٢:١١ م ♥٣٨٢

بعد أن زرعت الورود على البلكون، وصار بلكوني ينافس بلاكين الجيران، لا بل ويتفوق عليها، لأنني كنت قد اشتريت وروداً من كل الألوان ...

أحمر ... أصفر ... أبيض ... بنفسجي ...

واشتريتها متفتحة وجاهزة ومن أكبر قياس، وزرعتها بكثافة لدرجة أن بلكوني صار عبارة عن مزهرية مدحوش فيها آلاف الورود.

واشتريت أيضاً إبريقًا خاصاً لسقاية الزهور، وجلست أنتظر الشمس وجارتي صاحبة البلكون المقابل لبلكوني، أترقب اللحظة التي تخرج فيها لتسقي زهورها.

26. April 2018 um 23:30 Uhr **442 ♥**

Nicht zu viel Zeit vor dem Spiegel zu stehen / ist auch eine Form von Freiheit.

27. April 2018 um 09:04 Uhr **557 ♥**

Ich hatte meine Socken verkehrt herum angezogen und es nicht bemerkt / Erst an der Türschwelle, als ich mir gerade die Schuhe anziehen wollte / fiel es mir auf: Die Socken waren falschherum! Einen Moment lang wollte ich die Sache in Ordnung bringen. Wollte mich nochmal bücken und meine Socken umdrehen / Doch dann fragte ich mich: Warum sie wieder umstülpen? Wer wird sie schon sehen? Einen Freund, den ich besuchen und an dessen Haustür ich mir die Schuhe ausziehen würde, habe ich hier eh nicht, und falls es doch jemandem auffallen sollte, wird er mir auch keine Stockhiebe verpassen.
Guten Morgen an alle Freunde, denen das meiste einfach nur noch egal ist in diesem Leben.

29. April 2018 um 14:11 Uhr **382 ♥**

Jetzt, wo ich also Blumen auf meinen Balkon gepflanzt habe, macht mein Balkon den Nachbarbalkonen alle Ehre. Beziehungsweise übertrifft er sie sogar, denn ich habe Blumen gekauft in allen Farben: rot, gelb, weiß und lila.
Ich habe sie fertig aufgeblüht gekauft und in den größten Größen und sie so dicht gesetzt, dass mein Balkon jetzt eine Art Blumengesteck ist, brechend voll mit tausend Blumen.
Eine Gießkanne habe ich mir auch gleich besorgt.
Jetzt setze ich mich hin und warte auf die Sonne und meine

وما أن ألمحها على البلكون حتى أنتشل إبريقي الأنيق بسرعة البرق وأبدأ بسقي الزهور بحنان وعناية ...
أسقي الزهور وعيوني على جارتي، أنتظر أن تأتي عيني بعينها فنتبادل ابتسامة وحدة الحال أو ابتسامة الأزهار.

٢ مايو ٢٠١٨، الساعة ٧:٠٣ م ❤ ٣٦٦

آكل الفلافل مرة في الأسبوع على الأقل \ لكي لا أنسى الوطن.

٤ مايو ٢٠١٨، الساعة ٩:١٦م ❤ ٨٦٠

سألني معلمي الألماني أثناء العمل: «عندك فيسبوك؟»
فأجبته بكل براءة: «عندي.»
فبحث عن اسمي وقام بإضافتي \ ومع مرور الوقت وبعد أن لاحظ معلمي اللايكات الكثيرة والتعليقات والمتابعين ...
وطبعًا معلمي بجلالة قدره، مايجيب عالبوست أكثر من ٧ لايكات ...
بعد أن لاحظ معلمي الفرق الكبير، صار يعاملني بلطف زائد عن اللزوم وأخبرني منذ يومين أنه عازمٌ على زيادة أجرتي اعتبارًا من الشهر القادم.

Nachbarin, der der Balkon gegenüber gehört. Ich warte auf den Augenblick, wo sie herauskommt und mit dem Gießen beginnt.
Sobald ich sie auf ihren Balkon treten sehe, greife ich eilig zu meiner edlen Gießkanne und fange an, zärtlich und hingebungsvoll die Blumen zu gießen.
Die gesamte Zeit, während ich gieße, sind meine Augen auf meine Nachbarin gerichtet. Ich warte, dass unsere Blicke sich treffen und wir ein Leidensgenossen-Lächeln austauschen können. Oder ein Blumenlächeln.

2. Mai 2018 um 19:03 Uhr **366 ♥**

Ich esse mindestens einmal pro Woche Falafel / damit ich die Heimat nicht vergesse.

4. Mai 2018 um 21:16 Uhr **860 ♥**

Mein deutscher Meister fragte mich während der Arbeit: Hast du Facebook?
Und ich so, ganz arglos: Joa, hab ich.
Also suchte er mein Profil und schickte mir eine Freundschaftsanfrage / und mit der Zeit, als meinem Meister die vielen Likes, Kommentare und Follower aufgefallen waren, – während seine Majestät, mein Meister, keine sieben Likes für einen Post zusammenkriegte – als er also den großen Unterschied zwischen uns beiden bemerkte, behandelte er mich übertrieben freundlich und vor zwei Tagen sagte er, er werde mir ab nächstem Monat eine Gehaltserhöhung geben.

٥ مايو ٢٠١٨، الساعة ١١:٣١ص **٤٩١♥**

من عالم الاندماج ...

أنا وجيّا: لحظة المواجهة!

٥ مايو ٢٠١٨، الساعة ٢:٤٠ م **٢٧٥♥**

وأنا أشرب قهوتي الصباحية في يوم العطلة \ رأيت أحد عناكب بيتي يتدلّى من سقف الغرفة، وكان يحاول جاهداً التمسّك بالخيط والصعود إلى الأعلى، لكنه فشل وسقط على طاولتي!

ومثل صياد نبيل يعيد السمكة إلى النهر \ حملت العنكبوت بيدي وأعدته إلى زاوية الغرفة.

٧ مايو ٢٠١٨، الساعة ١٢:١٧ م **٦٠٩♥**

سهرت البارحة مع أصدقائي في العمل \ شربنا الكثير من البيرة ودخنا الماريغوانا فشعرت بالجوع والتعب وارتديت جاكيتي وخرجت.

وعندما وصلت البيت اكتشفت أنني قد ارتديت جاكيت صديقي النرويجي بالخطأ!

5. Mai 2018 um 11:31 Uhr **491 ♥**

Aus der Welt der Integration
Gia und ich: der Moment der Konfrontation!

5. Mai 2018 um 13:40 Uhr **275 ♥**

Als ich an einem freien Tag gerade meinen Morgenkaffee trank / sah ich eine meiner Hausspinnen von der Zimmerdecke hängen. Mit aller Mühe versuchte sie, sich an der Wand festzuhalten und höher zu krabbeln, aber vergebens: Sie fiel vor mir auf den Tisch.
Und wie ein großmütiger Fischer, der den Fisch zurück in den Bach wirft / nahm ich die Spinne auf die Hand und setzte sie zurück an die Zimmerecke.

7. Mai 2018 um 12:17 Uhr **609 ♥**

Gestern Abend war ich mit meinen Freunden von der Arbeit aus / wir tranken viel Bier und kifften, bis ich hungrig und müde war. Also zog ich meine Jacke an und ging.
Zu Hause angekommen, fiel mir auf, dass ich versehentlich die Jacke meines norwegischen Freundes angezogen hatte!
Aber das war nicht das Wichtige. Das Wichtige war, dass ich in der Tasche meiner neuen Jacke den norwegischen Pass meines Freundes fand!
Meinen blauen Flüchtlingspass hatte ich in der Tasche meiner alten Jacke gelassen, die nun das Los meines norwegischen Freundes war.
Und so wurde mein norwegischer Freund vom glücklichsten Menschen der Welt zum Angehörigen eines der traurigsten Völker der Erde.

لكن ليس هذا المهم، المهم أنني وجدت في جيب جاكيتي الجديد جواز سفر نرويجي!
وكنت قد تركت جواز سفري الأزرق تبع اللاجئين بجيب جاكيتي القديم الذي صار من نصيب صديقي النرويجي.
وهكذا تحول صديقي النرويجي من أسعد شخص بالعالم إلى أحد أتعس شعوب العالم.

١٠ مايو ٢٠١٨، الساعة ٤:٣٧ م **٣٢٢ ♥**

وأنا أمشي في الشارع ليلة أمس طلب مني أحد المشردين السكارى سيجارة! أعطيته السيجارة وأشعلتها له، فنظر إليّ وقال: «آرابيش؟»
قلت له: «نعم عربش من سوريا.»
قال: «سووريااااااا ...» وأشار بيديه كأنه يحمل بارودة وقال:
«سوريا ... تاك تاك!!»

٢٣ مايو ٢٠١٨، الساعة ٨:٠٧ م **٥٨٧ ♥**

صار عندي بسكليت \ وصرت أستخدمه للذهاب إلى العمل كما يفعل الأجانب \ في الطريق كلما رأيتُ فتاة تقود البسكليت، أسابقها وأزيد من سرعتي إلى أن أتخطاها
وعندما تصبح خلفي، أفلت المقود وأفتح ذراعيّ للهواء منتعشًا بانتصاري في السباق.
لكنه سباق من طرف واحد، كما هي قصص الحب التي أعيشها.

10. Mai 2018 um 16:37 Uhr **322 ♥**

Als ich gestern Nacht durch die Straßen lief, bat mich ein betrunkener Obdachloser um eine Zigarette. Ich reichte ihm eine, gab ihm Feuer, dann sah er mich an und fragte: „Arabisch?“ Ich sagte ihm: „Ja, arabisch, aus Syrien.“
Und er: „Syyyyyyyrien!!!!“, und dann machte er mit seiner Hand eine Geste, als halte er ein Gewehr und fügte hinzu: „Syrien … Peng-Peng!“

23. Mai 2018 um 20:07 Uhr **587 ♥**

Ich habe jetzt ein Fahrrad / und fahre damit zur Arbeit, wie es die Ausländer tun / Und jedes Mal, wenn mir unterwegs ein fahrradfahrendes Mädchen begegnet, starte ich ein Wettrennen und fahre schneller und schneller, bis ich es überholt habe.
Und wenn es dann hinter mir ist, lasse ich den Lenker los und breite meine Arme im Fahrtwind aus, siegestrunken vom gewonnenen Wettrennen.
Aber es ist ein einseitiges Wettrennen. Genau wie meine Liebesgeschichten.

٨ يونيو ٢٠١٨، الساعة ٧:٠٨ م **٢٨٠❤**

بينما كنت جالسًا في الحديقة مع الأصدقاء الأجانب، حامت فوقنا طائرة هليكوبتر على علوٍّ منخفض، كانت قريبة جدًا، لونها أصفر وضجيجها يملأ المكان! هذا أول مرة أرى طائرة هليكوبتر بهذا القرب والوضوح رغم أنني قادم من سوريا بلد الطيارات والحوّامات، بصراحة لم أخف لكن ظهر عليّ الاهتمام والاستنفار وأصدقائي بكامل الاسترخاء ولما سألتهم عنها قالوا لي: «هذه طيارة إسعاف تقوم بإسعاف الناس في الحالات الطارئة» جدًا! ثم سألوني: «ما عندكم في بلدكم طيارات إسعاف؟»
أضحك وأقول لهم: «لا والله نحن الطيارات اللي عنا لونهن أخضر وبس للقصف.»

٢٠ يونيو ٢٠١٨، الساعة ٦:٥٥ م **٥٢٢❤**

أنا وجيّا: خطوة في عالم الاندماج.

8. Juni 2018 um 19:05 Uhr **280 ♥**

Während ich mit meinen ausländischen Freunden im Park saß, kreiste tief über uns ein Helikopter. Er flog sehr nah, war gelb und verbreitete einen Heidenlärm. Es war das erste Mal, dass ich einen Helikopter so detailliert und so aus der Nähe sehen konnte. Und das, obwohl ich doch aus Syrien komme, dem Vaterland der Jets und Helikopter. Angst hatte ich keine, aber ein Staunen und eine gewisse Alarmiertheit konnte ich mir nicht verkneifen. Meine Freunde waren völlig entspannt. Als ich sie fragte, was das war, sagten sie: „Na, ein Rettungshubschrauber! Der rettet Menschen mit dringenden medizinischen Notfällen!“ Dann fragten sie mich: „Gibt es denn bei euch keine Rettungshubschrauber?“ Ich lachte und sagte: „Nein. Die Hubschrauber bei uns sind grün und nur zum Bombardieren.“

20. Juni 2018 um 18:55 Uhr **522 ♥**

Gia und ich: in der Welt der Integration

٢٠ يونيو ٢٠١٨، الساعة ٧:٠٧ م **٣٩٣♥**

سألني معلمي الألماني بمناسبة العطلة الطويلة والجو اللطيف:

«وين رح تقضي الفكيشن، مابدك تسافر سياحة على شي مكان؟»

«?Where do you wanna spend your vacation»

قلت له: «أنا حاليًا بالفكيشن ... وجودي بألمانيا بحد ذاتو سياحة وفكيشن ... بيغ فكيشن!»

٢١ يونيو ٢٠١٨، الساعة ٧:٢٥م **٢٥٦♥**

نحن جيل الحظ العاثر ...

يقول عشّاق الرياضة ومحبّي كرة القدم أننا محظوظون، نحن الذين نعيش في زمن ميسي «جيل ميسي» وهذا استثناء يُحسب لنا، وفعلاً نحن نستمتع بما يقدّمه ميسي على الهواء مباشرة.

ونحن نفسنا جيل ميسي، جيل الربيع العربي، والتغيير الكبير، نشهد ملاحم وبطولات تقدّم من أجل الحرية والكرامة، بدليل «الساروت».

لكننا بالمقابل نحن الذين عشنا الديكتاتورية والقمع والخوف والآن نشهد المجازر والطيارات الحربية والذبح والسلخ والتهجير.

كل هذا سينتهي يومًا ما بالتأكيد، وستأتي أجيال جديدة تنعم بالحرية ولا تعرف شيئًا عن نظام البعث والمخابرات أو الخوف بشكل عام.

وسيكتب التاريخ أن الربيع العربي كان نقطة تحوليّة في مسار الشعوب العربية. ونحن سنكون فراطة التاريخ، جيل فرق العملة، جيل الحظ العاثر الذي يدفع ضريبة التغيير، وكلٌّ يدفع ضريبته على قد رجليه.

جئنا إلى أوروبا، ونحن نطرح أنفسنا على أننا منفتحين ونحب الحرية، ونكره الظلم والقمع والطائفية، لنتفاجأ بأن الحرية التي نطالب بها قديمة

20. Juni 2018 um 19:07 Uhr **393 ♥**

Weil die Sommerferien vor der Tür stehen und das Wetter so schön ist, fragt mich mein deutscher Meister: „Wo verbringst du denn deine Ferien? Willst du nicht irgendwohin in Urlaub fahren?" „Where do you wanna spend your vacation?"
Ich sage ihm: „Aber ich bin doch schon im Urlaub. Mein ganzes Dasein in Deutschland ist Urlaub und Fremdenverkehr. ... Big vacations!"

21. Juni 2018 um 19:25 Uhr **256 ♥**

Wir sind die Generation, die Pech hatte.
Sportliebhaber und Fußballfans sagen immer, wir sollten uns glücklich schätzen, Zeitgenossen von jemandem wie Messi zu sein. Das Privileg der Messi-Generation. Und es stimmt ja, wir sind die, die Messis Glanzleistungen live im Fernsehen sehen können.
Wir, die Messi-Generation, die Generation des Arabischen Frühlings, wurden auch Zeugen legendärer Heldentaten im Kampf für Freiheit und Würde, siehe al-Sarout. Gleichzeitig sind wir aber auch diejenigen, die Diktatur, Unterdrückung und Angst erleben mussten. Und heute sind wir Zeugen von Massakern, Luftangriffen, bestialischen Ermordungen und Massenvertreibungen.
All das wird sicher eines Tages vorbei sein. Und es werden neue Generationen kommen, die in Freiheit leben und nichts mehr vom Baath-Regime, seinem Geheimdienstapparat und der Angst im Allgemeinen wissen werden. Die Geschichtsbücher werden schreiben,

«أولد فاشن!». الجماعة (الأوروبيون) لديهم ثوراتهم الخاصة بمستويات عالية من الحرية، يطالبون بحقوق المرأة وانفتاح العلاقات وحرية مجتمع الميم والأكل البايو والرفق بالحيوان وحماية البيئة. وشاءت الأقدار أن تكون هذه الفترة هي فترة التغيير الكبير في الحرية والانفتاح للشعوب الأوروبية.

ونحن لأننا أصحاب الحظ العاثر الذين كنا نأكل القتلات والعقوبات من أهالينا، صار علينا نلتحق بتيار الرقي والحرية السريع قبل أن

يفوتنا القطار.

اليوم وأنا أتصفّح الانترنت، قرأت مقالاً يتحدّث عن الاحتباس الحراري والتغيّر المناخي، لم أتعمّق في الموضوع لكنني فهمت أن هناك كارثة ستحل على كل البشرية بسبب ذوبان الثلوج والفيضانات في السنوات القادمة القريبة وغالبًا على أيامنا، والموضوع جدّي جداً، هذا يعني أننا من سنشهد الكارثة وبالتأكيد وكالعادة سنكون فرق عملة وفراطة ونروح بين الرجلين.

فنحن لسنا ميسي ولسنا الساروت، نحن جيل الحظ العاثر.

der Arabische Frühling sei ein Wendepunkt in der Geschic
der arabischen Völker gewesen. Und wir werden das Kleingeld der Geschichte gewesen sein. Die Generation des Währungswechsels, die Generation, die das Pech hatte, den Zins des Wandels zu blechen, jeder Einzelne entsprechend seiner Möglichkeiten.

Und wir kamen nach Europa, wo wir uns als weltoffene, freiheitsliebende Menschen präsentierten, die Ungerechtigkeit, Unterdrückung und religiöse Diskriminierung verachten, nur um dort festzustellen, dass die Version von Freiheit, die wir fordern, eine altmodische ist, alte Schule! Die Europäer haben ihre ganz eigenen Revolutionen, die sich auf viel erhabeneren Ebenen der Freiheit abspielen. Sie fordern Frauenrechte, offene Beziehungen und die Freiheit für die LGBTIQ-Community; sie wollen Bioessen, Tierliebe und Umweltschutz. Der Zufall wollte es also, dass sich ausgerechnet zu dieser Zeit auch bei den europäischen Völkern gerade ein großer Wandel vollzieht, was Freiheit und Öffnung angeht.

Und wir, weil wir nunmal Pechvögel sind, die von ihren Eltern immer nur Prügel und Strafen verpasst bekommen haben, müssen uns nun beeilen, auf den rasenden Zug des Fortschritts und der Freiheit aufzuspringen, bevor er ohne uns davonfährt.

Als ich heute so durchs Internet surfte, landete ich bei einen Artikel über Erderwärmung und Klimawandel. Ich habe ihn zwar nur überflogen, aber ich verstand, dass wegen der Gletscherschmelze und den daraus resultierenden Hochwassern eine Katastrophe über die Menschheit

٢٨ يونيو ٢٠١٨، الساعة ٩:٤٦ ص **٤٣٨♥**

اليوم سأذهب إلى العمل \ سأنتظر استراحة الغداء لأجلس مع زملائي الألمان \ سأستغل خسارتهم البارحة في المونديال، وأحدثهم عن الخسارات ... خسارات كرة القدم وخسارات الحب

والثورات والأوطان ...

سآخذ راحتي في الحديث عن الهزائم وأعتبرها شرعيّة وتحدث في أرقى العائلات.

٥ يوليو ٢٠١٨، الساعة ١١:١١ ص **٥٠١♥**

أخرج من البيت إلى الشارع بالبيجاما والجاكيت،

باحثًا عن بائع مارغوانا من الأفارقة الذين يقفون على الطريق القريب ويتصيّدون الزبائن أمثالي، وها أنا أقع في مصيدة أحدهم،

يتحرش بي بالعبارة الدارجة «Alles Ok» ؟

فأقول له: «أريد مارغوانا بـ ١٠ يورو»

وقبل أن تتمّ الصّفقة يأتي من بعيد صوت سيارة البوليس الصارخة

hereinbrechen wird, und zwar noch in den nächsten Jahren, vermutlich noch zu unseren Lebzeiten. Die Lage ist todernst, und wir werden diese Katastrophe sicher noch miterleben. Und auch hier werden wir wieder nur die Kollateralschäden sein, das Kleingeld, das zwischen den Fingern hindurchpurzelt.
Wir sind eben weder Messi noch al-Sarout. Wir sind die Generation, die Pech hat.

28. Juni 2018 um 9:46 Uhr **438 ♥**
Heute werde ich in die Arbeit gehen / Werde auf die Mittagspause warten, mich zu meinen deutschen Kollegen setzen / und ihre Niederlage bei der gestrigen Weltmeisterschaft zum Anlass nehmen, um ihnen vom Verlieren zu erzählen … Vom Fußballspiele verlieren, vom Liebe verlieren, vom Revolutionen verlieren, vom Zuhause verlieren …
Ganz gelassen werde ich über Niederlagen erzählen, so, wie man über etwas ganz Normales spricht. Über etwas, das in den besten Familien vorkommt.

5. Juli 2018 um 11:11 Uhr **501 ♥**
In Jogginganzug und Jacke gehe ich auf die Straße und mache mich auf die Suche nach einem der Afrikaner, die auf dem Bürgersteig in der Nähe meiner Wohnung stehen, Gras verkaufen und Kunden auflauern – wie mir. Und, hopps, gehe ich auch schon einem von ihnen in Falle. Er quatscht mich mit dem üblichen Satz an: „Alles ok?“, worauf ich antworte: „Ich hätte gerne Gras für zehn Euro.“

فيركض بائع المارغوانا وأنا صرت أركض باللاشعور أو بالأحرى بكامل الشعور
الشعور بالخوف، الخوف من اللاشيء.
ورحت أركض وأبتعد ...
وأنا أركض صادفت جاري الألماني
وهو بالبيجاما والجاكيت يمارس رياضة الجري الصباحية
ابتسم وقال لي:
«good morning! wow!! you do sport in the morning»
قلت له:«yes sport! … all my life is sport»
وهكذا تحول صباحي من مشروع تدخين مارغوانا على الريق إلى مشروع رياضة صباحية مع جاري الألماني.

٧ يوليو ٢٠١٨، الساعة ١٣:٠٠ م **١١٠٠♥**

أقوم بتعزيل بيتي بطريقة حسّاسة ودقيقة بحيث لا تنزعج العناكب التي تعيش في زوايا البيت.
أنظر إلى الزاوية فأرى العنكبوت المسكين نائماً بسلام، لا حول ولا قوة.
أضع نفسي مكانه! ولمَ أضع نفسه مكانه؟ أنا أصلاً في مكانه!
أنا لاجئ وهو لاجئ ...
أنا هربان من حكم الديكتاتور والقمع والقصف وهو هربان من بيوت الأكابر الذين ينظرون إليه بازدراء ويمارسون بحقّه كل أنواع التعذيب والإبادة الجماعية، مستخدمين الأسلحة الفتاكة كالمكانس الكهربائية والمساحيق والغازات السامة مثل الكلور ...

Noch bevor wir unser Geschäft abgeschlossen haben, ertönt von fern die Sirene eines Polizeiautos.
Der Grasverkäufer rennt weg, und ich, wie ferngesteuert, renne auch. Oder besser,
angstgesteuert, gesteuert von der Angst vor dem Nichts.
Ich renne weiter und weiter.
Und während ich so renne, joggt mir plötzlich mein deutscher Nachbar über den Weg, wie ich in Jogginganzug und Jacke, gerade bei der Morgenrunde.
Er strahlt mich an: „Good morning! Wow!! You do sport in the morning!"
„Yes sport! … All my life is sport."
Und so wird aus meinem Morgenprogramm, das eigentlich in Grasrauchen auf nüchternen Magen bestehen sollte, etwas ganz anderes: Morgensport mit meinem deutschen Nachbarn.

7. Juli 2018 um 13:00 Uhr **1100 ♥**

Behutsam und mit größter Vorsicht putze ich meine Wohnung, damit ich die Spinnen, die in ihren Winkeln hausen, nicht aufschrecke.
In einer Ecke sehe ich eine arme Spinne friedlich schlafen, vollkommen wehrlos.
Ich versetze mich in ihre Situation. Warum? Weil ich ohnehin in ihrer Situation bin!
Ich bin ein Flüchtling und sie ist ein Flüchtling.
Ich, geflohen vor Diktatur, Unterdrückung und Luftangriffen; sie, auf der Flucht vor den Häusern der feinen Leute, wo man sie angewidert anblickt und wo sie allen

حاله من حالي ولا فرق بيننا إلا بالأحجام ...
وكما حصلت أنا على حق اللجوء الدائم في ألمانيا، أفتح حدود بيتي لكل العناكب الهاربة من جحيم بيوت الأكابر ...
وأقول لهم كما قالت لي الدول الراقية ومنظمات حقوق الإنسان:
«Welcome refugees!»
أقول أنا للعناكب:
«Welcome spiders!»

١٠ يوليو ٢٠١٨، الساعة ٨:٣١ م ٥٤٩ ♥

اليوم في الورشة وقعت قطعة حديد كبيرة وثقيلة على قدم زميلي الألماني. عندما رأيت القطعة الكبيرة تميل باتجاه زميلي، باللاشعور وللحظة كادت أن تفلت مني هذه العبارة: الله! ... الله! ... دير بالك! ...
لكنني تداركت نفسي، أخذت نفساً طويلاً فتذكرت الإرهاب وأدركت أنني في ألمانيا وهذه العبارات غير مناسبة في هذه الأوضاع ولا تصلح هنا ...
فسقطت القطعة فوق قدم زميلي ريثما خرجتُ أنا بالعبارة المناسبة وقلت له: «Oh my God ... Jesus»

١١ يوليو ٢٠١٨، الساعة ١:١٥ م ٢٦٣ ♥

أتعبتني الزهور التي قمت بزرعها على البلكون \ أنساها أحياناً فتذبل،

erdenklichen Arten von Folter und Massenvernichtung ausgesetzt ist, durch Vernichtungswaffen wie Staubsauger, Insektenpulver und Giftgas, beispielsweise Chlor.
Ganz wie bei mir! Der einzige Unterschied liegt in der Größe.
Und genau wie Deutschland mir Asyl gewährt hat, öffne ich meine Grenzen allen Spinnen, die auf der Flucht vor den Häusern der feinen Leute sind.
Und genau wie die hochentwickelten Länder und deren Menschenrechtsorganisationen immer zu mir zu sagen pflegten: „Welcome refugees!“,
sage ich heute zu den Spinnen:
„Welcome spiders!“

10. Juli 2018 um 20:31 Uhr **549 ♥**
Heute fiel meinem deutschen Kollegen in der Werkstatt ein großes, schweres Metallteil auf den Fuß.
Als ich das Riesending in seine Richtung kippen sah, wäre mir fast ein „Allah, Allah! Pass auf!“ herausgerutscht:
Im letzten Augenblick kriegte ich noch die Kurve. Ich holte tief Luft, dachte an den Terrorismus und daran, dass ich in Deutschland war, wo solche Sätze in solchen Situationen weder funktionieren noch angebracht sind.
So fiel das Ding meinem Kollegen also auf den Fuß und ich bekam gerade noch rechtzeitig ein passendes „Oh my God! Jesus!“ heraus.

11. Juli 2018 um 13:15 Uhr **263 ♥**
Die Blumen, die ich auf den Balkon gepflanzt habe, machen

وإذا كانت جارتي جالسة على البلكون المقابل، أسقيها زيادة عن اللزوم فتموت

تعبت وورّطتُ نفسي مع الطبيعة والجيران الأجانب

صاروا يراقبونني! ينظرون إليّ كل يوم كيف أبدّل الزهور الميتة بزهور جديدة ويضحكون وكأنهم يشاهدون مباراة للمنتخب السعودي في كأس العالم

لكنني لم ولن أستسلم! على العكس! فلقد فاجأتهم وأدهشتهم عندما نزعت كل الزهور الملونة الرقيقة الحسّاسة وزرعت عوضًا عنها الكثير من نبات الصبّار أو كما يسميه المصريون نبات الخلود

٤ أكتوبر ٢٠١٩، الساعة ١٠:٤٣ م **٣٧١ ♥**

أنا ومعلمي الألماني أصدقاء على الفيسبوك

في الصباح، في الورشة يجلس معلمي الألماني في مكتبه، يملأ مركزه كمعلم وصاحب ورشة من جهة، وألمانيا والتطور والعلم واللغات والرقي والحضارة من جهة أخرى.

يتجول معلمي في والورشة بكل جديّة ولا يبتسم بسهولة،

يقدم رأيه واقتراحاته للعمال

وأنا العبد الفقير بإنكليزيتي المكسرة وحياتي المكسرة أجيبه دائمًا بعبارات ودودة:

«حاضر ... تكرم ... صح ... أكيد ... مع ابتسامة عريضة»

«Yes … OK! … Ah ok I understand … you are right … sure»

mich fertig / Manchmal vergesse ich sie, dann verwelken sie, und wenn meine Nachbarin auf dem Balkon gegenüber sitzt, gieße ich sie zu viel und dann gehen sie mir auch ein. Ich kann nicht mehr. Aber jetzt sitze ich hier nunmal in der Zwickmühle, zwischen der Natur und meinen ausländischen Nachbarn.
Sie beobachten mich schon! Schauen mir jeden Tag dabei zu, wie ich tote Blumen gegen neue Blumen austausche, und lachen, wie man über ein Fußballspiel der saudiarabischen Mannschaft beim World Cup lacht.
Aber ich gebe nicht auf. Im Gegenteil. Eines schönen Tages habe ich sie überrascht. Ihnen blieb die Spucke weg, als ich plötzlich all die zarten, bunten Blumen einfach aus der Erde riss und an ihre Stelle Kakteen pflanzte. Oder wie die Ägypter sagen: Ewigkeitspflanzen.

4. Oktober 2019 um 22:43 Uhr **371 ♥**

Mein deutscher Meister ist mit mir auf Facebook befreundet.
Die Morgenstunden verbringt er immer in seinem Werkstattbüro, wie es sich einerseits für ihn als Meister und Werkstattinhaber geziemt, aber auch für Deutschland, den Fortschritt, die Wissenschaft und die Sprachen, die Entwicklung und die Zivilisation.
Dann geht der Meister in der Werkstatt umher, ernst und selten lächelnd, teilt seine Ansichten und Vorschläge zur Arbeit
und ich, der arme Knecht, mit meinem gebrochenen Englisch und meinem gebrochenen Leben, antworte ihm

في المساء أعود إلى البيت، أفتح الفيسبوك، معلمي الألماني أونلاين! صفحته الفيسبوكية فاضية تصفر، وعلى مايبدو أنه ليس لديه الكثير من الأصدقاء. ينشط معلمي في صفحتي، يترجم ما أكتبه ويتفاعل مع منشوراتي، فيضع لي اللايكات المتنوعة، أحببته وأحزنني وأضحكني، وأحيانًا يعلّق ويعطي رأيه ... فأتذكر النهار وأتذكر الورشة

وأستمتع بتجاهلي لتعليقات معلمي الألماني على الفيسبوك انتقامًا من الواقع.

١٠ أكتوبر ٢٠١٩، الساعة ٨:٣٥ م ❤٦٢١

على اليمين هوليود وعلى اليسار بوليود ...

— «We are very sorry for what is happening in your country»

— «No problem ... do you have lighter?»

immer nur brav:
„Yes … OK! … Ah, ok, I understand … you are right … sure."
Abends komme ich dann zurück nach Hause, gehe auf Facebook und, siehe da: Mein Meister ist online!
Auf seinem Profil herrscht gähnende Leere, und wie es scheint, hat er auch nicht viele Freunde.
Mein Meister schleicht auf meinem Profil umher. Lässt sich übersetzen, was ich schreibe, interagiert unter meinen Posts, gibt mir Likes, Herz-, Wein- oder Lachreaktionen und manchmal hinterlässt er mir einen Kommentar.
Dann denke ich an den Tag und die Werkstatt und genieße es, die Kommentare meines deutschen Meisters einfach zu ignorieren – aus Rache an der Realität.

10. Oktober 2019 um 20:35 Uhr **621 ♥**
Hollywood (r.) und Bollywood (l.)
— „We are very sorry for what is happening in your country."
— „No problem … do you have lighter?"

٢٨ أكتوبر ٢٠١٩، الساعة ٩:٣٩ ص ٧٨٠♥

لم أجد بسكليتي في مدخل العمارة هذا الصباح
على ما يبدو أنه انسرق!
انزعجت وصرت أتذمر وأدمدم وأقول: «الله يلعن أبو هالبلد وأبو هالعيشة ...»
متناسيًا جنسيتي ووطني وكل الحقوق المسروقة والعمر المسروق.

٢٣ نوفمبر ٢٠١٩، الساعة ٧:٢٤ م ٩٥٩♥

يمدحني معلمي الألماني أمام زوجته، ويشرح لها أهميتي على الفيسبوك، يقول: «عبود موهوب على الفيسبوك، يكتب ٣ أو ٤ كلمات وبعد دقيقة دقيقتين يجيلو ٢٠٠ لايك!»
»Aboud is talent on facebook! he writes some words and in two minutes he gets hundreds likes«

١٨ ديسمبر ٢٠١٩، الساعة ٣:٥٥م ١٠٠٠♥

/// بمناسبة اليوم العالمي للغة العربية ... ///
مازالت لغتي العربية ضعيفة، أقصد النحو والقواعد، تتعبني الهمزات وأماكنها وأخربط بين أخوات كان وأخوات إنّ ولكنّ ...
لغتي مليئة بالأخطاء من هذا النوع وأحيانًا أرتكب أخطاء كارثية لا تليق بي ككاتب! فيأتي صديق شاطر باللغة العربية وعلى الأغلب كاتب أو مثقف ويكتب لي تعليقاً أو تصحيحًا إن صح التعبير، متجاهلاً المعنى أو المقصود ... أنزعج ... فأتحجّج، أقول له: «أنا أصلاً حدّاد ماني كاتب.»
هذا الكلام في الفيسبوك، لكن على أرض الواقع فلا أحتاج اللغة العربية كثيرًا هنا في ألمانيا سوى حين أتكلم مع أهلي أو مع قلة قليلة من

28. Oktober 2019 um 09:39 Uhr **780 ♥**

Heute Morgen stand mein Fahrrad nicht im Hauseingang. Offensichtlich hatte es jemand gestohlen!
Ich ärgerte mich und fing an, vor mich hinzujammern:
„Was für ein Scheißleben in diesem Scheißland!"
und dabei vergaß ich völlig das Land, aus dem ich gekommen war, und all die gestohlenen Rechte und Lebensjahre.

23. November 2019 um 19:24 Uhr **959 ♥**

Mein deutscher Meister lobt mich vor seiner Frau. Er erklärt ihr, wie wichtig ich auf Facebook bin: „„Aboud ist richtig talentiert auf Facebook! Er braucht nur drei, vier Wörter zu schreiben, und ein paar Minuten später hat er zweihundert Likes!" „Aboud is talent on facebook! He writes some words and in two minutes he gets hundreds likes."

18. Dezember 2019 um 15:55 Uhr **1000 ♥**

/// Zum Anlass des Internationalen
Tages der Arabischen Sprache ///
Mein Arabisch ist noch immer so schlecht wie früher. Also, was Rechtschreibung und Grammatik betrifft. Ich weiß noch immer nicht, wo das Hamza hingehört, und zwischen Kana und Inna und Lakinna und deren Schwestern bin ich nach wie vor aufgeschmissen.
Was diese Dinge betrifft, strotzt meine Sprache nur so vor Fehlern, und manchmal sind sie auch wirklich katastrophal, undenkbar für einen Schriftsteller! Dann kommt immer irgendein ein Freund mit seinen Arabischkompetenzen

الأصدقاء العرب والسوريين أو حين أشاهد الأخبار! وخاصة على قناة العربية.

فأنا أعيش باللغة الإنكليزية هنا في ألمانيا!

مكتوب في السي في الخاص بي:

اللغة الأم: العربية

لغات أخرى: الإنكليزية المستوى: ممتاز ... إكسيلانت

في الحقيقة ليست إكسيلانت ولا حتى جيدة، شوربة كما يقولون ... لغتي الإنكليزية تجميع من هنا وهناك، فأنا لم أتعلمها في المدارس والجامعات ولم ألتحق بدورة خاصة مثلاً، أعرف أشياء بسيطة تعلمتها في الابتدائية مثل:

hi .... how are you ... what is your name ... goodbye

وبناءً على هذا المستوى عندما أتيت هنا إلى ألمانيا صرت أطرح نفسي على أنني أتكلم الإنكليزية ...

— «Do you speak english»

— «Yes! Of course! and Excellent»

طبعًا نحكي انكليزي وإكسيلانت زاد ...

هكذا نحن السوريون، غرور على جهل. المهم ورطت نفسي ورحت أخوض الأحاديث الإنكليزية مع الألمان وبما أنني قادم من سورية صارت لغتي الإنكليزية قوية بما يخص الحرية والحرب والثورات وأنواع الأسلحة والقصف والغازات السامة.

Revolution ... War ... Civil war ...

Freedom ... Sarin gas ... Bombing

وقوية أيضًا في البارات والمطاعم خاصة أثناء عمليات الطلب ودفع الحساب.

لكنها ضعيفة في الحب والغزل، فأنا لم أعشق بالإنكليزي بعد، كل قصص الحب التي عشتها كانت بالعربي والعربي المشرمحي.

daher, meistens selbst ein Schriftsteller oder Intellektueller und hinterlässt mir einen Kommentar, bzw. einen Korrekturvorschlag, der, wenn ich das so sagen darf, den Sinn des Textes und meine Absicht völlig übergeht. Und dann ärgere ich mich und rede mich raus: „Ich bin ja auch kein Schriftsteller, ich bin ja Metallarbeiter."

So geht das auf Facebook, aber in der Realität hier in Deutschland brauche ich Arabisch gar nicht so oft. Nur wenn ich mit meiner Familie telefoniere oder mich mit meinen paar arabischen und syrischen Freunden unterhalte oder wenn ich Nachrichten gucke – besonders Al Arabiya.

Denn hier in Deutschland lebe ich auf Englisch!

In meinem CV steht geschrieben:

Muttersprache: Arabisch

Andere Sprachkenntnisse: Englisch, Level:

großartig – excellent!

In Wahrheit ist es natürlich alles andere als excellent, es ist nicht mal gut, es ist eine einzige Brühe!

Mein Englisch ist von hier und da zusammengeklaubt. Ich hatte es ja nie in der Schule oder an der Uni, und einen Kurs besucht habe ich auch noch nie. In der Grundschule habe ich nur ein paar einfache Sätze gelernt:

Hi. How are you? What's your name? und Goodbye.

Und auf exakt diesem Niveau kam ich nach Deutschland und präsentierte mich dort als jemand, der Englisch beherrscht.

— „Do you speak English?"

— „Yes! Of course! And excellent!"

Aber na klar doch sprechen wir Englisch, ganz

ثم شاءت الصدف أن أجد فرصة عمل في ورشة حدادة هنا في برلين لا تشترط اللغة الألمانية وتقبل بالإنكليزية ...

— «... Do you speak english»

— « طبعًا نحكي انكليزي وإكسيلانت زاد ...»

وهنا صارت الحياة أصعب، مصطلحات علمية وعمليات صناعية ورياضيات وقوانين وأسماء مواد ومعدات ... كلهن ماني سامع فيهن ولا مارقات معي لا بفيلم ولا عالأنترنيت ولا حتى بنشرة أخبار.

وصرت أدبر راسي تدبير مثلاً احتجت مرة لقانون الجاذبية الأرضية وأنا بالتأكيد لا أعرفه، شرحت لهم قلت لهم:

— «مغناطيس الأرض ... The magnest of earth»

وكما هو الحال في اللغة العربية، أيضًا هنا أرتكب الأخطاء الكارثية وأخلط الأشياء ببعضها أحيانًا والمصطلحات السياسية مع العمليات الصناعية او الأحاديث العامة، أخربط مابين السياحة والإرهاب:

Tourist and terrorist

ومرة أخبرت زملائي أنني أريد هدايا في عيد ميلادي فقلت لهم:

«بدي رئيس جمهورية في عيد بميلادي»

«i need president on my birthday»

هكذا أقضي حياتي بالإنكليزية

تعب معملي الألماني وزملائي من لغتي واقترحوا عليّ أن ألتحق بدورة لتعليم اللغة الإنكليزية وعلى حساب الورشة قال لي معلمي:

«خيو لا تتعلم ألماني مو مشكلة بس تعلم انكليزي عالأقل والله ذبحتنا بالإكسيلانت تبعك!»

Aboud! it is ok if you dont want learn German. but please»

«learn English! Your excellent language is killing me

رفضت! قلت له أنني لا أحب الدورات والدروس الخاصة، أحب أن أتعلم

hervorragend sogar.
So sind wir, wir Syrer: Keine Ahnung haben, aber sich sonstwas einbilden. Jedenfalls verstrickte ich mich dann wohl oder übel in englische Unterhaltungen mit Deutschen, und da ich nun einmal aus Syrien komme, sind meine Englischkenntnisse in den Bereichen Freiheit, Krieg, Revolution, Waffenarten, Bombardement und Giftgas besonders stark ausgeprägt:
Revolution … War … Civil war … Bombing …
Sarin gas … Freedom.
Auch was Bars und Restaurants angeht, sind meine Englischkenntnisse gut, besonders beim Bestellen und Bezahlen.
Aber in Sachen Liebe und Flirten ist mein Englisch miserabel. Ich habe mich noch nie auf Englisch verliebt. Alle Liebesgeschichten, die ich bisher hatte, waren auf Arabisch – unzensiertes Arabisch.
Dann wollte es der Zufall, dass ich hier in Berlin einen Job in einer Metallwerkstatt fand, für den Deutschkenntnisse keine Voraussetzung sind; Englisch ging auch.
„Do you speak English …"
Aber na klar doch sprechen wir Englisch, ganz hervorragend sogar.
Von nun an wurde das Leben plötzlich schwieriger. Wissenschaftliche, technische und mathematische Begriffe, physikalische Gesetze, Bezeichnungen für Materialien und Werkzeuge, von denen ich noch nie gehört hatte und die mir weder in Filmen, noch im Internet oder in den Nachrichten je untergekommen waren.

من الشارع من الحياة ...
أحب لغاتي الضعيفة وقلت مرة أن الإنكليزية الضعيفة هي لغة العالم الحر لغة من أجبرته الأقدار على أن يتحدث الإنكليزية من دون أن يخطط أو يدرس أو يجهز نفسه.

وكل عام واللغة العربية والإنكليزية بألف خير.

Also mogelte ich mich einfach durch. Beispielsweise suchte ich einmal das Wort für „Erdanziehung“, was ich aber ganz sicher nicht kannte, und umschrieb es also so:
Der Erdmagnet – the magnet of earth.
Und genau wie im Arabischen begehe ich auch hier katastrophale Fehler. Ich verwechsle Wörter, bringe manchmal politische Begriffe mit technischen Vorgängen durcheinander, und bei Smalltalks sage ich „terrorism“ statt „tourism“.
Einmal wollte ich meinen Kollegen sagen, dass ich Geburtstagsgeschenke möchte. Stattdessen sagte ich ihnen, ich möchte einen Staatspräsidenten zum Geburtstag.
„I need president on my birthday.“
So verläuft mein Leben auf Englisch.
Meinem deutschen Meister und meinen Kollegen wird mein Englisch langsam zu anstrengend. Sie schlagen mir vor, doch einen Englischkurs zu besuchen, und sei es auf Kosten der Werkstatt. Mein Meister sagt: „Bruder, du willst kein Deutsch lernen? Kein Problem, aber dann lern wenigstens Englisch! Dein exzellentes Englisch macht uns fertig!“
„Aboud! It is ok if you don’t want learn German. But please learn English! Your excellent language is killing me.“
Aber ich will nicht. Ich sage ihm, dass ich Kurse oder Privatstunden nicht mag. Ich will auf der Straße lernen, vom Leben.
Ich liebe mein schlechtes Englisch. Einmal habe ich gesagt, schlechtes Englisch ist die Sprache der freien Welt.
Die Sprache derer, die das Schicksal dazu gezwungen hat, Englisch zu reden, ohne dass sie es je gelernt, geplant

٢٨ مايو ٢٠٢٠، الساعة ١١:٢٦م **٢٧٥♥**

\\\ نهار مشمس في يوم العطلة \\\
ألبس الشورت والنظارات الشمسية لأول مرة في حياتي \ أخرج من المنزل أشتري الكولا الباردة والبطاطا المقلية وعلبة حمّص.
أعود إلى المنزل بنظاراتي الشمسية والشورت والبطاطا المقلية والكولا الباردة \ والحياة تبدو سعيدة جداً من الخارج.

٣٠ مايو ٢٠٢٠، الساعة ٣:٠٥ م **٧٥٢♥**

فاجأني معلمي الألماني اليوم عندما ناداني أثناء انصرافي من العمل، ووضع في يدي قطعة مارغوانا صغيرة، ثم غمز لي في عينه أن أضعها في جيبي بصمت وأمشي!
لكنني تمنّعت! وكمراهق سوري يفاجئه أباه ويضيفه سيجارة، فيتمنع وينكر التدخين كله، صرت أقول له: «نو نو نو ... أعوذ بالله ... أنا مابتعاطى هالشغلات ...»
فيرد عليّ معلمي: «حطها بجيبك يازلمة، حاجتك عاد! أنا متابع صفحتك وأعرف كل قصصك مع الديلر»
«Come on Aboud! take it! I read your posts and I know all your stories with the dealer»

oder sich darauf vorbereitet hatten. In diesem Sinne: ein Hoch auf die arabische und englische Sprache.

28. Mai 2020 um 23:26 Uhr **275 ♥**

/// Ein sonniger Tag am Wochenende ///
Zum ersten Mal in meinem Leben ziehe ich Shorts an und setze mir eine Sonnenbrille auf / Ich gehe hinaus und kaufe mir eine eisgekühlte Cola, Pommes und eine Dose Kichererbsen. Dann komme ich zurück nach Hause – mit meiner Sonnenbrille, meinen Shorts, meinen Pommes und der eisgekühlten Cola / Das Leben scheint sehr glücklich, von außen betrachtet.

30. Mai 2020 um 15:05 Uhr **752 ♥**

Heute hat mich mein deutscher Meister überrumpelt. Ich war gerade im Gehen, als er mich zu sich rief und mir ein kleines Klümpchen Gras in die Hand steckte. Dann zwinkerte er mir zu und bedeutete mir, es in meiner Jackentasche verschwinden zu lassen und zu gehen. Aber ich weigerte mich! Wie sich ein syrischer Teenager, den sein Vater überrumpelt, indem er ihm aus heiterem Himmel eine Zigarette anbietet, weigern und abstreiten würde, dass er überhaupt raucht, sagte ich nur: „No, no, no. Gott bewahre! Ich nehm doch sowas nicht!"
Darauf sagte mein Meister: „Jetzt hör mir aber auf, Junge. Los, steck's schon ein. Ich kenne doch dein Facebookprofil und lese deine ganzen Geschichten mit den Grasdealern!"
„Come on, Aboud! Take it! I read your posts and I know all your stories with the dealer."

٥ يونيو ٢٠٢٠، الساعة ١٠:٣٨م **♥٢٧٩**

اليوم وأنا أمشي في حال سبيلي في شوارع برلين ولا أحتاج شيئًا ولا يلزمني مارغوانا أو شيء من هذا القبيل، الحمدلله عندي ما يكفيني، لكنني صادفت ديلر أسمراني من الذين يقفون في الشارع وتذكرت الثورة الأمريكية، فرفعت للديلر إشارة النصر تضامنًا مع جورج فلويد بمعنى ثورة حتى النصر ...

فرد عليّ الديلر الأسمراني بإشارة نصر مثلها! لكنه فهمها غلط، ظنّ أنني أسأله عن المارغوانا وسعر الغرام، وراح يغمز لي بعينيه ويسألني:

«How much do you want؟»

٢٠ أغسطس ٢٠٢٠، الساعة ٧:٣٨م **♥٥١٥**

من عالم الاندماج ...

أنا وجيّا: الجلوس على طاولة الحوار

5. Juni 2020 um 22:38 Uhr **279 ♥**

Während ich heute so meines Weges ging, unterwegs auf den Straßen Berlins, ohne irgendwas Bestimmtes zu wollen, auch kein Gras oder Ähnliches, denn davon hatte ich – alhamdulillah – genug bei mir, lief ich einem braunhäutigen Dealer über den Weg, einem von der Sorte, die am Bürgersteig stehen, und plötzlich musste ich an die amerikanische Revolution denken. Also machte ich dem Dealer ein Victory-Zeichen, in Solidarität mit George Floyd: Revolution bis zum Sieg.
Und der Dealer erwiderte mein Victory-Zeichen! Nur leider hatte er mich missverstanden. Er dachte, ich frage ihn nach seinem Grammpreis. Er blinzelte mich an und fragte: „How much do you want?"

20. August 2020 um 19:38 Uhr **515 ♥**

🖼 Aus der Welt der Integration:
Gia und ich am Verhandlungstisch

2. September 2020 um 20:22 Uhr **879 ♥**

Ein Freund von mir nahm mich mit zu seinem Dealer, von dem er für gewöhnlich sein Gras bezog.
Seine Ware sei immer einwandfrei, da würde nie etwas gestreckt!
Der Dealer war natürlich ein Deutscher, bei dem die ganze Verkaufsabwicklung ganz bequem und sicher in seiner Wohnung abläuft – und nicht irgendwo auf der Straße oder im Gebüsch, zwischen ängstlichen Blicken und Verfolgungsjagden mit der Polizei.

٢ سبتمبر ٢٠٢٠، الساعة ٨:٢٢م **٨٧٩ ♥**

اصطحبني أحد الأصدقاء معه إلى الديلر الذي يعامله ويشتري منه الماريغوانا عادةً.

قال لي أن بضاعته مكفولة ولا يتعامل بالغش!

طبعًا الديلر ألماني الجنسية وعملية الشراء تتم في بيته بشكل آمن ومريح، لا شارع ولا بين الأشجار ولا ملاحقة بوليس ونظرات شمال ويمين ...

جرس نظامي، ترنّه وتدخل بكل احترام وتختار النوعية التي تريدها.

لكن نفسيّة الديلر جادّة زيادة عن اللزوم، حاسم ولا يناقش بالأسعار!

حاولت أن أبازره وأجادله في سعر الغرام كما أفاوض الأخوة الأفارقة عادةً، لكن عبثًا! الأسعار ثابتة مثل ماركات الألبسة المشهورة.

ولديه ميزان الكتروني مثل الآلة الحاسبة، ويحسب الماريغوانا عالميلي غرام!

حاولت أن أبتزّ عواطفه كما أفعل مع إخواننا الجزائريين الكرماء وقلت له: «زيدها شوي لأخوك الدرويش ...»

«Give me a little bit more please, am poor»

مايفهم عليّ ولا تنهزلو شعرة!

فوق منها لازم نلبس الكمامة ونحافظ على التباعد الاجتماعي!

خرجت من بيته مخنوق! خلعت الكمامة وشعرت كأنني كنت في عيادة طبيب!

صحيح أنني حصلت على بضاعة نظيفة ومكفولة لكنني خسرت متعة الشراء وروح الشقاوة الجميلة.

تمامًا كما هو حالنا ...

صحيح أننا كسبنا بلدانًا حرة وآمنة ونظامية مية بالمية ... لكن خسرنا متعة الأشياء وروح الشقاوة الجميلة.

Da war ein ganz gewöhnlicher Klingelknopf, den man nur drücken musste, wonach man ganz anständig eintreten und sich die Grassorte aussuchen durfte, die man mochte. Das ganze Auftreten des Dealers aber war übertrieben seriös. Unverrückbar war er, man konnte gar nicht mit ihm verhandeln! Ich probierte, zu feilschen und mit ihm über den Grammpreis zu diskutieren, wie ich das sonst immer mit den afrikanischen Kollegen tue, aber nichts da! Feste Preise wie bei Markenkleidung.

Er hatte sogar eine digitale Waage und einen Taschenrechner und wog das Gras aufs Milligramm!

Ich versuchte, sein Mitleid zu provozieren, wie ich das immer mit seinen großherzigen algerischen Kollegen tue. Ich sagte: „Och, nun leg doch noch ein bisschen was drauf, für deinen mittellosen Bruder!" „Give me a little bit more please, am poor."

Er verstand gar nicht, was ich wollte. Es ließ ihn völlig kalt. Und obendrein mussten wir auch noch Maske tragen und Hygieneabstände einhalten!

Als wir wieder rausgingen, rang ich nach Luft. Ich riss mir die Maske vom Gesicht und fühlte mich, als käme ich gerade von einem Arztbesuch.

Es stimmte schon, ich hatte garantiert astreine Ware bekommen, aber dafür hatte ich die Freude am Kaufen eingebüßt, dieses schöne Gefühl von Unanständigkeit.

Genau wie bei uns.

Es stimmt schon, wir haben freie, sichere, 100% geregelte Länder gewonnen … aber die Freude an den Dingen haben wir eingebüßt. Und das schöne Gefühl von Unanständigkeit.

١٤ سبتمبر ٢٠٢٠، الساعة ١٠:١١م ♥٨٥٠

على اليمين هوليود وعلى اليسار بوليود ...

Hollywood and Bollywood

٢٤ سبتمبر ٢٠٢٠، الساعة ١: ٠٣ ص ♥٤٩٣

\\\ شعور متبادل \\\

يحسدني معلمي الألماني على صفحتي الفيسبوكية واللايكات التي أنعم بها ...

وأنا أحسده على جواز سفره والحياة والأمان والاستقرار والحرية التي ينعم بها.

٩ أكتوبر ٢٠٢٠، الساعة ١٢:٠١ص ♥٥٣٥

كل يوم أذهب إلى العمل من الساعة العاشرة صباحًا حتى الساعة السادسة مساءً، والحديث طبعًا باللغة الإنكليزيّة، أعود إلى البيت الساعة السابعة مساءً، أهلي ينتظرونني على السكايب والحديث طبعًا باللغة العربية العاميّة!

14. September 2020 um 23:10 Uhr **850 ♥**

🖼 Hollywood (r.) und Bollywood (l.)

24. September 2020 um 01:03 Uhr **493 ♥**

/// Gegenseitigkeit ///

Mein deutscher Meister beneidet mich um mein Facebookprofil und um die Likes, die ich dort genieße, und ich beneide ihn um seinen Reisepass, sein Leben, die Sicherheit und Stabilität und um die Freiheit, die er hier genießt.

9. Oktober 2020 um 00:01 Uhr **535 ♥**

Jeden Tag gehe ich von zehn bis sechs arbeiten, wo ich mich mit den anderen selbstverständlich auf Englisch unterhalte. Um sieben gehe ich dann nach Hause, wo mich meine Familie schon auf Skype erwartet. Diese Unterhaltungen finden natürlich allesamt auf syrischem Dialekt statt.

Auf der Arbeit bekomme ich meine Anweisungen von den Ingenieurinnen, die in der Designabteilung arbeiten. Diese Gespräche sind immer rein praktischer Natur und von maximaler Förmlichkeit. Abends komme ich nach Hause und finde meine Freundin auf Facebook eingeschnappt vor und meine Schwester in Manbidsch ist auch auf ihren Mann sauer – und dann versuch mal, beides zu lösen!

Auf Arbeit esse ich mit meinen Kollegen zu Mittag, alles bio über bio. Dann kehre ich nach Hause zurück, brate mir eine Aubergine und mache mir riesiges, öltriefendes Makali-Sandwich. Dann trinke ich ein Glas Schwarztee und rauche eine Marlboro.

في العمل أتلقى الأوامر غالبًا من المهندسات الموظفات اللواتي يعملن بالتصميم والحديث عمليّ جدًا ومفعم بالاحترام، أعود إلى البيت لأجد صديقتي على الفيسبوك حردانة وأختي في منبج أيضًا حردانة من جوزها، وتعال حِلّ المشكلتين!

في العمل أتناول مع زملائي وجبة الغداء وكل شيء بيو بـ بيو bio by bio، أعود إلى البيت أقلي الباذنجان وأحضّر سندويشة مقالي ضخمة مضرّجة بالزيت وأشرب بعدها كاسة شاي وسيجارة مارلبورو!

في العمل كل الأحاديث والمواضيع حول المعادن والمثلثات والارتفاع والقسوة والطول والعرض والميليمتر والسنتمتر ... أستلم المهام وأنجزها على أكمل وجه، وأعود إلى البيت والأحاديث كلها عن الوطن والحرية والثورة والانتماء واللجوء والموت ومواضيع ليس لها بداية ولا نهاية ولا حول ولا قوة!

في العمل أوزّع الابتسامات كيفما تحركت للزملاء وللزبائن ولكلابهم التي ترافقهم، أبتسم بسبب وبدون سبب، أعود إلى البيت، أغسل وجهي فتختفي الابتسامة وأجلس مع وحدتي على رواق حتى الصباح.

٢٠ أكتوبر ٢٠٢٠، الساعة ٩:٠٨ م **٣٦٧ ♥**

يتفاخر أمامي صاحب مطعم الفلافل اللبناني يقول لي:

«أنا صرلي ٢٧ سنة هون بألمانيا!»

وأنا بدوري أتفاخر على إخواني السوريين وأقول لهم:

«أنا صرلي ٩ سنين هون بألمانيا!»

Auf Arbeit drehen sich alle Gespräche um Metalle und Dreiecke, um Höhe, Härte, Länge oder Breite, um Millimeter und Zentimeter. Ich erhalte Anweisungen und führe sie bis zur Perfektion aus. Dann kehre ich nach Hause zurück und alle Gespräche drehen sich um Syrien, Freiheit, Revolution, Identität, Flucht und Tod, und egal wie man's anstellt, sie haben weder Anfang noch Ende. Auf Arbeit lächele ich zu allem und jedem, zu jeder Bewegung von Kollegen, Kunden oder Hunden, die sie begleiten. Ich lächle mit oder ohne Anlass. Abends gehe ich nach Hause, wasche mir das Lächeln aus dem Gesicht und setze mich gemütlich zu meiner Einsamkeit, bis es wieder Morgen wird.

20. Oktober 2020 um 21:08 Uhr **367 ♥**

Der libanesische Inhaber des Falafelladens sagt zu mir: „Ich lebe schon 27 Jahre hier in Deutschland!" Genau wie ich vor meinen syrischen Landsmännern protze, wenn ich sage: „Ich lebe schon neun Jahre hier in Deutschland!"

٢٢ أكتوبر ٢٠٢٠ الساعة ٧:٠٤م ♥٦١٣

من عالم الاندماج ...

أنا وجيّا في استراحة الغداء:

ماي فريند أنا مزعوج لأنو ماعندي وطن! انت شو مشكلتك وليش مزعوج؟

١٤ نوفمبر ٢٠٢٠، الساعة ١٢:١٤م ♥١٢٠٠

على أثر اجتماع مجموعة من الدول من أجل عودة اللاجئين السوريين إلى وطنهم.

إلى المهتمين وأصحاب الشأن والدول الراعية لمؤتمر عودة اللاجئين لكي نكون صادقين وواضحين، ما نرجع إلا تتحقق شروطنا التي أصبح لا غنى عنها وهي من أساسيات الحياة، أهمها:

— كرامة.

— حريّة.

— أمن وأمان.

22. Oktober 2020 um 19:04 Uhr **613 ♥**

🖼 Aus der Welt der Integration:
Gia und ich während der Mittagspause.
— „My friend, ich hab schlechte Laune, weil ich heimatlos bin. Was genau ist dein Problem? Warum hast du bitte schlechte Laune?"

14. November 2020 um 12:14 Uhr **1200 ♥**

Zum Anlass der von Russland initiierten Konferenz in Damaskus zur Rückkehr der syrischen Flüchtlinge; an alle Interessierten, Akteure, und alle an der Konferenz zur Flüchtlingsrückführung beteiligten Staaten, wie China, Venezuela, Iran, Libanon und Irak.
Vorneweg und ganz ehrlich: Wir gehen erst zurück, wenn unsere Bedingungen erfüllt sind, die wir heute als unentbehrliche Lebensgrundlagen begreifen.
Um nur die wichtigsten davon zu nennen:
— Würde
— Freiheit
— Sicherheit
— Mindestens 24 Stunden pro Tag Strom, Wasser (in kalter und warmer Ausführung) und Internetverbindung.
— Eine Polizei, die zum Schutz der Bürger und Bürgerinnen da ist.
— Ein neues Familiensystem mit Eltern, die sich nicht in das Leben ihrer Kinder einmischen und deren Privatsphäre achten.
— Nachbarn, die sich um ihren eigenen Kram kümmern und einem nicht auflauern, um zu sehen, wer ein- und ausgeht.

— كهربا ٢٤ ساعة، مي بشقّيها البارد والحار ٢٤ ساعة، إنترنت وتغطية ٢٤ ساعة وهذا أضعف الإيمان.

— بوليس يتجول في الشوارع لحماية المواطنين.

— نظام عائلي جديد وأهل ما يتداخلون فيك ويحترمون خصوصيتك.

— جيران يلتهون بحالهم وما يراقبون مين فات عليك ومين طلع.

— تأمين صحي مع كرت نحطّو بجيبنا لأنو تعودنا يكون كرت التأمين الصحي بالجيب.

— تحويل مراكز فروع الأمن إلى متاحف أثرية للسياح هي وعناصرها.

— مترو، ولا يمكن العودة إلى السرفيس.

— وكما هو الحال في كل بلدان العالم، السيارات رخيصة والشوكولا أيضًا والموز، مو معقول يكون الموز والشوكولا والسيارة من أحلام الشعب.

— أشياء للاستخدام مرميّة في الشوارع، وأخذها واستخدامها والاستفادة منها يكون لا عيب ولا حرام.

— ابتسامات موزّعة في الشوارع والدوائر الحكوميّة بدل الزّور والتعكيش والوجوه العابسة، في الصباح على الأقل.

— ديلر على الطريق يسألك بعيونه ويغمز لك: كلو تمام؟ لازمك شي؟

— خدمة عسكرية حرّة، اللي حابب يكون مقاتل من أجل الوطن طبعًا والمصلحة العامة، يخدم هو حرّ، واللي حابب يربي قطّة، يربي قطّة.

— الفن للجميع وليس لأصدقاء النظام أو لفئة معينة أو للحلوين على حدّ اعتقادهم.

— جوب سنتر للغلابة.

— تحويل البرلمان إلى دار أوبرا، بلاه يا أخي والله ما استفدنا منو شي.

— إلغاء حالة الطوارئ وإعلان حالة الحب.

— أخيرًا وليس آخرًا ... رحيل الأسد.

— Eine Krankenversicherung mit entsprechender Karte, die man sich in die Hosentasche stecken kann, weil wir uns daran gewöhnt haben, mit Krankenkassenkarten in der Hosentasche herumzulaufen.
— Umfunktionierung der Geheimdienstzentralen und ihrer Angestellten in Museen und Sehenswürdigkeiten für den normalen Besucherverkehr.
— Eine U-Bahn. Wir können unmöglich allen Ernstes wieder auf Minibus umsteigen.
— Wie in allen anderen Ländern der Welt: günstige Autos, günstige Schokolade und bezahlbare Bananen. Es kann nicht sein, dass Bananen, Schokolade und Autos die Träume der Bevölkerung darstellen.
— Auf die Straße geworfene Gebrauchsgegenstände, die man einfach mitnehmen und nutzen darf. Kein Grund zur Scham!
— Lächeln, die einem auf der Straße oder in Behörden zufliegen, statt böser, griesgrämiger, verbitterter Blicke. Wenigstens morgens.
— Dealer auf den Straßen, die dich mit ihren zwinkernden Augen fragen: Alles okay? Brauchst du was?
— Freiwilliger Militärdienst. Wer unbedingt Kämpfer für Vaterland und Allgemeinwohl sein will, bitte, ist ja seine Sache. Aber wer lieber eine Katze krault, der krault eben eine Katze.
— Kunst für alle. Nicht nur für Freunde des Regimes, eine bestimmte Gesellschaftsschicht oder diejenigen, die sich besonders toll finden.
— Jobcenter für die Armen!

٥ ديسمبر ٢٠٢٠، الساعة ٨:٤٧ م ٦٥٠♥

اليوم عند انتهاء الدوام، قال لي معلمي الألماني:

«خلينا نجتمع بالعطلة وندخن شي سوا ...»

«Let's meet this weekend and smoke some thing together»

رحّبت بالفكرة وقلتُ له: «أوكي أنا جاهز ومستعد دائمًا ...»

فسألني: «فينا نلتقي عندك بالبيت؟»

«In your place is ok؟»

فأقول له: «أكيد أهلا وسهلا! البيت بيتك ايمتى ماتحب ...»

طبعًا أنا أتفهّم وأستوعب أن معلمي الألماني مايسترجي يدخن في بيتو، لأنو مرتو ماتسمحلو! فيجي يمارس حريتو عندي بالبيت ...

والناس لبعضها.

٥ ديسمبر ٢٠٢٠، الساعة ١١:٣٠م ٨٨٦♥

اليوم لاحظت أن أحد العناكب التي تعيش في زوايا بيتي، في غرفة الجلوس تحديداً، قد مات!

لا أعرف إذا كان السبب هو دخان سجائري أم الأغاني العراقية الحزينة التي أسمعها

— Umwandlung des Parlaments in ein Opernhaus.
  Denn: Das kann wirklich weg, das uns noch nie zu irgendwas genützt.
— Abschaffung des Kathastrophenzustands respektive Einführung des Liebeszustands.
— Zu guter Letzt: Assads Abgang.

5. Dezember 2020 um 21:47 Uhr **654 ♥**

Als wir heute Feierabend machten, sagte mein deutscher Meister zu mir: „Lass uns doch mal am Wochenende treffen und was rauchen." „Let's meet this weekend and smoke some thing together."
Das fand ich eine gute Idee, und sagte: „Zu Diensten! Ich bin immer bereit."
Er fragte mich: „Wäre es ok, wenn wir uns bei dir treffen?" „In your place is ok?"
Und ich: „Aber klar doch, du bist herzlich eingeladen! Mein Haus ist dein Haus."
Denn natürlich kann ich voll und ganz verstehen, dass mein Meister sich nicht traut, bei sich zu Hause zu kiffen. Das erlaubt ihm seine Frau nicht! Also kommt er zu mir nach Hause, um seine Freiheit auszuleben.
So wäscht eine Hand die andere.

5. Dezember 2020 um 23:30 Uhr **886 ♥**

Heute fiel mir auf, dass eine der Spinnen, die in den Ecken meiner Wohnung hausen, genauer gesagt: in der Wohnzimmerecke, gestorben ist.
Schwer zu sagen, ob der Grund ihres Ablebens der Rauch

أم هي مواضيعي وقضاياي التي أناقشها مع أصدقائي وأهلي أمامه وعلى مسمعه بشكل يومي ومستمر ...
لا أعلم ...
حزنت عليه كثيراً وتركت بيته وشبكته في الزاوية على حالها!
تخليداً لذكراه.

٦ ديسمبر ٢٠٢٠، الساعة ١١:٣٣ م ♥٨٣٢
على اليمين هوليود وعلى اليسار بوليود ...

١٢ ديسمبر ٢٠٢٠، الساعة ٣:٠٨ م ♥٦٣٥
سيزورني اليوم معلمي الألماني في البيت، وهذه المرة الأولى التي سيحلّ بها معلمي بجلالة قدره وجنسيته ضيفًا عليّ ...
نعرف بعضنا منذ ٣ سنوات تقريبًا، يعرفني معلمي في الورشة في العمل وأيضًا من خلال صفحتي على الفيسبوك، لكن في الحقيقة بيتي لايرتقي إلى مستوى صفحتي الفيسبوكية.
أشعر بالاستنفار! كما كان أهلي يستنفرون عندما يريد أن يزورنا مدير

meiner Zigaretten war oder die traurigen irakischen Lieder, die ich immer höre
oder die schweren Themen, die ich mit meinen Freunden und Verwandten in ihrer Gegenwart diskutiere und die sie sich täglich mitanhören musste.
Ich weiß es nicht.
Ich war jedenfalls zutiefst betrübt. Ihr Haus und Netz habe ich in der Ecke hängen gelassen
zum ewigen Andenken.

6. Dezember 2020 um 23:33 Uhr **832 ♥**

🖼 Hollywood (r.) und Bollywood (l.)

12. Dezember 2020 um 15:08 Uhr **635 ♥**

Heute wird mich mein deutscher Meister zu Hause besuchen, und das ist das erste Mal, dass seine Durchlaucht, mein Meister, mit seiner durchlauchten Nationalität mein Gast sein wird.
Wir kennen uns seit etwa drei Jahren. Mein Meister kennt mich in der Werkstatt bei der Arbeit und von meinem Facebookprofil. Nur das Ding ist: Meine Wohnung reicht nicht annähernd an das Niveau meines
Facebookprofils heran.
Ich bin völlig aus dem Häuschen! Genau wie meine Eltern immer aus dem Häuschen waren, wenn der Bezirksvorsteher uns einen Besuch abstatten sollte. Nur: was für ein meilenweiter Unterschied liegt doch zwischen mir und meinen Eltern! Meine Eltern hatten alles, es fehlte nur an wenigen Dingen, die man sich notfalls auch

المنطقة، لكن شتّان ما بين أهلي وبيني، فأهلي كان عندهم كل شيء ولا ينقصهم إلا أشياء بسيطة يمكن أن يستعيرونها من الجيران، كطقم زبادي مرتب نبرزه أمام مدير المنطقة من أجل صورة العائلة.

أما أنا فينقصني كل شيء، لا زبادي مرتبة أملكها ولا بيجامة متطابقة ألبسها أمام معلمي في البيت، وحتى إذا أردنا أن نشرب كأسين من النبيذ، فسيشرب معلمي بكأس الماء وأنا سأشرب بكوب الشاي، وليس لدي جيران أستعير منهم ما أحتاجه، خاصة في زمن الكورونا، فكل مين كاستو الو في هذه الأيام كما تعلمون.

الوقت يمضي وساعات قليلة متبقية على الزيارة وأنا مستنفر على الكنبة أدخن دون جدوى، أصلا أنا عاجز عن إحداث تغيير كبير في حياتي وشخصيتي خلال هذا الوقت القليل المتبقي ...

فقط أخفيت مشاكلي وأحزاني تحت السرير وقررت أن أسلّم بالأمر الواقع وأجود بالموجود.

وضعت اليوتيوب على بوب مارلي: every thing's gonna be alright

وجلست على الكنبة أدخن في انتظار المعلم الألماني.

١٨ يناير ٢٠٢٠، الساعة ١٢: ٥٨ ص ١٥٠٠♥

أحب برلين ...

تسع سنوات وأنا أعيش في برلين باللغة الإنكليزية الضعيفة، لم أشعر بالحاجة لتعلّم اللغة الألمانية، برلين مدينة غير مشروطة باللغة، يلزمك في هذه المدينة شوية انكليزي أو شوية ألماني أو شوية تركي، فالأتراك هنا في كل مكان.

von den Nachbarn borgen konnte, wie ein hübsches Suppenschüssel-Set, das wir dann vor dem Bezirksvorsteher ausbreiten konnten, für den Ruf der Familie.
Bei mir aber fehlt es an allem! Ich habe weder hübsche Suppenschüsseln noch einen Hausanzug, bei dem die Hose zum Oberteil passt, den ich vor meinem Meister im Haus tragen könnte. Selbst wenn wir zwei Gläschen Wein trinken wollen, dann muss er den Wein aus einem Wasserglas trinken und ich aus meinem Teeglas. Und Nachbarn, von denen ich mir etwas borgen kann, habe ich sowieso keine. Gerade jetzt, in Zeiten von Corona, wo ja jeder nur aus seinem eigenen Glas trinkt, wie ihr wisst.
Die Zeit verstreicht, es bleiben nur wenige Stunden, bis mein Besuch da ist, und ich liege nervös auf dem Sofa und rauche sinnlos vor mich hin. So eine Riesenveränderung meines Lebens und meiner Person ließe sich in der kurzen verbleibenden Zeit ohnehin nicht bewerkstelligen. Ich verstaue nur noch rasch meine Probleme und Sorgen unter dem Bett und beschließe, mich dem Status Quo zu ergeben und mit dem Gegebenen zu arrangieren. Ich mache auf Youtube Bob Marleys „Everything's gonna be alright" an, setze mich aufs Sofa und warte auf den Meister.

18. Januar 2020 um 00:58 Uhr **1500 ♥**

Ich liebe Berlin …
Seit neun Jahren lebe ich nun schon mit meinem miserablen Englisch in Berlin, und nie hatte ich das Bedürfnis, Deutsch zu lernen. Berlin ist einfach eine Stadt, die keine sprachlichen Ansprüche stellt. Es reicht, wenn du ein

تسع سنوات، ولا مرة اشتريت فيها بنطالاً فخماً أو حذاءً جديداً، ولا مرة دخلت صالون حلاقة لأحلق شعري أو أهندس مظهري، أشتري ثيابي من الباله أو أرِث أحد الأجانب الذي تخلى عن ثيابه ووضعها في الشارع، وعندما يطول شعري يقصّه لي أصدقائي الغير حلاقين، والأهم من ذلك أن أحلامي القديمة الثقيلة بأن يكون عندي سيارة وغرفة ضيوف فخمة وشريكة بنت حسب ونسب ماتت! ماتت من دون وجع قلب.

تسع سنوات مضت وأنا أعيش في هذه المدينة الغير نظيفة والغير أنيقة، الحرة والفوضوية ولا أتخيل نفسي أستطيع أن أعيش في ستوكهولم أو في جنيف مثلاً

فأنا مغترب كما تعلمون!

ونحن العرب أولاد الفوضى \ تعذّبنا الأناقة والتكلّف والرتابة الزائدة.

١٩ يناير ٢٠٢١، الساعة ٣:٠٩م ٢٣١♥

أنا بلا ذكريات \ أنا حر.

bisschen Englisch kannst oder ein bisschen Deutsch oder ein bisschen Türkisch, denn Türken gibt es hier überall.
Neun Jahre, und kein einziges Mal habe ich mir eine schicke Hose oder neue Schuhe gekauft. Kein einziges Mal habe ich einen Friseursalon betreten, um mir meine Haare schneiden oder mich stylen zu lassen. Meine Kleidungsstücke kaufe ich vom Flohmarkt oder erbe sie von einem Ausländer, der sie nicht mehr wollte und auf den Gehweg gelegt hat.
Werden meine Haare mal zu lang, schneiden sie mir meine Freunde, die keine Friseure sind. Aber das Wichtigste ist, dass meine alten, schweren Träume, eines Tages ein Auto zu haben oder ein repräsentatives Empfangszimmer oder eine hochgeborene Lebensgefährtin, ein für alle Mal gestorben sind! Einfach so, ohne Herzschmerz.
Neun Jahre lebe ich nun schon in dieser nicht-sauberen, nicht-eleganten, freien und chaotischen Stadt und könnte mir nicht einmal vorstellen, je in Stockholm zu leben oder in Genf, beispielsweise.
Denn wie ihr wisst, bin ich schließlich ein Schawi, ein Stadtbeduine!
Wir Araber sind Kinder des Chaos / mit einem zuviel an Eleganz, Höflichkeit und Routine quälen wir uns eh nur herum.

19. Januar 2021 um 15:09 Uhr **231 ♥**

Ich bin gedächtnislos / Ich bin frei.

٢٠ يناير ٢٠٢١، الساعة ٦:٥٦م **♥١٠٠٠**

أنا وجيّا: قفزة نوعية في الاندماج

يتبع ...
つづく

21. Januar 2021 um 18:56 Uhr **1000 ♥**

🖼 Gia und ich: ein Quantensprung in Sachen der Integration

Alias: Ibrahim

Editorische Notiz

Die Texte auf S. 41-47, 65-71, 143-145, 152-159, 167-217, 181-191, 201-217, 223-231, 231-237, 277-279 sind zuerst bei VICE Germany erschienen.
Die Texte oder Teile der Texte auf S. 109-113, 125-129/237, 241, 245-247/255-257, 275-277 sind zuerst in die tageszeitung erschienen.
Die Texte auf S. 75-79, 97-103 sind zuerst in Aboud Saeeds Buch *Lebensgroßer Newsticker* (mikrotext/Spector Books) erschienen.
Der Text auf S. 247-255 erschien zuerst in *Screenshots* (edition text+kritik).
Alle Texte und Übersetzungen sind für diese Publikation überarbeitet worden.

Die Übersetzung aus dem Arabischen wurde mit Mitteln des Auswärtigen Amts unterstützt durch Litprom e.V. – Literaturen der Welt.

Die Arbeit der Übersetzerin wurde im Rahmen des Programms NEUSTART KULTUR aus Mitteln der Beauftragten des Bundes für Kultur und Medien vom Deutschen Übersetzerfonds gefördert.

mikrotext 2021, Berlin

www.mikrotext.de
facebook.com/mikrotext
twitter/mkrtxt
instagram.com/mikrotext

1. Auflage 2021

Cover und Buchsatz: Fadi Abdelnour, subtype.studio
Schriften: PTL Attention, Minion, Nassim Arabic Pro
Druck und Bindung: Kopa, Kaunas
Printed in Lithuania
ISBN 978-3-948631-14-7